交易員的靈魂

故事版

黃國華——著

如果能夠預知未來，你想賺多少錢？
是一億、十億？還是一百億？

你願意為此付出多少代價？

楔子

一八六二年春天，臺灣東海岸三打卡打里拉港灣（蘇澳的古地名）外，有艘急著出港的黑色船船，這條船的船身由木頭與鐵殼混合打造，樣子看起來像南洋常見的潮州紅頭渡輪改造而成，全長約一百五十公尺，桅杆高五十公尺，三大桅桿及七張風帆，雖是一般常見的蒸氣渡輪外型，船側的砲門卻附有好幾門小型火炮。

但船頭上卻掛著有獅子與盾牌圖樣的旗幟，偽裝成英國東印度公司的專屬船隻。

一群人站在甲板上，神情慌張地拿著望遠鏡四處張望找尋追擊的敵軍船隻，帶頭的是一個頭上綁著紅色頭巾，身穿灰色馬褂的男子。

剛駛出卡打里拉港不到一海哩，轟隆一聲巨響從船底傳出來，大副對著紅頭巾首領大喊「觸礁」，紅頭巾首領見狀立刻命令船上所有士兵與船夫跳下船，打算用人力拉縄的方式將船拉到吃水比較深的海面，左舷的划槳被海草羈絆著，折騰了半天才把海草清除，卡在暗礁區的船身幾乎文風不動，此時聽到遠方傳來轟隆的砲聲。

「賊船已經在二十海哩外，大家快拉！」大副在船頭著急地喊叫著。

天空打了幾聲悶雷，片刻間烏雲密布，外海處只見異常明顯的粼粼波光，原本風平浪靜的海面突然捲起一陣陣的大浪。

「海嘯！趕緊上船！」饒是海事經驗豐富的大副也從來沒看過這麼大的巨浪，但他曾經從老船員的口中聽聞過海嘯的威力，更糟糕的是這群船上的士兵根本不是水軍。

在淺海岩礁上拉船的幾百個船夫與士兵還搞不清楚怎麼一回事之前，就被高達數丈的巨浪吞沒，少數幾個免於滅頂的船夫勉強抓住船邊的繩索，卻被紅頭巾首領開槍一一擊斃，幾個已經爬上甲板的水兵也被他一一踢落海上。

一陣陣至少數丈高的大浪撲上船身，幸虧船身的重量夠才能免於覆沒，但也因為這陣巨浪將船隻沖到吃水比較深的海面上，不到半炷香的時間，被淹死或擊斃的士兵船夫屍首被海嘯捲向大海，完全不見任何蹤影。

「趕快起帆！」大副顧不了眼前駭人的景象，連忙拉起帆索趁著巨浪停歇的瞬間，順著風將船駛到深水區。

目睹這一切的大副驚魂未定看著船漸漸遠離近海暗礁，正打算鬆一口氣點燃水煙休息，卻看到紅頭巾首領把已經上膛的鳥槍對著他。

「丹王！你……」大副叫了出來

沒等到大副講完話，紅頭巾首領已經一槍擊斃大副，確認大副已經氣絕身亡後，紅頭巾首領一腳將大副屍首踢下船去。

紅頭巾首領身後傳來一個女人聲音：

「丹王！你為什麼要殺大副？」這女人頭戴黃色頭巾，身穿雜色外袍，衣服上繡有「勇」字，腰際配有短刀，一副女兵的模樣。

「我想殺誰就殺誰，不用找理由。」紅頭巾首領面露兇狀說。

「你是想殺人滅口，一個人獨吞……」那女兵的話還沒說完，被稱為丹王的紅頭巾首領用槍對著她說：

「你要自己跳下海，還是讓我一槍把你打死？咱們幾年的感情，別說我沒給你生路。」丹王重新把鳥槍裝填彈藥，看了海上的波濤巨浪後冷冷地說。

那女兵瞪了丹王一眼，牙一咬就跳下海朝岸邊死命地游過去。

丹王見狀立刻舉著槍對著在海上游泳的女兵射擊，一波又一波的巨浪讓他無法好好站著瞄準，連續開了幾槍都失去了準頭。

此時，海面上透著閃閃爍爍的不明黑影，隨著浪頭這些黑影離船越來越近，丹王拿起望遠鏡想要看個究竟，一開始以為浪頭上只是海上常見的水草，但慢慢地，只見那浪頭上的成千上萬小黑影已經逼近船身。只見一條條宛如海蛇的怪魚游到船邊，好像受到什麼刺激般地跳出海面撞擊著船身，丹王從來沒看過這種怪魚。

丹王聽到遠方轟隆隆的砲聲，知道敵人船隻已經離自己越來越近，只好放過在海上浮浮沉沉的女兵，也不理會游在船身旁邊的怪魚群，急急忙忙地將剩下的船帆升起，朝南方的大海揚長而去。

1

小黃像平常上班前那樣，先讓意識放空一半休息，用剩下的一半思考事情。今天是到國華銀行報到第一天，他刻意讓自己提早一個鐘頭抵達新公司門口，看了看錶才清晨五點多，敦化北路民生東路附近的啤酒屋才剛打烊關門，這一帶是臺北的金融重鎮，許多頂尖的商業銀行與上市公司、外商、大企業都把總公司設在此，換言之，這裡是上班族菁英匯集的場域，對一個剛滿二十七歲的年輕上班族而言，能夠躋身菁英圈中是件夢寐以求的事情。即便大多是公司所訂作的那種三流裁縫工廠的成品，但能穿著光鮮亮麗的三件式套裝，穿梭在其他金融同業、外商公司以及百大企業的高級會客室，出來接待的起碼都是高級主管級的待遇，遞換著燙金的名片，斗大的國華銀行財務部臺幣交易科科長——黃麒銘科長，伴隨而來的虛榮感非三言兩語可以形容。

花了兩年多的時間才能累積跳槽的資歷，小黃卻無法把心思放在深色條紋長褲成套的西裝、白色襯衫到底合不合身的問題上。

來報到前連續好幾個晚上，他都做了同樣的夢，與其說是夢，倒不如說是具體且巨大的往事用一種扭曲卻又鮮明的夢境在腦海中放映。

那是五年前，一九九〇年初的冬天，南方澳的海邊，高中死黨倪安樂的死狀，小黃一直排斥用死黨來說明好朋友的關係，死亡這事情並不像哲學書所說的那麼單純，死亡不只代表離去與消失，更糟的是，某種程度的死亡會深刻地連結在周遭相關人的內心，很久很久還無法釋懷淡忘，造成生者的陰影。

讓小黃又浮出安樂仔慘死往事的原因是這次跳槽，這次他能夠順利被挖角到國華銀行，大學同學丁淡親費了不少功夫，說服銀行高層也說服小黃自己。丁淡親外號丁淡哥，是小黃同校財金系的同學，也是大三那年一起住在男生宿舍的室友。丁淡哥的職場經歷比小黃順遂許多，一畢業就考進國華銀行的籌備處，是國華銀行黃埔一期的行員，又被外界戲稱為「國華寶寶」，不像小黃過去幾年所窩的地方型鳥銀行，但這些是後話了。

為什麼明明是嚮往的大型商業銀行的財務交易部門，丁淡哥還得花時間去說服小黃呢？如果不是國華銀行，而是其他幾間同等級的大商銀來挖角，小黃肯定二話不說，半夜都會爬起床去報到，以免對方的人資部門後悔。國華銀行並非什麼糟糕的銀行，在當時，扣掉幾家國營銀行，這間銀行不論是規模、業務或外界評價，都是二、三十座民營銀行中數一數二的，讓小黃猶豫的是財務部交易室的其他人。

除了丁淡親丁淡哥以外，還有史坦利（原本的外號是屎蛋，後來為了和丁淡親的丁淡哥區分，大夥就直接稱他的名字）、郭雪君（外號雪兒）、林挺嘉（外號阿嘉）、林岑昕（外號小昕），當然這些都是這幾個人彼此之間私下稱呼的外號，在交易室內，他們各司所職，只是還沒報到正式坐上交易桌之前，小黃並不清楚這幾個人真正的職稱和負責的業務。

丁淡親、史坦利、郭雪君、林挺嘉、林岑昕都是小黃在臺大的同學，有些是經濟系（雪兒、史坦利）、阿嘉是資工系、丁淡哥是財金系、小昕是會計系，當年在學生時期，包括小黃在內，他們自稱南方澳七人幫。

怎麼算都只有六個人，怎麼會自稱七人幫呢？

第七個是小黃的高中同學安樂仔，高中沒念完就被退學，之後蹺家到蘇澳去養鰻魚，在小黃還是渾渾噩噩的大一新鮮人，成天捧著存在主義的書無病呻吟到處裝出一副臺大人模樣的時候，安樂仔已經在蘇澳海邊開始養鰻創業過著實在且踏實的日子。

上大學後小黃遭遇初戀情人的不告而別，功課被當得死去活來，索性休學半年跑到蘇澳去找安樂仔幫忙養鰻魚，清晨天未亮就得跑遍東海岸撈鰻仔栽（鰻苗）、颱風天的時候要頂著風雨將漁場的棚架綁牢、中午豔陽下擔心鰻魚被熱死，還得不停地引海水灌到魚池降溫。

這樣過了半年，小黃回學校辦理復學，晒得黑黝黝的他總會讓學弟妹誤以為是原住民，重修體育課的時候也經常誤被認為體育老師，半年的體力工作活也讓小黃從原來的略胖蒼白的身型變得精壯，外型據說也稱得上是帥氣，至少讓小黃在屬於自己的神祕女人圈中頗受歡迎，被初戀女人甩掉的陰影也漸漸退去，再也不用抱著康德或尼采的書哇哇叫。

到了大三，小黃為了躲避一些感情糾紛搬進學校宿舍，法商學院的宿舍位於臺北徐州路，那條成天有示威遊行的政治抗爭名路，但很巧的是，小黃想要申請宿舍時，兩座男生宿舍都已經住滿學生，按照規定，宿舍的空缺有一定比例要留給幾個月後報到的大一新生，但通常扣掉這些新生預留房之後，總會空出幾間給中途想要搬進來的大二到大四學生，但那年聽說是學校開始大量錄取本校直升的碩士班學生，一些原本大四畢業就會搬走的學長姐，因為考取自校的研究所又留在宿舍，於是空房數就少了很多。

校方為了照顧幾個到了大二大三才想住校的中南部偏遠地區的學生，從汀州路的某棟廢棄校產中隔出兩間房間充作臨時宿舍，一間給男生一間給女生。

於是小黃因此認識了七人幫的其他五個人。

邀小黃住進宿舍的人是史坦利，休學那半年期間，大部分時間都在蘇澳幫忙養鰻，唯一有聯繫的同學是史坦利，嚴格來說，史坦利是大一屆的學長，但臺大的課程不論是必修選修還是通識課，選課的彈性相當大，這門課的同學不一定是同屆考進去的那批人，甚至也有一堆別系、甚至別校的學生來選課，必修課除了大一的幾門基礎學科外，也沒有限定非得幾年級修課。高興的話，大二可以先修大三大四的課，不高興的話可以把表面上是給大二修的課延後到大三大四去修，雖說是自由學風，但缺點是同學之間的關係與聯繫相當淡薄。同一屆考進去的同系同學，往往大二以後就鮮少會碰在一起，加上有些課在公館，有些課在城中徐州路校區，課與課之間，便可以看到一大堆學生騎著摩托車穿梭於兩個校區，多數人是上完課就走人，反而是同宿舍或同社團的人會比較熟稔。

小黃和史坦利熟識的理由很另類，兩人是所謂的牌友，大學生打麻將在電玩還沒興起的八〇年代時相當盛行，但在自詡國家棟梁的頂尖學府內，打麻將或多或少會被視為壞分子，更別說大一新生。

打麻將打到成精的人，幾乎一眼就可以從一堆陌生同學中找到同好，史坦利在小黃的大一迎新晚會擔任幹部，他遠遠看到小黃就立刻趨前攀談。

「黃麒銘，你應該常常打麻將吧！」他用的是肯定句而非疑問句。

「學長！你怎麼會知道！」

史坦利笑而不答，後來等到兩人熟了以後，史坦利才告知小黃：

「我一看到妳的眼神就知道你會打麻將，還可以從你的臉知道迎新晚會的前一晚你打過麻將，也知道你在北風北自摸絕章三條。」

從那一剎那起，小黃終於了解臺大所謂臥虎藏龍的真正本質，從面相與眼神可以猜出前一晚北風北自摸，人才真是人才，小黃心中萌起一股對臺大人的敬意。

迎新晚會後沒多久，史坦利約了小黃打了場麻將，打了四圈後，他將桌上的麻將牌亂搓一通後語重心長地對著小黃說：

「大家別再打下去了！」

小黃也有同感，再廝殺下去其實根本無法分出輸贏。

小黃從國小就開始打麻將，上了高中之後，由於熟能生巧，一對巧手能夠在別人眼皮底下偷偷藏牌，也可以把自己手上的爛牌趁別人在洗牌整理牌的空檔偷偷換掉，有一陣子小黃還以此維生賺些零用金，從來沒失手被逮過的他關於這點還相當引為自豪，但卻被史坦利一眼就識破，之所以能夠一眼識破並非具有絕佳的眼力，而是史坦利會算牌，每一張牌出現在誰的手中的機率有多高？每一張牌還沒被抽出來的機率有多高？另外三家聽牌或胡牌的機率有多高？史坦利的心算運算功力幾乎可媲美電腦，那年代的電腦還是個很新穎的名詞，只有在學校的計算機中心才有。

後來才知道史坦利當年考大學時的數學成績是滿分一百分，而那一屆的數學考題又是歷年最難，十幾萬個考生的數學平均分數（所謂的低標）只有十二分，即使能夠考進臺大的人，了不起也只有六、七十分。到了大一的微積分課，遇到了一位數學系的殺手級教授，故意把期中考的題目難度提高到接近數學研究所的等級，經濟系學生除了史坦利拿到一百分之外，其他多數陣亡不及格。

與小黃交手了幾圈之後，史坦利發現怎麼算都算不準眼前的牌局，這也難免，畢竟小黃是用藏牌作弊的方式，已經超出合理運算的範圍，當然無法計算。

史坦利立刻就知道眼前這位看起來不起眼的小學弟正是所謂的麻將郎中，於是就提議別再打下去了，從此兩人聯手轉戰各校，有時候跑到淡水去痛宰淡江的肉腳，有時候遠征新莊去坑殺一些輔大的公子哥們。雖然贏多輸少，但偶爾還是會碰到賭運超級旺的牌搭，讓小黃與史坦利碰了一鼻子灰輸個精光。

「要是我有預知未來的能力就好了！」小黃總是會如此嘆息。

「碰到這種極端好運的對手的機率雖然很低，但總是會碰上一兩次，就當作好像華爾街崩盤，只要能夠控制損失在能夠忍受的範圍就好，何必強求自己去進行無謂的預測呢。」史坦利喜歡把學校念的那一套風險理論套用在牌桌上。

只是，小黃始終都不清楚史坦利的真實家庭背景與來歷，只知道他高中念嘉義的二流高中，有時他說家裡在嘉義，有時又說家在桃園，反正就是一副神祕的樣子，不願意多談自己的事情，這種個性一直到往後的職場也都如此。

住在這個臨時宿舍的人多半和史坦利一樣，都不是那種傳統名校高中出身，更非天龍國度的子民（當然，那時候並沒有這個名詞，用這詞只是為了描寫上的方便）。

同寢室的另一個人是丁淡親，這傢伙是財金系三年級學生，但比起大夥，他的年紀足足大上好幾歲，他是當完兵才靠聯考加分考進來的（當年服完兵役的考生可以加分十％），高中念的也是臺中海線一所不怎麼著名的三流高中。因為年紀比較大，所以在宿舍裡頭老是喜歡擺出一副老大哥的派頭，剛開始還不屑與其他小毛頭來往，但沒多久就也面臨了和小黃、史坦利同樣的人際困境，無法融入那些北一女建中天之驕子（女）的圈圈後，基於同病相憐的處境，才願意和小黃等這批非菁英的小弟弟小妹妹混在一起。

他的名字「淡親」的由來是他當國文老師的老爸取的，典故來自於《莊子》〈山木〉篇：「夫相收之與相棄亦遠矣，且君子之交淡若水，小人之交甘若醴。君子淡以親，小人甘以絕。」

淡以親的意思是真正的朋友之間不需要有大風大浪，能夠和氣、平安、快樂、珍惜、信任，像水一樣清澈透明的友誼。

說起來也真幸運，那年大學聯考的國文作文題目就是「君子淡以親，小人甘以絕。」鬼才會去念什麼莊子啊！結果考倒了全臺灣十幾萬個考生，偏偏就是丁淡哥能在作文上拿了滿分，經過聯考戰役，丁淡哥的人生觀從此改變，認為人生只是透過一連串的偶然與幸運所組成，不過這個幸運並沒有延續到上大學，該當的一定被當，不該被當的也會被當，每學期都是在退學邊緣低空掠過。

被當重要嗎？從丁淡哥後來的遭遇來看，分數一點都不重要，他是那一屆財金系考進金融業的畢業生中升遷最快、薪水最高的一個呢！

※※※

第三個室友叫作林挺嘉，外號阿嘉，比起略胖的小黃，他的重量級數更高，目測大約至少超過一百一十公斤，是個加拿大僑生，靠僑生考試考進資工系，家境相當不錯，雖說是僑生但家裡卻在臺北，據說連加拿大都沒去過。因為家庭因素不願意住在家裡才來住宿舍。後來才知道他老爸有小老婆、小小老婆的問題，父母每天一小吵每週一大吵，索性找個理由搬到宿舍。他幾乎是隨時零食不離手，連上課考試時都如此，有次他向老師要求考試可以吃鹹酥雞，還拿出醫生證明說自己患了「血糖嚴重缺乏症」，宣稱只要超過一個小時不補充碳水化合物就會昏厥甚至休克。

教授沒有辦法，只好設下「禁止進食臭豆腐」的最低下限。

有了阿嘉這位有錢室友，大家的生活也過得挺滋潤，舉凡吃宵夜、生活用品、上ＫＴＶ等等，都由阿嘉買單，有幾次大夥被他請到很不好意思而打算婉拒，他吐出了一句名言：

「與其把錢讓我老爸花在外面的女人身上，還不如找哥兒們一起快樂。」

阿嘉這種朋友的確值得多交幾個！總比交一些抱著吉他滿口存在主義自認菁英的蒼白同學來得快樂許多。

然而阿嘉有個壞習慣，而且還是眾所皆知的壞習慣，他三不五時就跑去嫖妓，男人界有個潛規則：「單嫖雙賭」，花錢找女人要孤單一人偷偷摸摸進行，打麻將賭博玩股票則要呼朋引伴，但阿嘉似乎完全不在乎別人看法，大剌剌地講述他轉戰酒店、妓院的怪奇經歷。

當然，聊這類鹹溼話題在男人交際圈內無傷大雅，有些人還會故意編扯些深入花叢的小謊言來吹噓，但如果有女人在場，男人之間都會有閉嘴不談的默契，但阿嘉偏偏完全不管自我形象，經常在宿舍大廳就對大家回報昨晚的戰情，往往引來隔壁女生房間的室友跑來對阿嘉抗議他的大言不慚，對此，他反而振振有詞地替自己辯解：

「我只是提早社會化而已，妳們去問問那些在銀行搞放款業務的學長，哪一個不是為了應酬拚業績陪客戶去續攤，這些可是課堂上不會教的喔！」

其實阿嘉如此放縱的原因有二，一是自卑，一百多公斤的體重實在無法在情場上有什麼發展空間，二是補償心理，他從小看到父母各自用外遇或養情婦彼此傷害對方，在這種扭曲的家庭環境中，也扭曲了阿嘉的愛情觀乃至於性愛觀。

其實一百多公斤的胖子還是會有人愛，要不是阿嘉如此口不遮攔地自毀形象，說不定早在學生時代就會和隔壁女生宿舍的郭雪君（外號雪兒）成為一對，雪兒是小黃的同班同學，也是所謂相同學長的學伴。

雪兒來自苗栗的單親家庭，高中三年是半工半讀完成學業，上大學除了要賺自己的生活費與學費外，還要幫忙補貼正在念高中的弟弟的學費，還沒新生入學就已經拚命打工兼家教，但當年想當家教除非自己有人脈管道可以介紹，否則就必須透過家教中心的仲介，但現實的世界就是窮人只會遇到讓自己更窮更歹命的遭遇，雪兒遇到幾個所謂的家教中心，全都是打著仲介的名號去向大學生收取仲介費的黑心行號，收了介紹費後就雙手一攤告訴雪兒：「暫時沒有學生，請等候通知！」

被騙了幾次後，一度連吃飯錢都籌不出來，雪兒大學前半段生涯就是在拮据的日子中度過，所幸小黃知道學伴的遭遇後，只要碰到假日與寒暑假就會找雪兒去安樂仔的養鰻場打工，幹點粗活賺點小錢。那年頭臺灣的經濟剛剛起飛，打粗工的薪水不會比公務員少呢！

雪兒外表本質上絕對稱得上漂亮，只是環境與心態造就出她災難般的外在形象，她帶了一副從小學戴到現在的眼鏡，褪色掉漆不打緊，鏡架與鏡框之間還綁了幾捆橡皮筋來固定，明明有雙又大又黑的雙眼皮眼睛，鬆脫的眼鏡卻讓雪兒看起來好像鬥雞眼，一頭烏黑的長髮卻因為沒錢上髮廊打理，只能自己對著鏡子拿起剪刀亂剪一通，頭頂宛如被原子彈轟炸過的遺址，頭髮與眼鏡都已經如此，更別說穿著打扮，由於雪兒住在隔壁的女生房，所以難免會偶爾露出內衣肩帶，或者夏天時穿得比較少時，也難免會透過淺色上衣看到內衣的顏色與形狀，小黃每次看到雪兒隱約透露出那種老阿嬤才會穿的肉色胸衣，都不免替她感到惋惜，明明根據目測，雪兒的胸型絕對稱得上是模特兒等級，胸部的罩杯起碼也有C以上，只是受限拮据的經濟能力，無法展現出應有的美麗。

雪兒身高一七〇公分，加上因為長期打工勞累以至於體重只有四十七到四十八公斤，這種身材在二十年後的今天，絕對立刻躍居校花等級，但當年的女生卻會對於過高的身高感到自卑，連胸部太大也會感到害羞，所以雪兒走起路來為了掩飾身高以及胸部，只能彎著腰駝著背，畏畏縮縮地走路。跟著小黃去海邊的養魚場幹了幾個月的粗活，皮膚晒得黝黑宛如鄉下村姑。

阿嘉暗戀雪兒，這是宿舍裡大家都知道的事情，偏偏他們一個裝傻、一個裝孬。

八〇年代後期，工廠作業員一個月薪水才一萬五左右，國立大學一學期學雜費加上住宿費也不過才一萬塊出頭，學校自助餐三菜一湯飯吃到飽才二十元，雪兒被家教中心坑的一萬多塊錢可是她當女工的媽媽一個月的薪水，眼看連開學註冊的錢都付不出來打算休學回鄉下時，阿嘉二話不說，立刻拿出兩萬塊給雪兒，名義上是借給她度過生活難關，但人窮志不短的雪兒馬上扳起臉拒絕，還回了阿嘉一句：「那些錢你自己留著去嫖妓，幹嘛？有錢了不起嗎？」

阿嘉哭喪著臉跑來找小黃，看看有什麼辦法可以幫雪兒度過這個難關，小黃故意促狹地問起：

「你為什麼那麼關心雪兒？」

「同學有難，而且兩萬多塊錢也不過是我一個禮拜的零用錢，也沒打算要她馬上還，她不接受好意就算了，為什麼還要講那麼難聽的話？」

「有難？我也有難啊！前天晚上我打牌輸了八千多塊，這個月眼看就要吃泡麵過日了，你怎麼不借我周轉周轉啊！」小黃乾脆裝傻到底。

「別開玩笑了！你一天股票輸贏幾萬塊，一場麻將輸贏好幾千塊，你會有難？」

小黃從大一就開始玩股票，剛好碰到臺股從兩三千點漲到七千多點，在同學圈內，除了那幾個家裡超級有錢的同學之外，手頭算是相當充裕。

小黃聳聳肩表示愛莫能助，阿嘉見狀對著他咒罵了幾句，爬上床也不管九月盛暑就把自己縮在棉被裡頭。

「好啦！好啦！我可以幫你把錢拿給雪兒。」

別看一百多公斤的身軀，阿嘉高興起來還挺靈活的，立刻從宿舍上鋪翻身一躍跳下床。

「水啦！阿嘉你有練過功夫嗎？」

阿嘉沒理會小黃的揶揄：「你能幫我！對吧！」

「嚴格來說是幫雪兒，反正你口袋那些錢，早晚會花在什麼夜總會（當年沒有酒店這名詞，那些以陪酒兼營色情的店，當時俗稱夜總會）。」

小黃無法理解阿嘉流連於色情場所的理由，想要女人，只要臉皮厚一點，路上搭訕、舞廳邀舞、甚至到工業區附近的書店逛逛，專挑那種看起來沒什麼氣質卻故意喜歡裝模作樣的年輕女工，反正只要投其所好亮出自己是臺大學生的身分，把妹幾乎無往不利。夜總會一個晚上花個上萬塊卻只能摸摸陪酒女郎的小手，對於精打細算的小黃而言，簡直是浪費時間。

「我有辦法把這筆錢交給雪兒，也有辦法讓她接受你的幫助，更有辦法不讓他知道這筆錢是你借給她的。」

阿嘉聽了之後大喜：「我就知道你有辦法，這樣啦，我介紹一個前幾天認識的女生給你，她的床上功夫……」

「免了！我才不想和你成為表兄弟啦。」小黃説完伸手抓起那兩萬塊錢揚長而去。

雪兒的體育課是四點結束，還沒下課，小黃就在操場旁邊等著，體育老師一喊下課，小黃就三步併作兩步地跑到雪兒旁邊，抓著肩膀半推半就地把她請到學校側門。

「小黃！你有什麼事啊！同學都在看！」一旁的其他女同學看著兩人的眼光讓雪兒感到不太自在，小黃在系上的名聲很糟，如果有所謂壞形象的排行榜，小黃絕對是高居好幾年的榜首，由於小黃和雪兒經常一起跑到蘇澳去打工，有些愛八卦的好事者已經傳出兩人是班對的流言，然而這傳言對雪兒倒是沒有造成太大影響，半工半讀的生活已經夠苦了，哪來閒工夫理會那些家境富裕的同學之間的八卦流言。

「我剛好有事找你！」雪兒見到小黃劈頭先説。

「這學期起我沒有辦法去安樂仔那邊打工了！」

「咦？妳找到更好的工作嗎？還是妳媽媽中了六合彩？」

「最好是。」滿臉沮喪的雪兒從書包拿出休學申請書：「我明天早上打算去辦休學，沒辦法，家裡頭需要我幫忙，反正休學一年後再回來也無所謂，你不也休學了半年。」

「不一樣！我休學是因為要躲避被退學的厄運，我是具有正面意義的轉進，就好像國民黨知道打不贏共產黨，轉進到臺灣窩在小島上避避風頭，所謂好死不如賴活，妳只不過為了一點錢就要逃避，人生很長，一、兩萬塊對一輩子來說絕對是小數目，但好不容易考進大學，雖然我不知道讀書到底對未來有沒有幫助，但臺大這塊招牌可不是幾萬塊錢買得到的。」小黃擺出一副老成模樣。

「拜託，你要舉例子也不用扯什麼國民黨的反攻大陸，幾十年了，什麼時候了還反攻什麼大陸。」

「也對！反攻大陸搞不好是三萬年後的事情，但註冊截止日可是明天早上啊。」小黃說到雪兒的痛處。

「不用你來提醒我，幾個月前我就知道明天要註冊了，但又能如何呢？」雪兒語帶哽咽。

「給我一根菸抽！」雪兒伸出手向小黃討菸。

「你什麼時候開始學會抽菸的？」

「現在！」雪兒故意轉過身偷偷擦拭已經忍不住的淚珠：「我也想學你看看能不能吐個煙圈就能忘掉一切煩惱！」

小黃從口袋中掏出的不是香菸，而是一個裝著兩萬元鈔票的大信封。

「這是什麼？」雪兒看著大信封袋，但不是使用疑問語氣地問著。

「兩萬塊錢，你明天拿到總務處去註冊。」小黃小心翼翼地抓緊它。

「你怎麼有這麼多錢？」雪兒看到錢臉色大變。

「前幾天把股票賣掉，還了向證券公司借的融資款之後，還剩下不少，反正暫時也沒什麼打算買什麼股票，就先借給妳周轉。」小黃從宿舍一路到學校路上就編排了這段謊言。自詡這段話應該可以瞞過雪兒。

雪兒盯著小黃看著嘆口氣說著：

「股票市場已經崩盤，最近一個月，所有股民想賣都賣不掉，少騙人了，你哪來的閒錢？」雪兒不是笨蛋，一九八九年九月，當時財政部長郭婉容宣布課徵證券所得稅，造成臺灣股市無量崩跌，全部的股票在那幾個月當中，天天都是一開盤便跌停鎖死，且成交量低到沒有任何股民可以賣出任何一張股票。

「沒常識也要常看電視，這句話可是你教我的。」雖然雪兒戳破謊言，但也沒有什麼高興的神情。

「妳就別管那麼多了，我每天玩股票進進出出好幾十萬，湊出幾萬塊也沒什麼困難，反正妳先拿去註冊再說吧！」小黃硬是把大信封袋塞到雪兒的手上。

「我問你！你要老實地回答，這兩萬塊是不是阿嘉叫你拿給我的。」

被戳破謊言又被看破手腳，小黃趕緊掏出香菸點燃後狠狠地吞吐了幾口，來掩飾自己一時的心虛。

「我對天發誓，這筆錢是我的。」小黃一輩子發的誓言可多了，由其是對女人所發的各種毒誓，如果加上日後幹交易員時說扯的謊言與發的毒誓，如果一一靈驗，一百條命都不夠賠。

雪兒嘆了一口氣說：「何必呢？」

「如假包換，這真的是我的錢。」被戳破謊言後，最好的接招方式就是繼續扯謊下去，不管是外星人的謊、彗星撞地球的謊、白海豚會轉彎的謊。有時候，人與人之間的關係的維繫只是一抹淡淡的所謂尊嚴，尊嚴只是一種態度，謊言可以包容尊嚴，謊言宛如潤滑劑，緩衝人們之間的無解難題。

終究雪兒還是收下了這筆錢，小心翼翼地放在書包裡，語氣平和地對小黃說：

「反正我是向你借的，不是向阿嘉借的，你千萬一定要記住這一點。」

「如假包換，如假包換。」看到雪兒收下了錢，小黃鬆了一口氣，除了順利地幫阿嘉的忙以外，更重要的是雪兒能夠繼續把書念下去。

雪兒嘆了口氣：「信封袋上印著木桐工商聯誼社的字樣，今天早上阿嘉也同樣拿這個信封袋給我。木桐工商聯誼社，一眼就知道這是阿嘉經常去鬼混的不良場所。」

小黃不免在心中咒罵了自己一頓，怎麼沒注意到這些細節呢，急中生智地鬼扯一通：「拜託，只要是男人都喜歡去這種地方，那麼剛好，阿嘉也去過這個木蘭啊……」

「是木桐。」雪兒回了一句，「連打草稿都會打錯。」

「妳還真他媽的難搞，每次我開口向別人借錢，都得求爺爺告奶奶地拜託，要簽本票借據還要保證人，而我主動借錢給妳，還得要搞得好像身家調查似的，不管是阿嘉出還是我自己的，反正就是我借給妳的，我可沒說不用還。」小黃對雪兒這種腦袋裡頭多出幾千條神經、沒事東轉西轉的人，有時候會感到不可思議。

「這就對了，既然是我欠你的，不管是分期付款，還是拚命去安樂仔那邊多殺幾條鰻魚，或者是幫你跑股票交割，大不了幫你抄筆記考試罩你，總是有辦法還債，頂多最後還不了就避不見面，讓你留下我是位信用不好的同學的印象。

「但對於阿嘉，我若開口向他借，我可真的還不起。」

「還不起？妳就算一輩子不還，兩萬塊來對他來說也只是到什麼木桐工商聯誼社一個晚上發出去的小費而已。」小黃納悶地問起。

「感情債可還不起！」雪兒總算吐出真正藏在心中的芥蒂。

「原來妳已經知道阿嘉哈妳哈得要死要活的嘛！感情債還不起，欠我的債就還得起，真有趣。」

小黃與雪兒之間的對話始終是這般地毫無遮掩，但說出口後發現彼此之間好像產生一股微妙的感覺，小黃想了一下後很想試探性地問她：

「難道妳……」但終究把話活生生吞進肚子裡。

「當你的朋友很輕鬆，因為你完全以誠待人，想講什麼話就講什麼話，也不會把男女之間的關係看成什麼大不了的事情，也不會發展到大家都無法承受的危險地步。」雪兒說。

「妳太看得起我了吧，前幾天妳才罵我到處欺騙無知少女，警告我小心得到報應呢。」小黃心想雪兒的話根本就是前後矛盾，但好人乾脆做到底話鋒一轉：

「阿嘉也沒什麼不好，難道妳歧視胖子嗎？要不然我天天帶他去慢跑，或者拖著他去安樂仔那邊幹活，保證兩個月就變成帥哥一個。」

「你不懂啦！反正你也不必替阿嘉講什麼好話，有機會我會去找他道謝。」

表面上是阿嘉借錢給小黃，小黃再轉借給雪兒，就資產負債表而言，小黃的帳上有筆債權的資產，也同時增加了一筆借錢的負債，只是這兩筆資產與負債之間永遠得不到平衡，即便半年後雪兒便清償了這兩萬元，對於彼此之間，資產與負債所滾出的感情以及微妙的人生經歷，再也無法用會計或金錢的恆等式去估算，資產與負債之間的差額，在會計帳叫作「股東權益或業主往來」，但對小黃而言，這差額大概可稱之「人生往來」。

後來阿嘉換了一種方式幫忙雪兒，阿嘉身處於有錢的大家族，家族內有許多還在念國小、國中或高中的堂弟妹表弟妹外甥之類的後輩，阿嘉一一地介紹雪兒去當這些後輩的家教，雪兒是個很有耐心的家教老師，阿嘉的親戚看到幾個小孩的功課慢慢地進步，家教的鐘點費可是給得一點也不吝嗇，當年擔任家教的一小時鐘點費頂多一百元，但阿嘉親戚給雪兒的酬勞卻高達四、五百元，每個月的家教收入超過三萬元，除了負擔臺北念書的生活、一點一滴地償還給小黃以外，每個月還可以寄一萬多塊錢回家補貼。

但是，阿嘉與雪兒的關係卻始終沒有進展，沒有開始也沒有結束，關鍵在於雪兒的室友，念會計系的林岑昕。

外號小昕的林岑昕，外表不怎麼起眼，眼睛平常細細長長，想看什麼時，會忽然睜得大大的，一對毫無懼色充滿好奇的黑眼珠就會出現。

說漂亮嗎？用最嚴格的模特兒等級的標準來看，或許離及格還差了些，但五官除了立體明顯外，她的臉龐最大特色是「沒有雜質」，沒有細紋、臥蠶、雀斑、青春痘、痣，膚色雖然略黑，但顏色相當一致，沒有許多女生因為色調不一致而產生的臉部與頸部的陰影。

她來自臺東，是臺東當年罕見可以考上臺大的高材生，比起小黃、阿嘉、史坦利、雪兒等不是怪咖就是窮苦人家小孩，小昕可是正常許多，而且不是普通的正常，根本就是正常到離譜的地步，正常到讓小黃等人懷疑她是不是有什麼強迫性人格異常之類的症狀。

小昕每天起床一定跑到永福橋下的公園慢跑，慢跑的時間固定都是二十五分鐘，差一分鐘都會感到不自在。回到宿舍後會從冰箱取出吐司放在從家裡帶來的烤麵包機，設定的時間為六十秒，一秒都不差，就算有時候烤麵包機有點秀斗，把土司烤得稍微焦黑也不管，六十秒的設定宛如教徒早上讀聖經般的虔誠，乳瑪琳的奶油只塗四個角落，不多不少不偏也不倚，上課從不遲到早退，就算遇到月事來潮痛到無法走路也不蹺課。每週三晚上固定打掃自己的寢室，只要沒回臺東老家，也一定會替大家打掃宿舍大廳。

雖然大夥的消夜零嘴乃至於一起看電影的費用多半是由阿嘉支付，小昕也會鉅細靡遺地記下每筆支出，有幾次連阿嘉也看不過去請她別去計較這些開銷，小昕依舊是如實地登錄在自己製作的會計日記帳，每週與每個月會請大家傳閱。

其實小昕的聯考成績相當高，連第一志願的國貿系都可以錄取，但就是因為高中老師的一句話：「會計的本質是追求正確、維持平衡與按部就班的學科。」小昕認為這些特質很適合自己個性，所以才填志願序比較後面一點的會計系。

大一的時候，從臺東來的小昕原本住在自己叔叔家裡，但快要升上大三時，叔叔生了一對雙胞胎嬰兒，只好收回原本空出來給小昕住的房間，原本打算在外租屋的小昕，因為擔心租屋環境不單純，只好向學校申請宿舍，但沒想到正規的宿舍已經滿了，只好被編到這棟臨時宿舍，為了避免不單純的環境卻住進這幾間最不單純的學生宿舍，最規律的人卻和一大堆最不遵守生活秩序的同學住在一塊。

小昕自稱只具有部分原住民的血統，其實後來才知道她是百分百的原住民。當年臺北與西部的平地人普遍對原住民懷有很深的歧視，上街買個東西會被視為形跡可疑的小偷，晚一點走在路上會被一些喝醉酒的男人誤以為是阻街女郎，更別說能夠打進學校裡頭那些天之驕女們的圈圈內。

小昕大學前半段的生涯過得很單調，原住民的外表逼得她自我封閉起來，下課後就回親戚家中幫忙懷孕的嬸嬸做家事，放假時也只是到重慶南路的書店街買書買唱片。

所幸她不怕單調，她喜歡規律，喜歡事情盡在掌握中的感覺，單調的生活才不會發生讓她感到秩序崩壞，她不喜歡意外，雖然也想要和其他女同學一樣參加醫學院男生邀約的聚會，同樣懷著和其他女生一樣圍繞在抱著吉他唱歌的高帥學長的身旁做點戀愛的曖昧夢想，但血緣上的自卑感與不敢拋棄生活規律的她，老是提不起勁主動去參加系上或學校的任何活動。

「並不是所有山胞（當年沒有原住民這個名詞，社會上連原住民本身也自稱山胞，直到一九九四年以後，官方為了族群融合才要求全國將山胞這詞改為原住民，為了還原時代感，本故事才會使用當年的稱呼而非歧視。）都愛喝酒，也不是所有山胞都是窮鬼啊！」小昕只敢對同寢室的雪兒說出這些心中的不平。

當年大學聯考並沒有對原住民給予特殊優待，原住民考生能夠加分的制度大約是從九〇年以後才開始，不過說也奇怪，以前的大學聯考可以對中國的少數民族（如擺夷、苗族）甚至港澳出生的考生加分，人數比擺夷等族多幾百倍的臺灣原住民卻無法獲得優待，以小昕來說，可說是憑真槍實彈過關斬將考取臺大，比起聯考分數加了一百多分才考上法律系的某黨國之子，強太多了。

小昕考取臺大放榜的那晚，身為鄉長的父親宰殺了五十頭豬公幾百隻雞，還辦了一整週的流水席，為了慶祝他們族內第一個考上臺大的子女，但小昕根本快樂不起來，別說到首善之地臺北的最高學府，就連到以平地人子女為主的臺東女中，小昕就已經感到很強烈的被排斥感，要不是她的功課始終維持在全校第一名，有時連最起碼的尊嚴都不可得，也許在臺東女中拚第一名不算太難，但想要藉著成績優越在臺大獲得對等的尊敬，那根本是天方夜譚。

刻意也好，自我封閉也罷，規律的生活讓小昕誤以為臺北是座足以讓人過著類似隱姓埋名生活的城市，和臺東山上部落的大家族比起來，也許表面上是如此。小昕並沒有編織什麼夢想，打算穩穩地念完四年，然後去考張會計師執照，不然就回鄉到農漁會信用部去當個小職員，找個和自己一樣生活規律胸無大志的男人，可以的話，她想嫁給漢人，倒不是因為族群或所謂的社會階級，因為大二選修的社會學告訴她，不同種族通婚所生下的後代，因為基因的混血，會比同種族婚生後代來得強壯美麗與健康，反觀如果要在自己族內找對象，光是學歷這個鴻溝就會讓多數男生裹足不前，更何況，當年原住民男性多半愛酗酒、沒有精明的金錢觀念，更別提具有記帳儲蓄等習慣觀念，少數同胞放蕩不羈的性行為也讓她無法認同。

小昕追求的美好世界是種絕對性的，而非相對性的，不是追求比別人美好優渥的相對的幸福，而是一種單純性，自己跟自己比，滿足自己小小的要求就是美好。

在小昕的微小世界觀中，容不下那種放蕩不羈、生活糜爛的男人，阿嘉這類典型的富二代，從搬進宿舍認識幾天後，小昕根本就把他視為臺大之狼、宿舍之恥，雖然不至於膽敢對阿嘉大聲斥責，但成天在寢室內對著室友兼姐妹淘雪兒咬耳根講壞話，卻影響到雪兒對阿嘉的態度。

當然，如果不提升到男女朋友的關係，誰在乎阿嘉找過多少妓女，更不在意阿嘉到底有沒有能力管住自己的老二。

撇開道德因素，阿嘉在自己暗戀的對象面前毫不遮掩自己的敗德行為，多半也肇因於家庭環境，有些上一代的有錢商人認為養細姨（那年代還沒有小三這名詞）、花天酒地這類的行為是種「有能力」的表徵，小孩看著父親祖父的模樣，長大後自然會有樣學樣。

想要擄獲女人的心，必先想辦法贏得她的姐妹淘的那張嘴，那張嘴到底是站在男人那邊幫忙灌迷湯呢？還是站在對立立場打預防針呢？很多男生活了一輩子都不了解這番嘴功。

小黃顯得幸運多了，從高中時期就讀女生班級開始，雖談不上在女人圈中打滾，但早就了解女生小圈圈與姐妹淘的殺傷力，自從被高中初戀拋棄後，小黃所挑選的都是和自己生活圈完全不相關的女人，而且越寂寞越好，身邊連一個朋友都沒有的女生更是小黃尋覓的對象，身邊沒有姐妹淘與家人的女人，就不用擔心那張聽不見的嘴了。

打從北上沒多久，小黃便大致摸清楚這座城市的人的「底細」。臺北討生活容易，女人無須依靠男人大致也可養活自己，這座城市的外來人口多到讓其他城市感到不可思議，每兩個人就有一個外來人口，這些人通常是一個人住，不然就是找幾個同事同學在臺北縣租間小公寓，混得比較好的或夜生活需求多一點的人就在臺北市區租間小套房。

天性善於察言觀色的小黃，尤其會辨識哪些女人屬於寂寞的一群，哪種女人又屬於滿足的一群。有一天史坦利問小黃：

「為什麼十之八九能夠把得到你想搭訕的女人？」

小黃笑著回答說：「這就好像股票成交量，量越少代表低點越接近，越是低點代表未來上漲的可能性越高，女人也一樣，寂寞好比成交量低迷，我們從K線可以判讀出成交量，也可以從女人的臉解讀她寂寞的程度。」

史坦利雖然是個數理天才，跟著小黃學了幾天的股票K線就立刻融會貫通，但這番話卻難倒了眼前這位天才，小黃收起笑容繼續說下去：「挑對了股票，股價自然會順勢上漲，搭訕到寂寞的女人，她自己會主動搭座便橋邀你過去。」

無法理解的史坦利哼了幾聲：「我聽你在放屁，你那麼厲害，為什麼三番兩次找人喝酒，喝醉了就亂唱『我終於失去了妳』這種失戀歌。你那麼厲害，為什麼還會被女人拋棄？」

小黃露出一副朽木不可雕也的模樣回答：「學長，你應該知道經濟學大師凱因斯的故事吧！他搞短線很厲害，但每次長線投資都讓他賠大錢。」

「什麼意思？凱因斯和你搭訕把妹之間有什麼關係？」

「凱因斯與我的理論不管多麼偉大，多麼嚴謹，都只適合短期進出，你忘了凱因斯理論中最中肯也最實用的一句話嗎？」

聰明的史坦利一聽就懂，脫口而出：「In the long run, we are all dead.」

「In the long run, we are all dead. 對！」小黃也跟著說出，兩人對看了一眼後哈哈大笑，宛如武俠小說中高手過招不分軒輊之後那種英雄惜英雄的境界。

到最後才加入討論的雪兒，根本不清楚兩個人前面的鬼扯淡開頭，還一臉正經地問著：「小黃，你也能導出經濟學理論啊，難得你和學長能聊些功課上的話題，能不能說來聽聽，今天總體經濟學的期末考剛好就考了好幾題凱因斯的理論。」

史坦利伸出舌頭扮鬼臉：「妳最好別聽，反正結論就是凱因斯的東西是學來遺忘的，唯一的功能就是幫政客騙騙選票罷了！」

「拜託啦！哪怕只有一點點也好，我希望宿舍從此能多些功課上的討論，少一點你們幾個男生天天掛在嘴巴上的女人經與粗話。」

「雪兒，上禮拜安樂仔要我這個禮拜一定要多找些幫手去魚塭幫忙，我在想，反正期末考剛考完，寒假長得很，離過年還有三個禮拜，要不要找大家一起幫忙順便去蘇澳玩個十天半個月的。」小黃把話題岔開。

小黃並非喜歡呼朋引伴的人，不管什麼事情，正經八百或吃喝玩樂的，能夠不找伴就盡量少找，連看電影、陽明山看夜景、甚至到總統府前參加示威，小黃都是單獨行動，這種想要邀約大家一起去玩的通常是丁淡哥所提議。

除了小黃與雪兒定期每一兩週就跑到安樂仔那邊幫忙之外，史坦利與淡哥也曾經跟過幾次，多少了解養殖場的粗淺工作內容，其實與其說去打工，對除了雪兒以外不缺錢的他們而言倒不如說是趁機去海邊玩，對小黃來說，則是藉著體力工作想要逃避臺北這座讓自己根本提不起勁的城市。

「不就是老班底四個人兩部摩托車從北濱公路殺過去，吆喝一下就好了，有什麼好約的？」雪兒回答小黃。

「前一陣子我聽小昕說她也很想跟著去看一看，她沒跟妳提過嗎？」

「嗯？小昕？找她去幹什麼？她不會有興趣的啦！更何況那些粗活根本就不適合她啊！白白浪費安樂仔的薪水。」雪兒打算問到底。

雪兒的腦袋瓜內的神經比尋常人多出幾千條，任何一點其他人看不出來的尋常微妙小變化，對她而言可說是天生敏感，為何小黃想找多一點人去？且明明她不曾聽過安樂仔提過多找一些人去幫忙的話。

「寒假那麼長，且隨時要公布補考名單和時間地點，成績公布前大家都不敢擅自回家，與其天天窩在宿舍，不如大家一起去蘇澳玩玩吧，反正蘇澳騎機車回臺北也不過五、六個小時，萬一臨時要補考，總比小昕大老遠回臺東後再跑回學校來得方便吧！」小黃口沫橫飛解釋了半天。

女人可比男人複雜多了，男人老是大剌剌地謊話連篇，自我矛盾幼稚得可笑。

雪兒笑著回小黃：「黃麒銘，要約你自個兒去約，別推到我身上。」

「郭雪君，妳什麼時候變得這麼麻煩？反正我希望大夥一起去，萬一搞不定的話，妳明天就立刻把欠我的錢還我，就這麼說定了。」小黃抱著一疊陳師孟教授的總經筆記躲進寢室對期末考的答案。

雪兒隔著男生寢室的門大笑：「你才搞不定。」

半年前大夥剛搬進來沒多久之後，心思細膩的雪兒便察覺小黃對小昕的態度十分彆扭，沒想到膽大包天、每個月起碼在外頭隨機搭訕超過一打以上陌生女人的小黃，居然連向小昕借本中級會計學的筆記都會臉紅。

其實剛認識小昕沒多久，小黃就被她深深吸引，坦白說，小昕的外表並不出眾，身材稍嫌矮小，身高連號稱一六〇都有些牽強，由於是臺東的原住民，膚色比一般女生略為黝黑些，但因為天天慢跑，反而晒出健康的小麥色，只是外型並不是讓小黃心動的重點，而是她所散發出的安定感讓小黃感到心嚮往之。

愛情本來就是天秤兩端之間的擺盪，有時候嚮往自由，有時候渴望安定；上一段追求刺激墮落，下一段卻只想得過且過；年少時偏好美豔的外表，長大成熟後則偏好耐看以及緣分。

有些人會從失敗的戀情中找到「主觀的教訓」，以小黃為例，不論是高中時期的初戀女友，還是上大學後到處獵豔的「前女友們」，幾乎各個都具有「神龍見首不見尾」的個性，曾經被初戀女友的不告而別傷害過的小黃，表面上看似豁達，但卻造成內心上的極度不平衡。

「總是要給個理由吧？」

忘了是跟誰喝醉酒時所吐出的酒後真言，戀愛有沒有快樂的結局無關緊要，第三者？個性不合？家庭因素？沒有激情感覺？再怎麼離譜都無妨，但總是得有個明確的結局吧！法官判犯人死刑肯定會安個罪名，投資股票慘賠者總是得找出原因，微積分教授死當學生起碼會給打個分數或給場補考，職棒球賽的輸贏總是會有比數高低。

而經歷了一場莫名其妙、有頭無尾的「消失的神祕戀情」後，難以接受的小黃只好麻痺在遊戲人間裡，故意挑些「自己根本不會愛上」的類型的女人來段一夜情或短暫曖昧，就像短線投資，可以隨時隨地任性買進，停損停利賣出更不必找理由。

相對於上一個戀人的自由奔放，小昕是那種自認低調規律是保護自己的唯一手段的女生，在這樣的自我認知下，嚴格管理和壓抑自己下的穩定個性卻深深吸引小黃，因為安定與規律意味著自己所投入的感情至少抓得住成果，至少可以品嘗彼此感情之間的慢慢升溫，退一萬步想，最起碼可以知道在哪裡？在何時？可以輕易地找到另一半。

那年代沒有手機，而學生也租不起收費昂貴的bb call，若自己的戀人過於漂泊、行蹤不定，可說是一點聯絡辦法也沒有，即便住在同一條街，只要一方無心經營戀情，還真的很難被找到呢。

也不能說小黃不曾表白過，有一次幾個人去公館逛夜市，故意慢慢拖住小昕腳步落在大夥後面，製造出兩人落單機會的小黃，在專賣女生小首飾小物的攤位上挑了一條亮色的護唇膏送給小昕，用自認不落痕跡一切看似正常的口吻對小昕說：

「這條護唇膏很適合妳，擦了之後一定會更漂亮更好看，有機會和醫學院男生聯誼的時候記得塗抹。」

對於小黃而言，那趟夜市的表白已經是他有史以來最隱晦最婉轉最不著痕跡的一次。

小黃用的助詞是「更」漂亮而非「變」漂亮，心思再怎麼粗線條的女生都聽懂這兩個單字之間的差異，以及從男生嘴巴中說出來所代表的意義。

小昕有生以來從來沒有認為自己長得好看，從小到大也沒有被誰誇過一次漂亮，母親反而把她當醜女孩看待。「如果妳長得再漂亮一點就好了。」因此小昕很少照鏡子，只在出門前做點必要的檢視，譬如有沒有長新的痘子、眼屎有沒有擦乾淨、嘴唇有沒有乾裂之類的程序。

被小黃讚美過之後，她第一次覺得自己的臉或許真的有美麗的地方也說不定，照鏡子的時間也比以前久些，開始會花點工夫去觀察自己臉龐的細部變化。

整個學期，小黃有不少和小昕獨處的機會，譬如故意製造在水源市場附近的文具店偶遇，一起在頂樓陽臺晒衣服……等等，但平常面對女生的三寸不爛之舌卻宛如打了死結，好不容易開口講話，總是發生打噴嚏、打嗝或喉嚨突然乾癢起來的症狀，對不喜歡的初識女生不假思索就敢脫口而出邀約一起去開房間打炮，但對小昕卻連問個中級會計學的財務公報問題這種最理直氣壯的藉口都語塞。

小黃原本自認為在經歷一次失戀外加數不清的搭訕一夜情的經驗，在感情上早就練了金剛不壞之身的神功。

一個人的頭顱在五歲之前就已成型，身體四肢最遲十五、六歲也會發育完成，面對感情的心卻是最晚成熟。感情和投資一樣，上一次的失敗不代表下一次可以免疫，上一次的成功不代表下一次能如法炮製。

小昕當然清楚，但她並非裝傻，而是她希望自己的戀愛能按部就班，她不想接納和自己個性完全迥異的人，小黃天性不受拘束、我行我素、做事不按牌理出牌、只看成果不在乎過程、把人生視為一連串的賭注……這些人格特質可不是一般未經世事的乖乖女所能認同，更別提傳遍法商學院的抽菸、喝酒、吃檳榔、打麻將、上舞廳、玩股票、到處把馬子的昭彰惡名。

無論如何，雪兒順利地約了小昕一起去蘇澳，理由很瞎，雪兒裝出一副可憐樣地騙小昕，如果約不成，小黃將要向她逼債。

不只如此，雪兒還找了更瞎的藉口讓小黃單獨騎機車載小昕出發，事情是這樣，六個人原本說好，由阿嘉開著家裡那部福特千里馬載另外四個人，小黃單獨騎摩托車，說好隔天等到小昕期末考最後一科考試結束後才出發，但阿嘉、雪兒、丁淡哥與史坦利卻瞞著小昕提早一天就出發，提早出發的理由是為了躲開當天晚上在忠孝東路舉辦的「無殼蝸牛夜宿東區大遊行」的人潮。

知道被雪兒設計擺了一道，考完試回宿舍的小昕滿臉無奈地對小黃說：「一句話就可搞定的事情，何必兜那麼一大圈呢？可以簡單的事情何必複雜化呢？」

奧坎的剃刀理論說明，一件事情如果有許多不同的解決方法，其中最簡單省事的那一項就是最佳解決方案。

理論很多人都懂，諷刺的是，越不懂理論的人，往往是人生中最容易成功的那一群。

把長髮在腦後綁成一束，像馬尾般垂放著，小昕大方地坐在機車後座，明明北宜公路入口的北新路離海邊遠得很，竟也聞到了一絲絲大海的氣味，這一天臺股見到萬點，前一天十幾萬個無殼蝸牛夜宿忠孝東路，幾天後，蘇澳海邊發生了一件改變六個年輕學生一輩子的事件，只是這一天，他們都還不知道。

※ ※ ※

北宜公路的鬼怪傳說很多，尤其是從坪林到頭城這段俗稱「九彎十八拐」的狹小山路，彎道既多又窄，過彎角度更是險峻，三天兩頭便發生嚴重的死亡車禍，所以從北新路新店這頭進入山區後，沿途都有過往司機在路上燒香撒冥紙，更增添了毛骨悚然的氣氛，經常跑這段路的小黃也不免俗地準備紙錢，打算停下車來祭拜孤魂野鬼好兄弟，祈求旅途平安。

「對不起！我是教徒，不能陪你燒紙錢。」臺灣的原住民十之八九是基督教徒。

「也沒什麼大不了啦！就只是求個心安罷了。」

「反正你想燒紙錢的話你自己去燒，記得離我越遠越好。」虔誠的她相當堅持。

「你的想法也有道理，這條風景這麼漂亮的公路，沿路到處都是冥紙，真的很煞風景，我還看過一路幾十公里不斷撒冥紙的卡車呢，與其分心撒冥紙撒個不停，還不如專心開車來得安全呢！」小黃投其所好地回答，反正自己也沒有什麼宗教觀，高中就讀教會學校，因為接受受洗入教可以記小功一次，為了避免被退學的命運，小黃也曾經受洗過，只是這種功利現實的目的倒也讓小黃經常感到羞愧。

「所謂風景還不是人想像出來的，像我家附近的利稻部落，這幾年由於救國團的健行隊很熱門，幾乎天天都有大批西部的遊客，在我眼裡也不過只是整片無趣的山林，颱風來時經常山崩，一山崩就交通中斷，我們族內的人都巴不得有能力去都市生活，你們卻喜歡那種風景。」

「所謂的欣賞風景，應該就是想要彌補自己已經失去或不曾擁有的遺憾吧！重要的是一起欣賞風景的人，人對了，連學校的那幾棵看起來很單調的椰子樹都是美景。」小黃回答著。

「你們西部的同學對所謂風景，都能說出一堆重要意義，畢業後也許到美國念書，學成歸國後不是當大官就是到大公司做主管，後山對你們而言，好像那種搭火車到東部呼嘯而過的車窗外的風景，你們西部人頂多稱呼我這種人叫山花，像我這種來自山上的人，只是你們人生中可有可無必經的無趣風景，過了就記不得。」坐在後座緊抓著機車把手的小昕顧不得說話有沒有帶刺。

「不！妳對我來說不只是人生風景畫布上的一個路人過客，我希望妳能夠成為人生這趟旅程中重要的同伴，我更希望能夠成為妳的同伴，或許我也是妳的人生風景的一齣布景，但我這個景色對妳而言，怎麼說呢？應該說是隨時都在，就算我無緣成為妳的同伴，但至少妳想舊地重遊或隨時想到我的話，我隨時都在，風景並非沒有太大意義的人生龍套的布幕，而是實實在在始始終終隨時在同一個地方等著妳來。」小黃嘰哩咕嚕地用長篇大論趁機向小昕表白。

騎機車是最能化解尷尬、掏心掏肺吐露真心話的交通工具，景色呼嘯而過，風切聲貼著臉頰，讓講出去的話好像有種會隨風而逝的錯覺，因為無法面對面講話，即便講錯話也不會被發現臉紅耳赤。小昕當然聽出話中有話，也不知道該回答些什麼，兩人一路上陷入沉默，直到車子經過坪林老街。

「我考完試到現在都沒吃東西，請你停下車隨便找一些吃的再上路。」小昕好不容易才想出可以讓彼此繼續聊下去的話題。

「我忘了妳肚子還餓著，抱歉。」小黃把機車停在一家專門賣茶葉蛋的店的門口。

「這家茶葉蛋相當好吃，比我們學校的福利社還好吃一百倍呢！」

坪林位於北宜公路的中間點，許多往來的車輛的司機會停在這裡覓食，但由於趕時間，加上坪林附近是北臺灣包種茶的重要產地，於是茶葉蛋這種吃了就走的簡單食物漸漸成為坪林的招牌美食。

體貼的小黃細心地幫小昕剝掉蛋殼，哇了一聲好像中愛國獎券似的：「妳看，連續兩顆蛋都是雙生仔！」

「什麼是雙生仔？」小昕好奇地問著。

「雙生仔就是蛋裡頭有兩個蛋黃，就好像檳榔的所謂倒吊仔。」

小昕家鄉幾乎人人吃檳榔，聽到倒吊仔的比喻就立刻了解：「怎樣！吃到雙生仔茶葉蛋會有好運降臨嗎？」

「如果只是一顆雙生仔，就只是一般的好運氣，但是如果連續兩顆都是雙生仔，代表吃的人即將遇到好姻緣，如果是連續三顆都是雙生仔，你眼前的那個人就是未來的另一半。」小黃興奮地回答著。

「我來試一下運氣再買一顆，看看能不能連中三顆雙生仔？」小黃又從茶葉蛋鍋內挑出一顆，用一種接近膜拜的虔誠模樣小心翼翼剝掉蛋殼扒開蛋白。

沒想到這又是一顆雙生仔，小黃手舞足蹈地跳了起來，把剝開的茶葉蛋當成稀世珍寶端到小昕眼前說著：「很多事情是天注定的，妳看，連中三元！」

一輩子都沒看過兩顆蛋黃的蛋，別說一口氣看到三顆，小昕看著小黃嘆了口氣回答：「你的賭運一向很好，但很多事情可不是靠運氣就可強求，我知道你對我有意思，你對把妹一向很有手腕，我不知道該怎麼對你說，上臺北之前我父親千交代萬交代叮嚀我別交西部平地的男朋友，更何況你又是全法商學院最花名遠播的小黃，你知道你們系上的女生怎麼形容你嗎？她們說你是最危險的男生，誰遇上誰就倒大楣。」

「會有那些三姑六婆的傳言八卦，都是她們在不了解我的情況下鬼扯的，反正一堆女人聊天時總會找個聳動的話題，難道要我去警察局申請良民證來證明嗎？」小黃語帶無奈。

「我們山地人不像你們平地人會搞曖昧，喜歡就喜歡，不喜歡也會明說。」

「好吧！那我暫時收回一路上對妳說的話，回到原點當個比普通朋友還要再熟一點點的朋友，就吃吃飯看看電影一起念會計，可以嗎？」小黃用手指比了比手勢。

「難怪雪兒說你有張最厲害的嘴，我終於領教到了，但你似乎不了解女生對愛情的最低標準。」

「最低標準？」

「也沒多了不起啦！女生如果設定了太嚴苛的標準也會嚇跑一堆男生的啦，最低標準只有兩個，一是不能說謊，二是獨占。」

「能不能解釋具體一點？」聽到小昕願意提出交往的條件，小黃當然得繼續循著話題下去。

「你這麼聰明幹嘛還需要我來解釋？」

「反正我給你三個月的時間，我不管你到底有沒有傳聞中的什麼紅粉知己啦！一夜情啦！隨便玩玩的女生啦！三個月必須清理乾淨，還有不能再賭博，就三個月，我就是開出這個條件。」小昕也說得很直白。

「賭博？那玩股票也算嗎？」小黃個性就是喜歡討價還價。

「我是跟你認真說話，你不要再跟我玩文字小把戲，懂嗎？」

小昕認真起來的神韻還真迷人，三個月！小黃連三天都不想等。

「還有，你那個雙生仔茶葉蛋的鬼話根本就是騙女生的老套，你別以為我是瞎子不認識字。」小昕指著賣茶葉蛋店的招牌：「坪林雙生仔茶葉蛋」。

難怪整條街十幾家賣茶葉蛋的，就屬這家的生意最興隆。

傍晚要抵達頭城之前，太平洋的低空出現了一長串金色光芒的雲朵，陽光透過海面折射回雲團，這種金黃色低空密集雲層被當地人稱為地震雲，但其實只是比較罕見的冬天颱風雲，冬天的太陽距離宜蘭比較遠，如果剛好西南邊的巴士海峽形成颱風，午後的陽光從遠方的西邊灑進颱風圈，從颱風眼的狹小縫隙射到臺灣東北岸，自然會形成一絲一絲密密麻麻的金黃色低空雲彩，但由於一來冬天形成颱風的機率很低，又得位於巴士海峽，加上還得透過颱風眼的空隙，所以幾十年也碰不到一次，罕見的現象宛如一道金色的彩雲，在氣象知識尚未普及之前，反而會被認為是不吉利的表徵，一百多前的宜蘭恰好有次大地震伴隨著這種特殊雲朵，以訛傳訛加上巧合而被稱為地震雲。

小黃與小昕一到安樂仔位於蘇澳港外圍的養鰻場，安樂仔大呼小叫地催促著：「來得真剛好，趕快來牽罟。」

說完後朝站在小黃身後的小昕看了一眼後問著：「這位是上次你說，哈得要死的那個女生嗎？」

為了不讓臉皮薄的小昕感到尷尬，小黃連忙澄清：「她叫小昕，只是普通朋友啦。」說完後看了小昕一眼，小昕回了一個「算你識相」的表情。

牽罟是臺灣東海岸北從金山、南到臺東一帶漁民的古老捕魚方式，一大早開著幾部舢舨船到幾海哩以外的近海放下幾層的魚網，魚網的另一頭同時也是長達幾哩的麻繩，麻繩的另一頭固定在岸邊，等到午後傍晚時，再由漁夫們攜家帶眷地到岸邊慢慢地拉起麻繩，將放在外海的魚網一圈又一圈的拉回岸邊。

由於牽罟需要大批人力，早期臺灣還沒有進入都市化之前，漁村與農村的人口眾多，這種需要大量人力的相對原始捕魚方式，是早年臺灣漁村的重要生計活兒，但從一九八〇年代起，漁村人口漸漸外移到都市的工廠去討生活，加上牽罟的漁獲量遠遠低於裝配現代各種捕魚工具的遠洋漁船，牽罟只有在假日或過年時，漁村出外人口返鄉過節時才會偶爾進行。

只是到了一九九〇年代後，近海的魚源逐漸枯竭，與其聘請工人來牽罟，還不如搭條船去外海找中國大陸的漁船進行海上交易，漁夫已經不再捕魚而成為海上貿易的買賣交易者。

牽罟至少會有兩條或以上的麻繩，這樣才能形成一張立體的捕魚網，每條麻繩一邊少說也得動用五、六個人，兩邊加起來起碼需要十來個人手，傍晚起開始把放在外海的魚網拉回來，動作很像拔河，只是一邊往岸邊拉，第一個碰到岸邊的人放下麻繩後就回頭回到淺海上繼續拉起麻繩，如此來回反覆地牽罟拉網。

牽罟的漁獲屬於船主所有，來幫忙的人會適當地給予酬勞，有時候是直接給約定好的工資，但大多時候則是視漁獲量的多寡而用漁獲來給付。漁獲量大的時候，除了會挑選賣相較好或比較高貴的魚種當鮮魚拿去市場販售外，剩下過多的漁獲則會當場放在大鐵桶蒸煮，半熟的魚則拿回村民家的晒魚場晒成魚乾。除了當地漁民與其家人村民外，大多數來幫忙的都是開餐廳的或從事總鋪師的人，除了能挑些鮮魚活撈仔回去做生意外，這些總鋪師們最想要的反而是那一鍋鍋蒸煮過幾百上千條活魚後的「滷水」，這些滷水可以拿來當高湯，也就是俗稱的「天然魚露」。

今天牽罟的東家是安樂仔，一大早就和史坦利與丁淡哥駕著他唯一的財產——半自動的馬達舢舨船出海放置魚網。安樂仔已經在蘇澳養鰻養了三年多，其實這回是因為他遇到了鰻魚大量出貨，才需要比較多的人手。

鰻魚是種很奇特的生物，每年大約夏秋之間，鰻魚的幼魚（俗稱鰻仔栽，大小不到〇・五公分）從未知的海域孵化後會從南邊的巴士海峽向北邊洄游，洄游的過程會在臺灣東海岸與西海岸幾個河流出海口那種淡鹹水交接處停留覓食，每條河口會停留幾天，覓食後就會繼續往北游，東西海岸的鰻仔栽的最後覓食點大約在和平島內的港灣，這時候差不多已經繁衍到五、六公分，儲備生長的養分後繼續朝北游向沖繩、九州，一大部分的終點站則是東京灣（小部分游到朝鮮半島），這時的鰻魚已經長到幾十公分，在東京灣交配後又往回游向南方，直到鰻魚的神祕產卵地點後產下卵則死去。

鰻魚無法繁殖，直到二十一世紀，人類的科技都無法藉由人工方式大量繁殖鰻魚，雖然科技上已經找出部分辦法，但繁殖的成本過高且成功交配產卵孵化的機率太低，所以只能藉由到海河交界處去撈捕鰻仔栽，然後集中養殖直到成魚才賣出。

早年住在海邊的人，每逢夏秋交界時節，會利用半夜去海邊捕捉鰻仔栽，由於鰻魚有聚光性，漁夫頭上會綁上手電筒吸引附近海域的鰻仔栽過來。一開始是日本商人來臺灣收購鰻仔栽帶回東京灣或瀨戶內海一帶飼養，在一九六〇年代當時成為海邊人家的重要家庭副業，運氣好的話，出動一家人一個晚上下來所捕撈的鰻仔栽可以賣個上千元，當時一個月工人的工資也才不過兩三千元。

但後來由於臺灣人工比較便宜，加上從日本人那邊學到養殖的技術，於是開始有人養殖鰻魚，全盛時期大約是一九八〇～一九九〇年，買條鰻仔栽不到一毛錢，養上八、九個月後，日本人會用一條五、六十元收購成鰻，且鰻魚只需要海草或海蟑螂之類的簡單便宜飼料，當時養鰻簡直是暴利行業，八〇年代，只要哪個漁村有鰻魚養殖場，那個漁村內擁有賓士車的比例就高到嚇人。

一般鰻魚從鰻仔栽養到可以食用的大小，起碼也得十到十二個月的時間，正常鰻魚會在初夏長大，所以日本人才會習慣在夏天吃烤鰻魚，當成消暑聖品。但一年多前，因為貪便宜，安樂仔在南方澳附近向來歷不明的人收購了一批特殊的鰻仔栽，這批鰻苗外表不像臺灣東海岸常見的品種，一般魚苗的身體呈現半透明。

奇怪的是，安樂仔這批鰻仔栽的顏色幾乎接近黝黑，一開始安樂仔也不敢買太多，沒想到這批鰻魚從幼魚到成魚只需四個月的養殖時間，去年冬天，他還撈了幾條透過漁會去詢問海洋學院的教授，沒想到他所養的是貨真價實的鰻魚，只是罕見的品種，且烤起來不論是味道或是口感還比尋常品種更美味。

由於冬天不是鰻魚生長季節，整個冬天，日本都處於鰻魚缺貨的季節，頂多只有一些冷凍貨，而安樂仔這批在冬天養成的新鮮鰻魚還吸引了日本漁船跑來高價收購，安樂仔在去年因此發了一筆小財。

今年夏天，安樂仔又遇到那批來路不明的漁夫前來養殖場兜售相同品種的鰻仔栽，這次安樂仔發起狠來一口氣收購了將近一百萬尾鰻苗，運氣一如去年，從八、九月開始養殖，不到四個月的時間就已經養到可以收成的階段，但因為養殖量太大，加上安樂仔不想讓蘇澳當地的同業知道他的商業機密，只能從西部的朴子、布袋等地高價僱用臨時工人來幫忙。

當然，一些比較重要的活，如看管魚場等，必須找信得過且沒有利害關係的人來幫，所以小黃和雪兒這幾個月來才老是往蘇澳跑。

牽罟跟拔河很像，一群人必須跟著前面拉網者的節奏跟著拉，所以拉網時會喊著「喲～嘿～喲～嘿嘿嘿」的聲響，漁獲量大的話，漁網會格外沉重，有時候會卡在淺海的暗礁，所以船東必須划著小舢舨隨時注意網子有沒有被暗礁或大型垃圾卡住。

考了一個早上的成本會計，又馬不停蹄地從公館直奔蘇澳小漁村死勁地拉網牽罟，早已累壞的小昕一不小心就摔在沙灘上，在後面的小黃見狀立刻伸出手扶她起身，小昕一站穩就立刻撥開小黃的手，還左顧右盼一會兒確定沒人看見兩人親暱的舉動後轉過頭來對小黃咆哮：「我不管你怎麼想，如果你膽敢對別人說我是你的什麼人的話，我保證你會死得很難看。」

「有這麼嚴重嗎？」小黃用輕挑的口氣回答。

「黃麒銘！我告訴你，我爸爸不只是鄉長還是我們族內的大頭目，如果你敢對別人亂說話，我一定會叫他殺了你。」

小黃突然想到原住民出草的畫面，但實在無法和眼前這位嬌小的女生聯想在一起，噗嗤一聲笑了開來，這世界，什麼話都必須仔細認真聽聽，只有從男生嘴巴跑出來的甜言蜜語、或女生所撂下的狠話除外。

「小黃你沒吃飯啊！用力拉啦！」丁淡哥的怒吼聲音從繩子最尾端傳過來，才將兩人帶回牽罟的現實。

沒多久，魚網已經拖到距離岸邊不遠的海上，網內活蹦亂跳的魚群的魚鱗反光好像把海水染成一片銀白，從看到魚影到完全拖拉上岸又足足花了半個小時，安樂仔一邊收網一邊笑著說今天大豐收，漁獲還沒分配完畢，幾個消息靈通的市場賣魚小販早已騎著載貨摩托車等著向安樂仔收購。

忙完之後已經晚上八、九點，大夥才有時間開始吃晚飯，養鰻人什麼沒有，吃飯配烤鰻魚就當成一餐，安樂仔笑著對在旁邊殺鰻魚的小黃說：「你知道這樣一尾烤熟的鰻魚在日本的居酒屋，要賣多少錢嗎？」

「兩千多日圓，換成新臺幣要八百多塊錢（依照一九八九年的匯率）。」

聽到一尾魚要賣八百元以上，除了家裡有錢的阿嘉以外，無不嘖嘖稱奇，盯著眼前的烤鰻魚，一雙筷子已經快要夾住鰻魚肉的雪兒，筷子懸空停止不動，不知道該不該把眼前一口就要超過一百元的鰻魚肉吃下肚內。

當時臺灣的物價，一份三菜加塊排骨的排骨飯，普遍售價是二十五到三十元，沒有技術的雜工到工廠去幹粗活，一天工錢頂多一千塊錢，雪兒當家教教一整個下午也還賺不到兩千元，而這麼一條不到三十公分的黑漆漆油膩膩的鰻魚，日本人竟然願意花上臺灣人一天的工資，就這麼幾口把它吃下肚子裡去。

「夭壽，日本人的大便是黃金做的嗎？」口無遮攔的史坦利脱口而出。

「可是，我花了幾個月的工夫養這麼一條，賣給日本人，你們猜我拿到多少？」

「兩百！」、「兩百五！」……眾人七嘴八舌地猜起來。

「五十！其中還要給漁會的中間人抽十塊錢。」安樂仔忿忿不平地抱怨起來。

「日本人賺這麼多？太狠了吧！」丁淡哥出身於那種一聽到日本人就咬牙切齒的外省家庭。

「沒辦法，他們除了有大型遠洋漁船，一趟來臺灣掃貨可以載上一百萬條，今天一大早來買，隔天中午就可以載到他們東京的漁市場，傍晚就可以送到餐廳，而且還活跳跳的，他們除了有這種技術以外，鰻魚美味的祕訣在於燒烤的醬汁，你們現在吃的只是用我們臺灣市場買的烤肉醬，你們試試這一瓶日本船員送我的醬汁烤烤看。」

雪兒打開瓶子把醬汁抹上鰻魚飯，沒多久立刻有股前所未聞的香氣撲鼻而來，把尋常吃起來很像土虱軟爛口感的鰻魚，搖身一變成為入口即化舌齒留香的細膩高級魚肉。

「這在管理學上稱之為附加價值。」大夥中最用功的丁淡哥立刻舉一反三。

「期末考都考完了，暫時把課本的東西忘了吧！」史坦利津津有味地吃著烤鰻魚。

「這瓶醬汁的罐身上頭寫得很清楚，成分有丸坂醬油、信州味噌、出汁、魚露、七味粉……製造地是高崎市，製造者是高崎的丸坂釀造株式會社……」小昕翻譯起來。

「妳看得懂日文啊？」安樂仔好奇地問起來。

「我父母以及祖父母他們的母語都是日文，我爸爸還曾經當過高砂義勇軍去南洋打過仗，從小聽到大，所以到了國中之後，我自己就跑去學日文，簡單的聽說讀寫大致上沒有問題。」小昕對於自己比別人多會種外國語言這件事情一向很自豪。

「那妳畢業後會打算去貿易公司嗎？」丁淡哥問著。

「照理我懂日文又懂會計，要嘛去日商貿易公司當財務，要嗎去會計師事務所做日本客戶的查帳簽證，但這只是理想，理想與現實之間是有很大的落差的。」

丁淡哥是當完兵出社會混了一兩年才重考進大學，比起一般大學生更是看重畢業後出路之類的話題，才大三就已經到處丟履歷去試試就業市場的水溫，這種出路之類的話題最能引起他的興趣。

「臺大畢業的人還不敢追求理想，那其他人怎麼辦？」丁淡哥言下之意是指責小昕沒有膽量。

「你們平地人當然沒有問題，這社會對我們山胞有著很深的歧視，大公司的好職缺怎麼可能給我呢？」小昕每次談到自己的原住民血統就感到無奈。

「面試找工作的時候不要講就好了，平地人當中也有許多是五官深邃膚色比較黑一點的嘛！」天性比較會接近善於鑽營的史坦利不認為這有什麼大不了。

「就像面試的時候難道還回答大學時期功課不好、整天打牌泡妞鬼混嗎？」大家聽了這句話後不約而同地朝小黃望過去。

「為什麼要隱瞞自己的出身與血緣呢？」小昕有點不太高興地說下去：「我大概只能回臺東找間高職教教會計簿記吧！」

「教書也沒什麼不好啊，很穩定！得英才而教之，不亦樂乎！」安樂仔一直把玩著那瓶鰻魚醬。

「然後呢？把學生教到考上大學，再去體會一次我所受的挫折。」

「還沒試過別那麼灰心，小黃你呢？」安樂仔不想讓氣氛繼續悲觀下去。

「幹嘛提到我？其實我最羨慕的就是你，十幾歲就知道自己要做什麼，還勇敢地離開家裡來這裡創業。」

「嘿嘿！」安樂仔冷笑了一番：

「勇敢？羨慕？我要不是不會念書，幹嘛來搞鰻魚？天氣太冷怕牠們凍死，豐收大出的時候怕別人來偷，養大了之後怕價格崩盤，每天還要看漁會那些國民黨吸血鬼的臉色，別羨慕別人了啦。」沒想到講到自己時也一樣吐了一堆苦水。

「我畢業後大概就是找間證券公司，自己懂的就只有股票，有機會的話看能不能學點外匯債券交易之類的專業。」小黃第一次清楚地整理出對未來規畫的想法，大概是前幾天剛看過《華爾街》這部電影。

「史坦利，你呢？」丁淡哥把問題丟給史坦利。

「我的理想就是到美國念哈佛耶魯麻省理工之類的名校，但我知道這根本不可能，光一年的學費就要一百萬，最有可能是先工作幾年存夠錢後再作打算，反正就是什麼工作能夠在最短的時間內賺最多的錢，我就找什麼工作。」史坦利對未來還算頭腦清楚。

默默在一旁烤鰻魚的雪兒原本想躲起來不想面對這種問題，但是對她有意思的阿嘉並沒有放過她：「雪兒妳呢？」

「我？連下一餐都不知道有沒有著落的我，根本連想都不用想吧！努力認真地過好每一天，有飯吃有書念就夠了。」雪兒說這話時倒是沒什麼哀怨的神情。

「好啦！不管怎麼樣，妳總有理想吧！」阿嘉不打算這麼簡單就放過她。

「你跟我講理想，先看看你自己吧，家裡環境那麼好，要深造要創業要實踐理想，對你來說都只是唾手可得，但你卻……」雪兒想到阿嘉幫了自己那麼多忙，已經到了嘴邊的一些難聽的話便活生生吞了下去，繼續回到原來話題上：

「如果要說理想，我最想找個努力向上有責任感的男人嫁給他，最好是有點錢，嫁過去後不用煩惱三餐與日子怎麼過下去，生兩男兩女，在家相夫教子，老公要疼我寵我，且一輩子都不會背叛我，老公也要有很多時間陪我，當然……」雪兒看了阿嘉一眼後繼續說：

「一定要長得帥，身高要一百八十公分，不能是胖子，最好是瓊瑤筆下那種有錢有閒又專情又單純的白馬王子，報告完畢。」雪兒說完後朝著小黃看了一眼。

大家你看我我看你，丁淡哥笑著說：

「這話也沒錯，反正有夢最美，阿嘉你呢，我剛剛好像聽到你被打槍的樣子，要不要談談你的夢想順便替自己澄清一下呢？」

阿嘉斟滿了一大杯自己帶來的白蘭地洋酒灌了一大口：

「我家有錢？是啦！我承認我家有錢，但又怎樣呢？你們幾個人的家裡頭也許有經濟上的困難，也許沒有能力資助你們出國念書，那又如何？至少你們家裡面沒有一些亂七八糟的狀況吧？我老爸在外面有小老婆，小老婆那邊還有幾個弟妹，我媽媽天天就是找我爸吵架要錢，我爸爸天天就是和我叔叔伯伯爭家產，幾個親戚見面的地點不是在法院不然就是在警察局，連我親哥哥為了想繼承老頭公司的位置，天天想盡辦法說我壞話或挖陷阱讓我跳下去。

「有一次還故意把一包毒品放在我的書包，然後去報警要抓我，幸好那天上學途中心血來潮打開來看，否則……哎！為了怕這類事情重演，我只好去學校住宿舍，反倒是和你們相處半年多下來比家裡溫暖多了。我畢業後只想找份和自己興趣有關的電腦工作，離開家裡躲得遠遠的，還要我繼續說嗎？我才羨慕你們呢？」講到自己的家，阿嘉似乎恨得牙癢癢的。

「丁淡哥，大家都說了，輪到你了吧？」阿嘉把話題丟還給起頭的丁淡親。

其實丁淡親有股莫名的驕傲，在他的眼裡，小黃這群小朋友簡直無可救藥，想法平庸、視野狹窄，只會一味地在乎無關緊要的他人眼光，最重要的是，對未來毫無規劃，雖稱不上行屍走肉，但也接近醉生夢死，要不是大家起碼還是歷經淬鍊過的頂尖考試機器，在聰明才智上還算是個咖，否則丁淡親一點都不想和這群人打交道。

「幾個月後立法院將要修改銀行法，到時候估計會有十家新的民營銀行成立，開始經營的時間最快大約是三年多後，但人員招募籌備工作會提早開始，剛好銜接我們兩年後的畢業，到時候我就可以趕上新銀行募集新行員的熱潮，這還只是銀行，接下來會有投信、證券行、保險公司、票券公司與租賃公司的新設……總之，機會很多。」不愧是真正經歷過社會歷練的退伍生，總是能夠精準地對未來作出規劃。

「難怪你天天抱著專業科目一直讀，也沒聽你想要爭什麼書卷獎第一名，或要考研究所之類的，原來你早就已經開始準備未來的就業考試了。」

「考進新銀行只是人生的第一步，我已經比你們多蹉跎兩年了，進去銀行後我希望可以在三年內升科長，六年內幹經理，四十歲以前升到副總，幸運的話在銀行總經理的任內提早退休。」丁淡哥滿臉興奮地高談闊論。

「二十幾歲就已經想到退休的事情，你的樣子看起來好像老人。」安樂仔冷冷地刺了一句。

丁淡親不理會冷嘲熱諷，舉起酒杯說：「來吧！有夢最美，為大家的夢想乾一杯吧！」

※※※

鰻魚場的工作很單調，養殖的過程一天要餵飼料兩回，鰻魚怕冷，秋冬的晚上要隨時注意水溫，如果低於二十度以下，就要打開馬達幫浦讓水流動提高水溫，碰到超級寒流來襲還得引大量比較溫暖的海水以避免鰻魚凍死。蘇澳這一帶的水質不論是淡水還是海水，比起西部桃園雲林嘉義一帶來得乾淨許多，沒有工業污染，也因此節省許多投藥的費用，雖說如此，每週還是得撈個十幾條到漁會去檢查有沒有受到寄生蟲或工業的汙染，畢竟鰻魚最大買主日本人，他們對品管的要求只能用吹毛求疵來形容，萬一賣相不好或被汙染，只能大批大批地賤賣給鰻魚罐頭工廠，其間的價格足足差了十幾倍。

等到鰻苗漸漸養大到快要可以出貨的時候，由於鰻魚的價錢很好（俗稱黑金），竊賊撒個網隨便一撈就是三、四百斤，都可以賣到十幾萬，所以晚上都得派人輪流守在池邊防止被人偷撈，安樂仔的魚塭規模還算小，只有二十公頃左右，一些位於西部的超大型養鰻場，到了要出貨的季節，還得出動當地的黑道分子充當巡防隊呢，出貨的時候每天清晨得到池子撈鰻，然後趁鰻魚還沒死去之前，趕緊用船載到位於外海前來買鰻魚的日本人船上交貨。

喜歡規律生活的小昕倒是樂在其中，早上起床到魚塭測量魚池水溫，順便在海邊散步眺望漁港的進出，因為懂日文，所以安樂仔會請她擔任和日本貨主之間的翻譯。

陪安樂仔出貨回魚塭後，小昕會替大家準備早餐，雖然三餐菜色固定，但務求美味，早餐一定是小魚乾味噌湯配烤土司，中餐則是從漁港向安樂仔的捕魚親戚要些下腳魚（賣相不佳但依然新鮮），或牽罟剩下的魚，放在電鍋加上薑片淋點米酒蒸煮，配菜則是史坦利去漁會送貨驗貨後順便買回來的當地青菜，買什麼就炒什麼來吃，另一道也是固定，既然是養鰻當然是烤鰻魚，用那些被日本人挑剩的賣相不好的下等鰻魚，剔除魚骨後淋上日本船夫送他的日本高崎特製烤鰻魚醬去燒烤。

小黃和丁淡哥負責晚上在工寮留守看管魚池，餵飼料的工作則由雪兒負責，史坦利負責跑漁會，至於阿嘉呢，公子哥兒一枚，就當他是來度假吧！

這幾天雖然在臺灣南部有罕見的颱風，但不會影響到蘇澳這一帶，只是連續幾天的天空都籠罩著所謂的颱風雲，每天午後整個天空都是金黃色的細長雲朵煞是好看。

這一晚輪到小黃與雪兒守工寮。

與其說是工寮，其實只是個用黑松汽水的帆布頂所搭建的簡陋帳篷，除了能夠擋雨之外毫無遮蔽，偷魚者多半也是附近幾個村落的人，他們最怕被人認出，工寮的目的只是要讓竊賊遠遠看到魚池旁邊有人看管，來斷了其偷魚的念頭。

「我整個下午都在睡覺，怎麼池邊多了幾根旗幟，那是什麼？難道魚池也得插稻草人來嚇唬飛鳥嗎？」小黃好奇地問著。鰻魚還是鰻仔栽時的確最怕鳥來捕捉，一旦長到超過五公分以上，就已經不怕尋常的鳥。

「那是兄弟象隊的加油旗，有李居明和王光輝兩個球星的照片。」臺灣職棒再一個多月就要開打，安樂仔是不折不扣的象迷，從兄弟還是業餘球隊的時期，只要鰻魚出貨工作告一段落，鰻苗還沒進場養殖的空檔時期，安樂仔就會瘋狂地跟隨著兄弟隊出賽南來北往地到處加油。

「難怪小昕和安樂仔聊得這麼起勁。」其實小昕也是棒球迷，只不過她是味全龍的粉絲。

「你到底有沒有對小昕表白？」

「妳幹嘛這麼熱心？」小黃閃開這個話題。

「聽你的口氣就知道你還沒開口，對吧！」

小黃聳了聳肩不置可否。

「我無意破壞你們哥兒們的感情，這幾天他們兩人看起來好像一對情侶，整天黏在一起……」雪兒邊揮手驅趕蚊蠅一邊壓低音量說著。

小黃揮了揮手打斷雪兒說話：「小昕只是幫忙去當翻譯，畢竟安樂仔這兩年好不容易搭上日本人這筆大生意，他可不想因為語言不通處處受到漁會的牽制。」

「我只是好意告訴你這些，要不要聽就隨便你了。」雪兒見狀也懶得再說下去，畢竟也有可能只是她自己胡思亂想罷了。

「咦！妳什麼時候對我的事情如此在意了，莫非妳暗戀我，哈哈！」

雪兒翻了白眼瞪了小黃：「我只是認為小昕的個性很適合你，她應該就是能讓你浪子回頭的真命天女。」

「妳到底有沒有暗戀我？」小黃緊抓這話題捉弄雪兒。

「去你的！」雪兒抓起地上的空啤酒瓶朝小黃身上丟過去。

遠遠傳來丁淡哥的呼喊：「雪兒，要不要進屋內？我有買鹹酥雞配啤酒。」

「妳今晚提早去休息吧，反正我睡了一整個下午，精神好得很，一個人可以搞定。」

「對我這麼好啊！老娘如果到了三十歲還沒人要，就會考慮讓你追追看吧！」

二十公頃的鰻魚池除了池子以及一座放飼料的破舊小倉庫以外，還有一間一層樓的簡陋磚屋，這磚屋和魚池是安樂仔的遠房親戚的，名義上安樂仔是老闆，但出資的其實另有他人，安樂仔只是插了一半的乾股，但大小事情全部交由安樂仔負責。

屋子內有三間房間與小廚房，其中一間比較大的房間是安樂仔的臥房，另外兩間則是工人宿舍，分成男女各一間，小黃四個男生擠一間，小昕與雪兒則擠另外一間。雖然破舊，但也不比汀州路的臨時學校宿舍來得差，反正除了雪兒以外，大家都只是帶著類似打工度假的目的來此，倒也沒什麼好抱怨的。

至於安樂仔從西部僱來的幾個養鰻師傅，這段期間則由安樂仔安排在蘇澳鎮上的小旅館。

夜很漫長，小黃點亮了燈翻著村上春樹的小說《挪威的森林》，小黃只對故事裡頭一男兩女的３P情節感到有趣，任一個血氣方剛的男生都會對３P有遐想，上次還聽了安樂仔說他和兩個從嘉義來的鰻魚女工搞３Ｐ，但這種事情多半都是男生隨口的吹牛，聽聽就好。

海邊的風吹著兄弟隊隊旗，要不是事先知道旗子印著球星的照片，還真的會被嚇一跳，整個晚上老是想著３Ｐ的遐想，想久了身體漸漸感到疲憊，到了半夜，忍不住睡意的小黃慢慢踱步回磚屋，打算到廚房找包香菸提神。

一進屋內就聽到安樂仔的房間傳來男女交歡的喘息聲，小黃暗笑了一番，不知道安樂仔又相中了那批僱來的臨時女工的哪一個，這並不是第一次發生，半年多以來，小黃至少七、八次碰到這尷尬的事情，有時候安樂仔會帶釣上的女工來房間嘿咻，有時候安樂仔從蘇澳鎮上帶回賣春的大陸妹，甚至還有一次安樂仔問小黃要不要一起進來玩３Ｐ。

不想發出太大聲響以至於破壞安樂仔的興致，找到香菸後小黃趕緊離開小屋，以免叫春的聲浪讓自己陷入無可救藥的高漲性慾，全天下最難熬的事情就是半夜聽到附近有人叫床，是男人都懂。

旗幟上李居明的笑容看起來格外詭異。

小黃後悔沒有帶《大家說英語》之類的雜誌，讀這種雜誌不見得可以學到什麼英語，但至少可以讓人清心寡慾。

３Ｐ的小說、安樂仔房間的叫床聲、真命天女等亂七八糟的想法讓小黃疲憊到一覺睡到早上十點才醒來，第二天早上海邊就飄起金黃色的颱風雲，阿嘉與丁淡哥乘著阿嘉帶來的橡皮艇在池上划船嬉戲。

連續出貨好幾天，今天日本漁船因為日本國定假日休息一天沒有開來蘇澳港，除了餵餵飼料看管水溫以外，大夥今天也跟著休息一天。

但奇怪的是，雪兒只留下一張紙條就不告而別回臺北去了。

「雪兒什麼時候走的？」小黃納悶地問起。

「我醒來就沒看到她，她留張紙條說家教學生突然生病需要開刀，沒人可以照料之類的話。」小昕也是一臉狐疑。

「大概是搭早上搭第一班公車回臺北吧！你都沒看到嗎？」

小黃還沒天亮已經就呼呼大睡，否則一定看得到，因為從小磚屋走到大馬路上一定會經過工寮。

「隨便啦！反正我會把工錢拿回去給她的。」

※※※

再十天就要過年，但這一天格外炎熱，海邊吹來的狂暴熱風有夏天那種焚燒的黏膩感，池子與海的中間那幾排防風木麻黃雜林的葉子被風吹得光禿禿，附近幾隻野貓不耐酷熱跑到池邊喝水，工寮上印著黑松汽水的帳篷布與兄弟象隊的旗子被吹得七零八落，大夥似乎把休工日的魚塭當成東南亞海邊度假村，安樂仔索性打起赤膊站在池內慢慢地撒飼料，和站在一旁的小昕有說有笑，阿嘉與丁淡哥兩人笨拙地划著橡皮艇的槳，完全沒有運動神經的兩人根本無法控制船的方向。

天空上金黃色的颱風雲越來越耀眼，把中午的南方澳海岸染成一片鵝黃的大地。

剛去漁會拿檢驗報告的史坦利，坐在工寮的躺椅拆開一封海洋學院教授寫給安樂仔的信，以為只是日常的例行檢驗報告，但信中寫著：

我已經檢驗過你送過來的鰻魚，在我從事水產養殖研究的二十年生涯中，我從來沒親眼見過這種鰻魚，經過解剖與養分測試後，這批的確是不折不扣的鰻魚，但體型與生長期間的異常讓我感到好奇，剛好日前一位日本學者來訪，我帶他一起觀察這批鰻魚，他看了之後大吃一驚，這批鰻魚是所謂南美洲的亞馬遜河特殊品種，洄游的水路分布在大西洋或加勒比海，但由於種種因素，當地人並沒有食用這種鰻魚的習慣。

這種鰻魚是種對地盤極度敏感的生物，和臺灣日本常見的品種不一樣，牠們一旦感受到天候異常、過於擁擠或外在壓力，習性會變得十分兇猛，這是生物的地盤受到擠壓時的正常現象，為了釋放壓力，牠們會產生電流攻擊水中其他生物，在學界又稱為電鰻，所以養殖這類鰻魚必須注意密度不能過高，一公頃池子的密度上限不要超過一萬尾。

那位日本學者提出警告，在亞馬遜河流域曾經發生數次電鰻攻擊人類以及河邊大型牲畜的記錄，養殖這種電鰻務必相當小心。

附：我和那位日本學者都對這批鰻魚的味道讚不絕口，方便的話能再帶幾尾過來嗎？

海洋學院〇〇〇教授

遠遠眺望在池子上划船的阿嘉，正在用木槳激起了一陣又一陣的狂亂水花，讀完警告信的史坦利內心浮出一股莫名的恐懼，他曾經看過一部關於亞馬遜河食人魚的電影，打算提出警告，但想一想這種恐懼感未免太過於超現實，只好作罷。

小黃看著在池內餵魚的安樂仔與小昕，內心確實有點不是滋味，昨晚雪兒才警告過自己，但基於兄弟之間的情誼，小黃並沒有上前質問，只見兩人之間的動作越來越親密，安樂仔用手仔細擦拭小昕被池水淋溼的髮梢，小昕右手勾著安樂仔的左手，突然想起昨晚從房內傳來的叫床聲音，越想越不對，通常如果遇到放假休工，那批從西部來的女工會相約去羅東市區內逛街玩耍，而且明明昨天傍晚就親眼看到她們搭上開往羅東的公車，還揮手問小黃要不要幫他從羅東買什麼東西回工寮。

昨晚傳來的叫床聲肯定不是那些女工，而是……

小黃的胸中留下彷彿誤吞了一大坨難以咀嚼的水泥似的，既吐不出來，也無法消化。一想到這些，爆怒的小黃再也忍不住對著在池子那一邊的安樂仔大喊：「你去死一死啦！」

沒想到喊完後突然天搖地動，地震雲的傳言居然不是無稽之談，真的出現了地震，防風林的燕子驚嚇地四處亂竄找不到巢穴，遠方的山頭傳來劈劈啪啪的怪聲，所幸魚池與周遭並沒有什麼較大或密集的建築物，搖晃了幾下便慢慢平息。

但池中此刻突然出現了一條條黝黑閃閃發亮的影子，十幾萬條鰻魚受到驚嚇紛紛跳出水面，朝站在池內的安樂仔游了過去，被眼前景象嚇一跳的安樂仔很快恢復冷靜，先用力將小昕推回岸邊，但也就是因為這個推擠的動作延遲了自己跳上岸的時間，一條條鰻魚跳到安樂仔的身上將之纏繞，不到三秒鐘，全身被電鰻釋放出的電流的安樂仔，已經麻痺到一動都不能動，大喊「小昕趕快跑」之後就倒在池內。

被推回岸邊的小昕目睹了電鰻將安樂仔電死，身體被幾萬條鰻魚鑽進鑽出啃食一空，短短不到一分鐘，只剩下褲子浮在水面，在附近划船的阿嘉死命地往池邊划，卻也來不及救安樂仔一命。史坦利見狀趕緊叫阿嘉兩人靜靜地待在船上，慢慢地划槳以免驚動電鰻，直到阿嘉與丁淡哥平安上岸才鬆了一口氣，但安樂仔只剩下一堆骨頭、頭髮與被啃食剩下的身體組織。

慌亂間不知道是誰打電話去報了警，一聽到命案，十分鐘不到附近的海防部隊與刑警就迅速來到魚塭現場，消息靈通的漁會幹部也跟著來到，看到眼前這種觸目驚心的慘狀，別說幾個二十來歲的年輕人，連多年辦案經驗的刑警也宛如無頭蒼蠅不知如何詢問案情，倒是漁會的總幹事迅速恢復冷靜，下了一個封鎖消息與封鎖現場的命令。

安樂仔的親戚聽聞立刻趕來，立刻掏出現金，除了應有的工錢外，還加發了一倍，漁會總幹事語帶威脅地警告大家：「這筆錢不是給你們壓驚的，而是封口費。」

也不能說漁會的處理方式有什麼錯誤，如果這種鰻魚把人活活啃食精光只剩一堆白骨的消息一旦走漏，別說蘇澳一帶十幾座養鰻場，連整個臺灣所養殖的鰻魚恐怕都會滯銷，誰敢買吃人的鰻魚呢？

其實不用由上面的大人們下令封口，他們幾個人早已嚇到完全不想去面對，史坦利後悔自己沒有事先把教授的警告信交給安樂仔，否則也許可以逃過一劫，但為了逃避責任，他居然把信偷偷燒掉。丁淡親更是自責不已，以為引起鰻魚騷動的主因是他在魚池上肆意大膽地玩起自己根本不擅長的橡皮艇。近距離目睹一切的小昕在事發當下立刻暈倒，一兩個小時才甦醒，早已經嚇得根本說不出話來。至於小黃，雖然不相信什麼一語成讖的巧合，但內心所面臨的心理壓力讓他產生無比的罪惡感。只有神經最大條的阿嘉，自始至終認為這不過只是一宗單純的意外。

酷熱的天氣立刻轉變成正常冬天應有的刺骨寒冷，來得又猛又快的強勁東北季風吹來一朵朵飄在低空的烏雲，金黃色的地震雲不知何時消散，早上溫暖的高溫竟像假的似的。除了小黃留下來幫忙處理安樂仔後事以及接受警察與漁會的訊問外，其他人一刻也不願意多留。由於消息封鎖，魚塭的鰻魚繼續出貨給不知情的日本商人，爾後一樣日復一日年復一年地繼續運作。

忙了幾天的小黃突然想起雪兒，真不知道該如何告訴她這個消息，但或許提早回去的小昕或阿嘉早已經告知了一切也說不定，小黃突然羨慕起雪兒來，沒有目睹這一切也許是上天的恩賜，眼睜睜看著安樂仔的死亡，生命在眼前就這樣瓦解崩潰，大家的青春彷彿在瞬間就消逝無蹤，心裡好像破了個大洞，任由自責悔恨等負面情緒滋養填補。

把信燒掉的史坦利，從此變成經常藉由謊言來掩飾事實的個性，丁淡親從此不想再面對新的事物，小昕認為這一切都是她擅自改變原來規律的生活所帶來的苦痛，從此更是封閉自己，至於小黃，原本有話直說嫉惡如仇的個性卻翻轉成不願得罪別人的大鄉愿。

一起經歷過無法救贖的苦痛的人，最好不要再聚首，因為彼此都知道對方的傷口在哪裡。

寒假結束回到宿舍，依舊陰暗的樓梯，散發著歷經歲月的舊公寓特有的不變惡臭氣味，永遠修不好的漏水，隨地張貼在牆壁的泛黃分類廣告，對面自助餐餐廳收攤後飄送過來的劣質油煙氣味，大小不一奇形怪狀的狗大便。

小昕搬回親戚家住不再住校，由於與小黃不同系，加上刻意躲避，剩下的一年多的校園日子，小黃再也看不到她的蹤影。史坦利跑到遠得要命的三峽去過著類似隱居的生活，只有考試時候才會出現，宛如一頭見首不見尾的神龍。丁淡哥找到了法學院正規的宿舍也搬走了，只剩下阿嘉以及一些新搬進來的工學院學弟妹。

至於雪兒，寒假還沒結束就辦了休學，半年後復學卻轉到了位於公館校本部的農經系，再也無從打探其下落。

就這樣，小黃好不容易打開的心房又再度緊閉起來，除了必要的課以外再也不和同學往來，成天沉迷於上下跳動的股市玩起當沖，幾個月後遇到萬點崩盤，輸光了原來就不屬於自己的橫財。

通常故事發展到這裡，幾個人的人生應該就會各奔東西，讓傷口慢慢透過時間去療癒，但沒想到多年以後，所有人又在國華銀行重新聚首，共同經歷的苦痛所形成的傷口竟然成為彼此毀滅的惡靈，彷佛安樂仔無意買來的那批食人鰻仔栽吞噬著彼此。

跨過那年冬天，幾乎沒有新年的感覺，春天來了，還是覺得很冷，那年的冬天對小黃幾個人來說始終無法度過。

果然如丁淡親的預言，兩年後政府開放了新銀行的成立，而且還一口氣給了十六張新銀行的執照，十六張執照背後代表幾十個財團，原來以為頂多只允許七、八家新設銀行的財團老闆們，一下子都統統成為銀行家，為了籌出措手不及突然而來的銀行資本，這些老闆們只好賣出手上的股票，因此造成一九九〇到一九九一年的臺股萬點大崩盤。

小黃因為學分重修加上兵役問題，比別人晚了大半年才拿到畢業證書，因而錯過了一九九一年夏天的新銀行新進行員的招考，在當時，雖說是臺灣錢淹腳目的年代，然而臺幣匯率升破二十六元後，一堆來不及轉型的出口廠商別說擴大營業徵才，連生存都成問題，證券公司歷經萬點崩盤而搞得元氣大傷紛紛裁員，以一個商學院大學生來說，高薪且又代表著鐵飯碗的銀行，是唯一找好工作的途徑。

然而相對求才的銀行端也是很傷腦筋，當時大學畢業生一年只有三萬人，扣掉理工農醫文法教育學院的畢業生，再扣掉對金融銀行完全沒興趣的商學院畢業生，其實沒有多少人才可以挑選，且臺幣升值意味著出國念書的費用下降，當時出國繼續深造的人一年少說好幾萬，商學院畢業生一畢業就想投入金融業的人數也是屈指可數。

至於金融業為什麼特別喜歡找完全沒經驗的新鮮人呢？說穿了根本不是為了什麼培養符合企業文化的新人的說詞，而是當時一口氣開了十六家銀行，有意願異動想跳槽的有經驗行員早就被每個財團相中，薪水職位早就三級跳了，找不齊有經驗的行員，只好大量挑些剛畢業的低薪年輕菜鳥充數。

說低薪是相對的概念，以一九九二到一九九四年銀行開放的那幾年為例，國立大學商管學院畢業的菜鳥，在銀行工作的起薪最起碼都有三萬八千元的水準，幾家比較凱子爹的銀行所給的起薪甚至逼近五萬元，嘿嘿嘿！當年一份排骨便當三十元，一部五十CC的機車才兩萬多元，最便宜的大發祥瑞一千CC小汽車售價二十萬，一棟中和南勢角二十來坪的三十年老公寓才三百萬。

遲了半年才踏進職場，過了求才高峰的小黃，只好找到一家總行位於花蓮的企銀：花蓮區中小企業銀行（簡稱花企），以當時來說，它在四、五十幾家銀行當中屬於排名倒數兩名的銀行之一（另外一間是老闆是股票作手的臺東中小企銀），小黃會去這家連名片都矮一截、起薪也比別人少將近一萬塊的銀行的主因是「可以幹交易員」。

大學時期看了《華爾街》這部電影不下二十次的小黃，天真地以為在金融業當交易員就能過著日進斗金、擁抱美女、每天進進出出好幾個億的生活，但真正進入交易的世界後才發現除了真的每天進出好幾個億以外，其他都是空談，至少對一個菜鳥交易員，或者在一家小到不能再小的銀行，根本都是痴心妄想。

為什麼小黃要選擇薪水低且名氣不響的銀行，而不去其他大招牌且高薪的銀行呢？原因也同樣是三個字：交易員，雖然不一定能夠日進斗金、擁抱美女，但總比起按部就班先到分行數鈔票、幹出納，熬個三、五年後輪調到放款部門去喝酒拉客的生活來得有趣多了。

小銀行有小銀行的好處，因為規模小薪水低，自然無法吸引太多優秀的人，基於「蜀中無大將，廖化作先鋒」的中小企業生存第一原則，小黃在進去花蓮企銀後的第三個月就如願地當上交易員，當交易員也就罷了，如果是大型金融業的交易員，很有可能必須在同一個崗位幹上三年才能輪到下一個新業務。

第二條中小企業生存原則也是「蜀中無大將，廖化作先鋒」，沒多久，小黃所能交易的業務除了臺幣拆款交易，也擴大到票券、債券、外匯買賣甚至替銀行股票下單的工作，用「蜀中無大將，廖化作先鋒」來形容那間企銀也許會得罪當時任職的其他人，根本的原因是當年銀行的業務主流在於放款，只要有點雄心壯志的人才或有點狼心狗肺的奸才，無不想要擠身在放款部門，一來油水多多（當年貸放一筆房屋貸款出去，每一百萬少說有一萬元的回扣呢！），二來放款屬於主流業務，想要升遷到科長、襄理或經理，潛規則是必須得在放款部門歷練過才行。

誰能料到十幾年後，在銀行幹放款的人淪為打電話call客呢？別人或許無法預測，但小黃早就預知了這些發展。

在小銀行，除了能夠經手不同種類交易工具的交易工作，連相關的帳務、電腦作業以及外勤交割，小黃都攬下來幹，攬下來一手包辦的原因當然和什麼未來眼光無關，而是整家銀行一兩千個行員當中找不到人會做，更找不到人想做。

小黃幾年後回想，如果自己夠狠，偷偷透過自己一手遮天的交易買賣，從中撈個十來億相當容易，而且順利的話，隱瞞個一兩年不被發現根本也不成問題。

待在小銀行的主要目的除了可以快速摸索到整體金融交易的全貌之外，更想憑藉自己所累積的專業經驗與資歷，跳槽到大型的商業銀行，畢竟，商業銀行才是金融界的重鎮，日進斗金、擁抱美女的機會也大得多。

只是在花蓮企銀的前兩年，小黃多次透過市場人脈甚至獵人頭顧問公司，卻始終無法順利跳槽，理由只有一個，當年銀行的企業文化只有兩個字：畜牲！

沒寫錯！就是「畜牲」！

動物的天性有兩種，一是地盤性，二是集體性，金融界亦然，那幾年，一口氣十幾家銀行突然橫空出世地冒了出來，完全沒心理準備更沒經營經驗的財團老闆，只能從原有的舊銀行裡頭去挖人。每間銀行的主事者多半會找尋並提拔舊識，直接複製公務人員那套拉幫結派、好康道相報的行為模式。

譬如某新商業銀行，上從董事長總經理、下到總行部室協理與重要分行的經理都是來自三商銀，於是那家銀行就被大家稱為「小三商銀」。而國華銀行的大部分中高階主管都來自於交通銀行（兆豐金控的前身），所以國華銀行又被外界戲稱「新交銀幫」。

除了中高階主管外，多數銀行在招募新人時也會有自己偏愛或厭惡的學校的畢業生，譬如某國民黨黨營銀行就偏愛政大畢業的學生，也有銀行專挑育達商職的畢業生擔任櫃檯出納，有些銀行基於忠誠度的考量標榜「絕不錄取不聽話的臺大畢業生」，而國華銀行剛好相反，偏愛臺大畢業的學生，而且會把重要、有前途的職缺優先安排給臺大畢業生。

第一份工作看學歷，跳槽看資歷，乃職場上不變的通則，所謂資歷不外乎專業熟練度、人脈客戶、外語能力、管理能力等等，但銀行對所謂資歷的定義卻非如此，跳槽與挖角的標準完完全全看「血統」。

跳槽敘薪與談條件有潛規則，如果是公營銀行或歐美日系外商銀行出身的，跳槽到民營商業銀行，可以升遷兩級。如果是其他大型民營銀行跳槽過來的人，可以升遷一級。如果是鳥銀行出身如小黃的老東家花企之類或者小信託公司，跳槽到銀行並無法獲得升遷。

於是就發生了許多令人匪夷所思的奇觀，有人在臺銀管了十幾年鈔票倉庫，由於出身良好，跳到新銀行竟然被聘為業務部副總，也有在花旗銀行待十年只會跑票據交換的外勤人員，竟然被新銀行聘為首席外匯交易員。

最慘的是證券公司，當年那些曾經在證券公司工作過的人，銀行會把他們視為宛如遭到福島核汙染般地避之唯恐不及，鮮少錄用曾經待過券商的人，如果想從證券公司跳到銀行，通常必須委屈自己降一級甚至兩級錄用。

不看專業能力、業務能力或未來潛力，只看出身血統純不純正的金融業環境，倒是和貓狗買賣很像，許多想要養貓養狗的人，都希望寵物店能出示血統證明書，血統越純正則售價越貴，反觀那些雜種土狗或雜毛貓種，根本就乏人問津。

貓狗是牲畜，早年銀行的人資任用系統和寵物店的買賣定價邏輯之間沒什麼差別，據說當年幾家銀行的人資主管退休後去開寵物店，還經營得風生水起呢！

小黃的金融業生涯在花蓮企銀出道，不響亮的招牌自然無法獲得名門正派的銀行青睞，騎驢找馬了兩年，被拒絕了好幾回後，終於皇天不負苦心人，總算遇到國華銀行來挖角，還提供了財務部交易科長這個肥缺，意外獲得青睞的原因不是小黃的專業能力，而是大學同學丁淡親力薦。

丁淡親是國華銀行成立前第一批考進去的新進行員之一，聽說成績還是幾千個考生中的第二名，國華銀行特別喜歡臺大畢業的新人，所以丁淡親一入行就被分配到最重要的財務部，財務部在銀行或金融業內的位階與重要性宛如清朝軍機處，越具有前瞻眼光的銀行就越會格外重視。

幾年前剛成立時，財務部連同正副主管只有十個人，四年下來，財務部已經擴張成七十多人的超大衙門，部門的獲利占國華銀行總獲利的七成左右，交易的金額與市占率躍居民營銀行的第一名，盈餘貢獻度越高，部門的資源就越多，自然是要人有人、要錢有錢，財務部的人簡直是公司內的天之驕子。

有資源就有是非，人多便會產生派系，上面的主事者也樂於底下的派系互相牽制以利於自己的管理，只要有重要的位子出缺，有野心有企圖的人自然會安排自己的人馬。

丁淡親從外面挖小黃過來財務部，當然是為了自己。

不只有丁淡親，當年住在臨時宿舍的那批人也都出現在財務部，除了小黃是刻意挖角安排外，其他人竟然是因緣際會地碰巧又在國華銀行財務部聚首了。

和丁淡親一起在四年前考進來的是阿嘉，說起阿嘉，明明大學念的是資工系，學生時代天天吃喝嫖賭，除了念書以外什麼都做，但報考行員考試，考會計、經濟與財管這些根本不是自己所學的學科，考試成績居然是第一名，連已經從大二就開始準備考試的丁淡親都只能屈居第二名。

原本阿嘉想要的工作是當交易員，但上面的葉國強看到他高達一百多斤的體型，就立刻否決阿嘉的申請，阿嘉只好被分配到管電腦順便兼任金融業內最冷門的風險控管稽核工作，阿嘉曾經質疑葉國強歧視胖子，但葉國強一句把阿嘉頂了回去：「你的手指那麼胖，誰能保證按交易鍵盤的時候會不會多敲一個零？」

小昕也是第一批考進來的，當年她一畢業，家族就已經安排她到臺東當地一所私立商職教簿記，要去學校報到的前一天突然接到國華銀行的錄取通知，想要擺脫原住民宿命的她，決定再給自己一次改變人生的機會，放棄了穩定的教職，跳上開往臺北的第一班火車。

曾經休學半年的雪兒比大家晚畢業，從安樂仔事件後就沒有和大夥來往聯絡，沒人知道她轉系後的消息。雪兒是比丁淡哥、阿嘉、小昕晚一年考進銀行來，還沒報到之前根本不知道會被安排到財務部，更不知道會和昔日室友們成為同部門同事，如果她事先知道，也許就不會來報考這家銀行了，報到的第一天曾經猶豫地想要當場辭職，但已經窮了二十幾年的雪兒，看在月薪四萬多元，年薪將近七十萬的現實利益的分上，她留下來了。

最順利的就是史坦利。

史坦利本來就比大家早一年畢業，且因為扁平足的緣故而不用服兵役，一畢業就立刻被交通銀行錄取，沒多久國華銀行成立，擅長鑽營的他幸運地跟著當時的主管葉國強一起被重金挖角到國華銀行，根據銀行的血統潛規則，公營銀行跳槽到新銀行者可以升遷兩級，所以雖然僅僅只有半年多基層行員的資歷，居然能一躍升為科長，兩年多之後又升為副理，成為財務部內僅次於副總與經理的第三號人物，反觀丁淡親卻足足熬了兩年多才升科長，兩人之間因此埋下很深的心結。

財務部的大主管是王銘陽副總，副主管是葉國強經理，這兩人是所謂的「新交銀幫」，當年在交銀，一人負責外匯業務，一人負責投資業務。

葉國強是所有銀行交易員夢寐以求的典範，也不過比大夥早個幾年進入交易圈，但傳聞中他擁有兩部雙B的房車、一棟天母的房子、一間永吉路金店面、幾張高爾夫球證，他的薪水加上獎金的數字始終是銀行最高機密，國華銀行剛開業時，由於傳統存放款業務競爭過於激烈，銀行前三年的盈餘幾乎都是他所經手的交易所產生的，幾年來一直傳聞著有其他金融業開出兩倍以上的薪水加獎金要挖角他，他不否認也不承認，甚至放任這些傳聞傳遍公司上下甚至整個金融圈，沒人能夠證實這些傳聞到底是否屬實，或者只是葉國強故意放出風聲來抬高自己身價。

王銘陽副總則是那種典型的老銀行官僚。當年還在老東家交通銀行的時候，只是一個小小外匯科長，負責接受客戶委託買賣外匯，在那個外匯市場處於管制的年代，外匯交易工作甚至比高速公路收費員還要簡單，不用給客戶任何專業建議，也不必傷腦筋研究外匯走勢，一買一賣之間便可以創造不小的價差，基本上是個只要會講幾句英文會按計算機計算匯差便可勝任。但王銘陽有個過人的優點，除了有自知之明外，他更懂得用人，被挖角過來時順便把葉國強與史坦利也帶進來輔佐他，國華銀行正在籌備的時候，考進了一大批頂著臺大政大光環的菜鳥，他懂得挑出像丁淡親這類有潛力的新人，就用人的眼光來說，他的確比其他一大堆單位主管還要犀利。

兩人在行內都是屬於根正苗紅的主流，部門剛開始運作時由於業務不多，所以兩個主管之間也度過一段彼此相安無事的蜜月期，但隨著部門漸漸擴充，基於業務推展與專業分工，本來只有一個投資科（科長是史坦利兼任）的部門編制，逐漸擴編到六個科，分別是投資科、企業金融科（簡稱企金科，科長是丁淡親）、外幣交易科（科長是雪兒）、會計科（科長是小昕）、資訊風控科（科長是阿嘉）以及臺幣交易科。

史坦利一開始就是科長，丁淡親是一年前才升為科長，其他像雪兒、小昕與阿嘉都是最近兩三個月前才升為科長。

簡單說明一下財務部的政治派系，隨著部門業務擴大以及所獲得的資源越來越多，王銘陽副總與葉國強之間的矛盾也越來越大，舉凡人事安排、對交易與投資業務的看法、對部位風險的承受度，兩人之間越來越不對盤，王副總名義上是部門主管，但過去幾年來部門的業務開拓與盈餘的創造幾乎都是葉國強所打下來的，兩人之間的緊張關係屬於生死之爭，王副總越來越擔心自己的位置遲早會被葉國強取而代之，於是開始拉幫結派，而丁淡親又與史坦利之間有瑜亮情結，有共同敵人的王副總與丁淡親自然就成為主流派系。

丁淡親則是副總所提拔，為了削弱葉國強的勢力，副總還將財務部最肥也最容易有耀眼表現的企金科科長給了丁淡親，負責外幣的雪兒也是屬於副總派系，而阿嘉與小昕他們所管轄的只是後臺的行政業務，派系鬥爭的戰火不太會燒到他們身上，但嚴格來說，由於丁淡親處事圓融與人為善，小昕與阿嘉至少在表面上是站在丁淡親與副總這一邊。

直到一個多月前，原來屬於葉國強的愛將，臺幣交易業科的科長突然離職，空下懸缺，對於人事布局頗有企圖心的丁淡哥，於是建議副總從外面找人，當然他的口袋人選就是小黃，他認為一旦把在小企銀流浪的小黃拉進來，小黃會基於知恩圖報而與他站在同一戰線。

只是這個建議引起內部一番脣槍舌戰。

葉國強當然是站在反對任用小黃的立場，他的理由是基於鼓勵下屬，基層主管的懸缺應該盡量採內升的方式，畢竟從丁淡親到小昕等人，他們的升遷模式都是如此。

但王副總可不怎麼想，站在派系利益思考，畢竟整個臺幣交易科的人都是葉國強的人馬，好不容易有了可以安排自己人馬插進來的機會，只是遲遲找不到藉口。科長人選的爭議，足足被擱置了半個多月，直到有一天，上面的常董看不過去，把副總與丁淡親找到辦公室去開會順便了解一下為什麼小小的科長人事案會引發種種糾葛。

常董開門見山地說：「內升一直是公司的人事政策，為什麼你們會拖那麼久？難道整個臺幣交易科上下十幾個人都沒有適合的人選嗎？」

正當副總支支吾吾不知如何開口時，丁淡親搶先回答：

「報告常董，臺幣交易科這個位置最好從外面找空降部隊，不要採用內升的模式，至於為什麼要找外頭的空降主管？其實就是一個做生意的概念，我們用職缺去換來新主管在別家銀行所帶來的業務人脈與他在別家公司的不同經驗，如果採內升，根本沒有新人脈新業務的好處，就做生意的立場，反正公司付的薪水都一樣，為什麼不順便買些新客戶進來呢？」

丁淡親這句話直接打中常董的盲腸，尤其是本來就是建設公司老闆出身的常董。

這句話很狠毒也很現實，職場內有許多人抱怨公司為什麼喜歡用空降部隊，但他們都不去檢討自己對公司的價值之所在，從外面挖角並非只是找個主管來填補空缺如此簡單，算盤打得精的老闆想的是空降部隊所帶來的客戶人脈和即戰力。

且常董內心一直不欣賞銀行內逐漸形成的「按照年資排班升遷」的次文化，覺得從外頭找空降部隊可以打破這種吃大鍋飯的陋習。

於是，小黃的人事案就此正式拍板定案。

早不通知晚不通知，偏偏在一月二十五日這天通知上班，這一天恰好是安樂仔的忌日，五年來的這一天，小黃都會大老遠跑到南方澳去祭拜安樂仔，除了慰藉亡靈以外，小黃更想慰藉的是他自己心中始終擺脫不掉的罪惡感。

要不是想早點離開沒有什麼前景的老東家，要不是被其他所有求職的銀行拒絕，小黃真不想踏進新東家再去面對丁淡哥等人，封閉很久的不愉快往事又得被迫面對。

和往常在老東家一樣，踏進交易室之前會去便利商店買齊當天發行的所有財經報紙，敦化北路和民生東路口的便利商店很多，不像花蓮那種地方，買份工商時報與經濟日報都得騎機車大老遠跑到火車站附近買。

被高薪挖角的他可不再是菜鳥交易員，新公司的同事與新部屬對空降部隊肯定有很深的疑慮，對他有不同意見的人，肯定眼睛睜得大大等著自己出錯出糗，畢竟這是他第一次跳槽，面對的新部屬與新同事，他們的專業經歷甚至內鬥的等級，可不是鄉下銀行的人所能比擬。

但另一方面，小黃內心感到相當興奮，以前因為老東家規模過小、資源不足的缺點而不能發揮的一些交易，乃至於一些小黃自行摸索出來的許多交易方法與點子，以國華銀行的規模，絕對足以讓喜歡交易的自己大展身手。至於人事問題的困惱，只要成績作出來，盈餘貢獻出來，一切都會迎刃而解，更何況，財務部的幾個中層幹部都是當年熟識的同學或學長，想必應該也不會為難自己才對。

早上六點半就走進財務部辦公室，前一陣子來面試的時候就已經大致知道自己辦公桌的確切位置，原以為六點半應該還很早，但沒想到除了自己交易科的所有交易員以外，幾乎所有部門的人都已經開始工作。

來迎接小黃的丁淡哥冷冷地說了一句：「忘了告訴你，我們財務部的上班時間是早上五點五十分。部門幹部開會時間是六點半，每個科開晨會的時間是七點半，你先來會議室吧，副總、經理以及幾個科長已經等你很久了。」

與鄉下銀行老東家比起來，小黃感到一陣熱血，這才是戰鬥部隊應有的陣仗。

除了丁淡親與史坦利因為和小黃偶有銀行間同業拆款交易而見過幾面外，走進會議室，瞥見幾個好幾年沒再見過面的老同學，阿嘉沒什麼改變依舊是一百公斤的胖子，小昕除了穿上套裝換副看起來比較具有專業感的黑框眼鏡之外，並沒有多大的改變。

倒是雪兒，一掃過去那種邋遢乾癟、毫無存在感的村姑外型，原本身材就高䠷的她，也許是出社會之後經濟條件改善，以往瘦到見骨的身形也略見豐腴，臉上抹上淡妝施點淡紅口紅，銀行套裝短裙下穿著性感的網狀絲襪，上衣開口的扣子故意多打開一個，露出若隱若現的胸型，要不是早已經知道她是雪兒，如果走在東區街上不小心遇見的話，還會以為眼前這位美女是什麼化妝品廣告名模呢！

雪兒似乎早已習慣男人那種眼睛為之一亮捨不得離開視線的神情，對小黃投了一個嫵媚的微笑，但她知道小黃的神情是驚訝錯愕而非渴望。

「今天的重點相信大家應該都很清楚，昨晚傳出霸菱銀行新加坡分行交易員李森隱瞞交易、開假交易單的爆炸性新聞，據傳假交易金額高達一百多億美元，在還沒開始交易之前，大家趕緊清查一下有沒有和霸菱銀行的未平倉交易，不只新加坡分行，只要是交易對象是霸菱，不管有沒有平倉？有沒有到期？甚至只是過水的交易，就算已經是到期交割完畢的交易，從半年前開始查起。」副總簡單地下了指令。

坐在副總旁邊的葉國強經理從頭到尾緊盯著小黃的臉看，視線未曾有一分一秒離開過，冷峻的眼神讓小黃感到全身發毛。

副總一說完，葉國強對著小黃說：「你今天第一天來報到，應該沒還進入狀況，你去把你們臺幣科的副科長叫過來，我直接問他就好，你今天不必坐在這裡，你什麼時候進入狀況再走進來開會吧！」

第一天就立刻體會到大銀行交易室的震撼教育，以前早就耳聞葉國強在業界的傳奇和威名，第一次過招，小黃宛如被幾十顆黃色炸藥炸過般地坐立難安。

交易會議一向直來直往，和以往小銀行的一團和氣甚至淪為早餐美食品嘗會的氣氛截然不同。明知道這只是下下馬威，對方的用意是想要衡量自己到底有幾兩重，順便試試自己的膽識，小黃知道如果這時候離開會議室，把隸屬自己底下的副科長找進來代替開會或回答，這不就意味著科長這個位置直接叫下屬代理就可以，還需要自己這麼一個空降部隊嗎？

小黃膽子一壯用不卑不亢的敬語反問：「請問大家，臺幣交易科不外乎臺幣銀行間的拆款交易、票券與債券的買賣，或頂多處理大額存放款的進出，新加坡霸菱出事的所有交易部位不是日圓美元就是原物料銅期貨，雖然我只是第一天上任，但我相信我的部屬以及前任科長應該不會越權去從事外匯交易吧！如果經理急著想要知道，等開完會後，最多二十分鐘，我會清查本科到底有沒有牽扯霸菱的外匯交易。」

小黃這麼有把握，是因為國華銀行的交易作業系統和前面老東家花企所用都是同一家軟體公司所開發出來的系統，對小黃而言，操作這套系統早已駕輕就熟。通常銀行的交易員或交易主管沒機會也沒興趣去搞清楚電腦作業系統，除非像花企那種由交易員統包前後臺作業的環境，換成別人，絕對不敢誇下海口，萬一底下那群對自己空降早就不爽的科員們，來個陽奉陰違或故意拖延，當場就會被拆臺。

葉國強的第一次壓力測試，小黃明顯過關。

葉國強並非無的放矢地單純下馬威，臺幣科的交易帳上的確出現了一筆借款給霸菱銀行的二百萬美金交易，交易日好巧不巧地就在霸菱事件爆發的前兩天，小黃發現事有蹊蹺，決定直接跳過經理找大老闆副總報告這筆交易。

「為什麼你們臺幣的交易檯上有美金的帳？」副總問著。

「只是我感到很奇怪，這筆電腦上記載著是前天的交易，但臺幣科內的交割帳上並沒有顯示有二百萬美金的支付。」小黃把幾分報表交給副總，起身把副總辦公室的門帶上，壓低聲音地講下去：

「但電腦的系統日子上面顯示，這筆交易是今天清晨三點多輸入的，交易日或許可以更改，但電腦系統上……」小黃不想用竄改兩個字。

「我不懂電腦，會不會是電腦出錯了。」小黃看了看副總，心頭一驚，發現副總並沒有露出更驚訝的神情，彷彿只是聽到一段尋常聊天的對話。

「要不要請負責電腦的林科長一起研究一下？」小黃不想點破裡頭的奧妙。

「不用了，反正現階段當務之急就是趕緊連絡霸菱銀行，看能不能回收這筆拆款。」

「這是當然，只是……明說好了，我沒有辦法接受這種不清不楚的內部作業，雖然我今天才就任，這二百萬美金並非我的責任，但顯然是有人在事情爆發後把這筆帳賴到我們臺幣科的頭上。」

副總撥了內部電話請丁淡哥與雪兒進來，副總對丁淡哥示意點了點頭，丁淡哥嘆了一口氣對小黃說：

「咱們好幾年的同學，就打開天窗說亮話吧，這筆交易是郭雪君作的，但我不得不把帳丟給臺幣科。」

「所以就擅自進入電腦系統去修改，然後讓我這個新來的科長背黑鍋？」小黃有點不太高興，但還是耐著性子說下去：「霸菱已經宣布進入清算，這二百萬如果收不回來，這損失該由誰負責？」

交易員除了薪水之外，根據盈餘分配的獎金才是交易員的最大收入來源，小黃當然要計較這些。

丁淡哥掏出一根香菸給小黃：「你放心，如果要追究疏失，我們可以統統丟給已經離職的前科長，這筆損失不會算在你的帳上，你的獎金計算基礎是從今天開始，萬一運氣好能回收部分已經沖銷的損失，利益歸你們臺幣科，怎麼樣？」

「副總！我要聽你的說法！」部門的主事者是副總，這種承諾當然是要他點頭才算數。

「就按照丁科長的建議吧！後續催討的工作由外幣交易科負責。」副總邊說邊看著雪兒，遙望著窗外街景毫無表情的雪兒點了點頭，一副事不關己似的。

「沒事的話，我要去看盤了！」雪兒說完就起身離開，好像她才是這場會議的裁決者的模樣。

小黃盯著副總和丁淡哥不放，繼續把菸抽完才問了一句：「你們是叫誰進入電腦系統去修改的。」

「你的副科長！」丁淡親猶豫很久才說出來名字。

小黃回到自己臺幣交易科的交易室，當眾對副科長下了最後通牒：「今天起取消你的交易權限，還有，給你兩個月的時間去外面找工作，兩個月後不是你走就是我走。」

這事情總是要有替死鬼扛，二來小黃也順勢下下馬威，警告下面一批看起來對自己根本不服氣的交易員，劃下誰才是這張交易桌的老大的清楚界限。

前科長和被攆走的副科長都是葉國強的愛將，第一天上班不到一個小時，小黃就被迫選邊站，在職場上，只要職位越高就沒有躲避派系選邊的空間。

熟悉了交易科的業務後，小黃終於發現這個交易科的存在，根本就是替丁淡親的工作擦屁股。

丁淡親的企金科主要業務是所謂的「call loan」，簡單的說就是貨幣市場短期放款，在以前，幾乎百分之百的銀行放款業務都是超過一年甚至七、八年的中長期放款，而企業如果有短期資金需求，多半會找票券公司發行票券，其實這些票券的買主也多半是銀行。

企業發行票券有三種費用：利率、保證費和承銷費，舉例來說，某企業發行票券，票券利率八%、保證費一%、承銷費一%，對需要資金的企業來說，一共付了十%的借款成本，而票券公司把這張票券用票面利率八%賣給銀行。

丁淡親看出這其中的不合理以及不具效率的暴利，為什麼掏出資金的銀行只能賺八%，而一毛錢都不出的票券公司卻白白賺了二%，於是丁淡親直接去需要資金的企業商量，開出九%的短期放款利率給他們，對企業而言，總成本下降一%，對投資的銀行的立場也多賺一%。國華銀行推出這種call loan後，放款業績在短短的半年內爆增五百億，當然對票券公司來說，這無異是搶他們的飯碗，半年來透過各種行政管道甚至媒體不斷地修理國華銀行。

既然是丁淡親所提倡的，這個業務自然就落在他的企金科，這個業務還有一石二鳥的效應，以往銀行的放款授信都是由分行等營業部門負責，這種由總行的財務部來議價與決定的新方法，幾乎就是把分行的權限收歸總行，宛如軍機處，由丁淡親遙控營業單位的大額放款。

丁淡親也因此可以接觸到五百大企業的老闆與財務長，因此可以決定分行放款量的大小，如果哪個分行膽敢得罪丁淡親，丁淡親可以故意對客戶報出超出市場行情的不合理報價，讓call loan作不成，業務量保證會在短短的幾個月內暴跌，透過這種議價制度，丁淡親的企金科根本就是國華銀行的天下第一科，分行經理遇到他自然就矮了一大截。

麻煩來了，好大喜功的丁淡親只想衝刺業績，他才不管這項龐大業務的資金來源，反正雙手一攤，那是臺幣交易科負責的，以往，前科長和丁淡親不同派系，反而藉此可以順便修理一下葉國強。

小黃坐上了替丁淡親擦屁股的位置後，部門內甚至自己部屬上上下下，一堆人等著看他出醜。

週五夜晚是小黃最放鬆的時刻，交易圈有個不成文的默契，週五盡量不作交易，大部分的交易到期日也不會排在週五，儘管交易工作的時間很長、壓力很大，但到了週五下午，多數交易員會提早下班，或至少不會在週五留下來加班，從在花企時期起，每到週五小黃就搭飛機返回臺北的租屋處，等著每兩個禮拜的不倫約會。

阿蘭姐很主動地脫掉衣褲，丟在床邊，很有默契地躺在小黃旁邊，玩弄並凝視著他的陰莖。

「你覺得陰囊皺褶的線條像不像法國名牌ＬＶ包包？」

「我不先沖個澡嗎？」

阿蘭把頭埋在小黃的胯間，搖了搖頭說：

「你終於能到氣派的大銀行上班了，今天替你慶祝慶祝。」阿蘭專注地對著陰莖講話，對她而言，熟識是眼前這根黑漆漆的玩意兒，而非小黃這個人吧！

阿蘭姐細心地替他口交，享受那股慢慢腫大的硬度，以及睪丸的柔軟，乳房包覆著黑色蕾絲邊胸罩，隨著嘴巴的動作上下擺動，小黃為了避免提早射精，於是閉上眼睛開始想call loan的煩人細節。

然而，根本無法不去在乎從龜頭處傳來溫暖潮溼的舌頭溫度，屁股與脊髓之間衝出一陣陣的疲麻，一股腦兒激烈地全數吐在阿蘭的嘴巴裡，她耐心地用嘴唇吸出最後一滴，對小黃露出勝利的眼神，起床若無其事地點燃一根菸。

「你不去漱口嗎？」小黃疲憊地問起。

「全吞下去了！量真的很多，你根本沒出去偷吃，是吧？」

自從認識阿蘭姐發展出特殊關係後，小黃就完全不再找年輕女人約會交往，但這並非什麼忠誠度。

「你最近肯定是很累！」

「我剛剛的樣子有那麼明顯嗎？」小黃心想今天雖然沒有進去，但回想一下剛剛的硬度與時間應該沒有露出倦怠感才對。

「你的精液都是濃濃的咖啡味，我估計你最近幾天最少喝了十幾杯咖啡，對吧？」

「哈！你未免太誇張了吧，連這也嚐得出來。」

「這方面的經驗我可比你多很多吧！」阿蘭姐故意伸出舌頭作出吞吐的動作。

「也對啦！」

阿蘭姐明顯比小黃大了好多歲，但小黃從來不去探問這些，她的老公是東莞臺商，幾個月才回家幾趟，阿蘭姐的夫家在花蓮，於是把小孩託給公婆照顧，名義上是留在臺北幫老公的公司管帳，但實際上天天過著吃喝玩樂的日子，每兩週回花蓮看小孩三、四天，和小黃固定搭同一班機回臺北，北花之間的班機扣掉假日與寒暑假的觀光客，搭來搭去也就差不多固定那些人，幾回下來彼此就認識了。

反正在東莞的老公也是玩得不亦樂乎，認識年輕力壯又是白領階級的小黃後，兩人自然很快地發展出親密的肉體關係。每兩週在小黃的租屋處見面一次，一起度過三、四個小時，但阿蘭姐絕對不留下來過夜。

每次，兩人都很用心且用接近專業的技術互相取悅對方，小黃與阿蘭姐兩人的性經驗都算相當豐富，在床上更無須裝模作樣，可以盡情地發揮技巧互相取悅，甚至可以作一些無法要求女朋友或老公的性遊戲或性幻想。

有時候，性愛過程完全依照阿蘭姐的要求進行，包括前戲的時間與部位，抽送的速度與節奏，射精時間的拿捏，下一回就換小黃要求，譬如穿上護士制服或全程交給阿蘭去主控。

以一般的定義來說阿蘭絕非美女，容貌連差強人意都談不上，生過小孩後的肚皮也已經開始寬鬆，但彼此之間不會有所謂的背叛、嫉妒或感情等複雜關係，阿蘭姐知道小黃需要什麼、不需要什麼，各取所需、排解壓力後各自離開去面對各自的日常。

回到臺北工作後，雖然兩人見面的機會與時間更多，但依舊保持著兩週一次的頻率，似乎有條默契上的界線畫分著彼此之間的分際，小黃喜歡這種規律的分際，因為過去幾次超過這種分際的戀情或暗戀，不是遭到拋棄就是背叛，和阿蘭姐之間沒有所謂的拋棄與背叛，這種關係讓小黃感到輕鬆不已，因為小黃已經對自己發誓過兩次，這輩子不想再為了被拋棄或被背叛而再流下任何一滴眼淚。

阿蘭姐牢牢控制老公的方式是抓緊公司的財務，兩年來從小黃身上學會了許多關於財務出納的關鍵細節。

「你有聽過債權過水（實務與理論都沒有債權過水這名詞，但阿蘭姐並非專業人士，這名詞只是阿蘭姐道聽塗說加上自我想像所脫口而出的。）這名詞嗎？」阿蘭最在乎的就是老公名下的財產，她老公三天兩頭要她從臺灣這邊匯錢到東莞，不想讓狐狸精動用公司一毛錢的阿蘭，倒是經常鑽一些法律漏洞。

小黃搖搖頭，阿蘭繼續說下去：「也就是我把要匯到中國給老公做生意的錢，用借貸的方式來支付，名義上是我借錢給老公，如果哪天他翻臉要離婚，就得先還這麼一大筆債務……」

一聽到過水兩次，小黃的腦子好像閃出一道光芒，有了！銀行的臺幣資金調度總算找出解決方法，興奮的他一把抱著阿蘭姐，大聲嚷嚷地叫著：「過水過水！太好了太好了！」

煩惱一解決，身體可就不老實起來，阿蘭姐伸手抓了抓，淫蕩地笑著：「還是年輕男人比較可靠！」

※※※

古早古早以前，銀行的業務只是單純地吸收存款，然後把吸收的存款借出去，以今天的標準，這種單純的做法早已過時，但實際上，多數臺灣的銀行能夠擺脫傳統存放款讓業務活潑化，也不過是二十一世紀以後好幾年才轉變觀念。

積極衝刺做濫好人的丁淡親不顧資金到底夠不夠，反正他雙手一攤，不關他的事情，業績衝出來算他的，沒有資金讓他去放款則怪罪給分行或臺幣交易科，打的是包贏無輸的算盤。

還以為小黃會在會議上大吐資金缺口的苦水，沒想到他居然順勢地答應丁淡親的要求：「沒關係，企金科要搞多大都可以，兩百億夠不夠？」

史坦利冷笑著：「兩百億？你知不知道我們分行的能耐，就算逼死他們去拉存款，兩百億最少也得花半年以上，這還是最樂觀的估計囉！」

「半年？等分行拉到兩百億，客戶早就又被票券公司搶回去了，我沒打算要勞師動眾地發動存款競賽。」小黃信心滿滿地回答。

「否則呢？如果要靠同業拆款，你看看自己交易科的報表，能借的都已經借滿了，剩下一堆也是乞丐銀行同業，別說兩百億，連十億都擠不出來借我們。」史坦利一語道出現實面。

當年新銀行剛成立時，由於衝刺放款可以在短期內獲取大量利益，所以新民營銀行無不卯起勁來衝放款，但由於新銀行成立時間很短，尚未取得一般存款大眾的信任，所以就算拉高利率也很難快速拉到多少存款，反觀幾間公營的老銀行，雖然放款業務被新銀行蠶食鯨吞，但存款卻因為招牌老信用佳而源源不斷地自動存進來，造成新銀行資金緊俏、老銀行卻苦於無法消化多餘資金的扭曲現象。

然而一些所謂新銀行的主事者，出身背景也是從老銀行過來，觀念上依然停在有多少存款就作多少放款的保守觀念，開業不到幾年就紛紛遇到瓶頸，他們的做法就是去發動存款比賽，逼迫分行的行員挨家挨戶去吸收存款，名義上是新的銀行，但觀念與做法卻宛如日治時代的老合會或郵局，只會搞一大堆什麼存款贈品活動去吸收一萬兩萬的存款，而不會善用貨幣市場的管道。

「對！我的方法就是透過同業借款。」小黃這個點子是從阿蘭那邊借來的。

銀行間的同業拆款其實並非毫無止境。以國華銀行而言，那些多金的老銀行只給國華銀行十億的拆款額度上限，算來算去有多餘閒錢的老銀行也不過才八、九間，每間十億的額度早就已經動用一空，除非說服同業增加額度，否則即便是他們手上的資金多到苦無消化管道也是愛莫能助，但要說服媲美滿清老衙門的老銀行增加拆款額度，那可比登天還難。

「每家老銀行都給每一間新銀行十億的額度，據我所知，其他大部分的民營銀行一毛錢都沒動用，我們只要請其他新銀行去向老銀行借錢，再請他們把這筆資金轉借給我們，每家新銀行同業幫我們轉借過水二、三十億，兩百億根本不是問題。」小黃從阿蘭姐的過水觀念中得到啟發。

「別家銀行犯不著替我們搞過水吧？」王銘陽副總還是搞不懂。

「只要給點利差，對他們而言過個水作幾筆拆進拆出的交易，每一億〇・五%的利差，一年就有五十萬，過個二十億，每年就有一千萬的無風險利差，他們沒理由不幹。」

「對我們來說，隨便一筆call loan的利率都高於同業拆款利率兩個百分點以上，中間讓別人賺個〇・五%，我們也還有一・五%的利差。」

「況且，辛辛苦苦拉進來的存款還得提存央行法定準備金、流動準備金、印花稅……以及一大堆分行的作業成本以及存款競賽的獎金，利差幾乎被吃光，根本沒有道理。」小黃所提出的這些想法，雖說不是多了不起的創舉，但以當年的金融環境，尤其是對那些一輩子在老衙門銀行的老主管來說，幾乎可說是離經叛道。

丁淡親第一個贊成，在他的標準中，沒有什麼離不離經叛不叛道，只要能賺到錢，多分一些獎金才是正途，從小黃報到第一天起就對他頗有敵意的葉國強經理也露出嘉許的表情。

倒是王銘陽副總還是腦筋轉不過來，裁示將小黃這提議暫時擱置，但沒想到一結束會議就接到國民黨黨營事業的電話，開口要當天緊急借三十億，聽到國民黨的電話，混沌的腦筋立刻就清醒了起來。

整個臺幣交易科立刻動了起來，除了臺幣拆款以外，腦筋動得更快的小黃還把算盤打到超低利率的日圓上頭，要套利就乾脆套大一點。

當時日本處於經濟泡沫破滅的年代，日本央行為了拯救經濟將日圓利率降到幾乎是零的水準，與臺幣的借款利率動輒八到九%以上相比可說是便宜許多，小黃提出借日圓的想法後獲得葉國強的首肯，於是幾個相關單位與主管就為了新業務動了起來，尤其是史坦利和阿嘉，花了一個月的時間籌備、沙盤推演、內部訓練與作業系統更新，終於進入最後定案的時刻。

日圓與臺幣的利差雖然高達六到八%，但借入日圓的最大風險是一旦日圓升值，銀行立刻會產生匯兌損失，只是當時日本發生阪神大地震，升值了將近七、八年的日圓走勢有反轉走貶的跡象，且為了避免面臨太大的風險，還可以到東京、新加坡甚至紐約外匯市場反向作避險交易，只要付出一定的成本，就能鎖定日圓與臺幣之間的利差，這生意其實是大有賺頭。

但問題是，國華銀行在國際間只不過是家成立不到四年的新銀行，資本額兩百億臺幣在臺灣雖然名列前茅，但這規模丟到國際去比簡直是小兒科，日本的銀行不見得能夠給太多借款額度，搞了半天如果只能做到幾十億日圓的生意，就算不去衡量所承受匯率風險與操作作業成本，所能賺到的利差絕對值實在有限。這時候剛好出現了一間日本三線的證券公司，願意用金融債券的方式出借，小黃等人彷彿找到救星。

小黃興高采烈地說著：「日本山總證券株式會社願意開出五百億，利率二・五%，發行期限五年的條件幫我們發行日圓金融債券。」

「山總？好像不是日本四大券商吧！」阿嘉有所疑惑。

「管他是前四大還是前四十大，站在債務銀行的立場，管它是阿狗還是阿貓，成本二．五％加上避險交易成本一．五％，總成本才四％，把日圓換成臺幣，隨便去買公債都有七％以上，更別說call loan可以賺到八％以上。」小黃算盤打得很精。

「只是這樣會不會造成單一客戶占比過高？會不會讓金融當局來找碴呢？」負責電腦作業與風險控管的阿嘉所擔心的事情的確相當務實。

史坦利笑了笑說：「別忘了，這筆錢還得透過一手換匯避險的交易，名義上我們是向避險交易的對手承作，總數五百億日圓，每一家銀行承作避險交易三十到四十億日圓，只要找個十幾家銀行作避險，單一客戶的風險度自然就降低。」史坦利不單是一位交易員而已，他有心、也有能力開創市場，而且沉得住氣，必要時，他敢隱瞞一百萬美元的虧損，不讓上頭知道，他不會讓道德或法令牽著鼻子走。當然道德觀這個字眼在金融業並不存在。

「關鍵在於，金融局那些查帳的官員根本看不懂，他們在意的是我們大老闆能不能連任立委，選得上就一切好談，要是選不上，別說這種複雜業務，連最簡單的信用卡或房貸業務都會從雞蛋裡挑骨頭。」史坦利是小黃見過腦筋動得最快的人，最重要的是，他勇於逐夢。

山總證券是小黃去接洽來的，史坦利倒是對山總比較有興趣，他好奇的問：「日本券商是出了名的保守和封閉，他們為什麼想和我們這種小規模的銀行作交易呢？」

山總證券是一家位於日本高崎市的三線券商，其母公司是住友集團，住友集團在年初牽扯出和新加坡霸菱銀行之間的不當交易後，整個集團不論是傳統製造業、IT業務、金融貿易業務都陷入衰退，為了挽救節節敗退的集團市占率，不得不走出日本積極開拓和亞洲其他金融業或貿易業的往來，基於這些因素，山總與國華銀行的合作可說是一拍即合。

忙了一個月，只剩下最後簽約的階段，幾個人決定去公司附近的啤酒屋喝一杯來慶祝，下班前小黃看見還在整理帳務的小昕，突然心血來潮地邀她加入，畢竟整個籌備過程中，日語能力最強的小昕在與日本人溝通以及契約審定上幫了不少忙，但面無表情綳張撲克臉的她婉拒了邀約。

酒過三巡，小黃等三個人支開各自部屬，喝到有點茫然的史坦利有感而發對小黃說：「這整個過程讓我想到咱們以前聯手遠征淡水，把淡江一票麻將仙痛宰的日子，同事之間就應該是這樣的合作關係，幹嘛分什麼你是誰的人、我是誰的人？」

「說的也是，日圓金融債業務應該是雪兒他們外匯科負責，只是從提案到現在快要簽約定案，雪兒她別說一起參與，連吭都不吭一聲。」小黃跟著抱怨起來。

「雪兒那個人啊！哼！我以前還暗戀她好久，同事幾年下來，我只能說幸好沒和她繼續發展下去，整個人除了死氣沉沉外，根本就是爭功諉過，困難麻煩的事情一律賴給別人，一旦成績出來，她第一個跳出來搶獎金。」食量大的阿嘉停下來夾了一塊無錫排骨後繼續說下去：

「我說小黃啊！這次你玩這麼大，如果有任何小狀況，雪兒會把一切責任往你頭上推，反正丁淡哥與副總罩著她。」

「與其說罩，不如說放縱吧！」史坦利補了一槍。

回想起第一天報到的情景，小黃依然是心有餘悸，但擔心歸擔心，小黃打算不去想太多，他把話題轉到小昕身上：「為什麼小昕都約不出來？」

小黃以為已經早已淡忘小昕，但成為同事之後的這幾個月，埋藏在心中很久的東西好像又慢慢浮出來，即便用忙碌的工作或是更沉溺在與阿蘭姐不倫的關係，該浮出來的東西就是壓不下去。

阿嘉沒有仔細聽小黃的話，越喝越醉的他自言自語地講下去：

「以前我想到那件事，你知道！就是那件事，我對那件事總是很內疚自責，但這幾年下來，看到雪兒一堆變化之後，就已經不在放在心上了。」

那件事？阿嘉含蓄地避開安樂仔的字眼吧！既然是大家共同的痛，小心不去掀開來說出來也好，只是小黃感到無解的是，安樂仔人都已經死那麼久，還會有什麼改變？口齒不清的阿嘉大概是喝醉了。

※※※

正在準備下班前最後的帳務核對與檔案歸檔工作，聽到小黃邀約一起去喝一杯的邀請，小昕心神有點不寧，她自己也不清楚這種微微的心神盪漾所蘊含的真正意義，但只要是和工作以及自己所訂下的規律生活節奏無關的事情，幾年來她是一律拒絕，在她的按部就班世界觀中，大到工作結婚生子，小到連辦公桌的計算機擺設的位置，都得依照一定的程序，上班下班，同一班公車，同樣的時間，同樣的街景，同樣的櫥窗，下班就直接回到親戚家中，有時間就幫忙嬸嬸作晚餐，沒時間就在同一家自助餐店隨便打發，連菜色都固定選擇三菜一肉。

睡前固定打開電視，看看花系列那種無聊連續劇做做戀愛的白日夢，早一點下班的話就看看兄弟象與味全龍的棒球轉播，小昕唯一可以忍受的失序大概就是看到兄弟象迷在球場上的脫序表現吧！

假日若沒有回臺東，多半只是找找在臺北工作的同鄉女友上上餐館、聊聊部落的八卦，不然就是到中央圖書館看看最新公布的會計公報或挑一本村上春樹的小說裝裝文青。

生活上唯一會變動的，就是工作上要處理那些膽大包天的交易員所捅下的婁子，反正會計工作就是這樣。能在大銀行當會計科長，穿著代表人生勝利組的銀行套裝，比起同部落來臺北的其他女友們，只能做小工廠的會計甚至第一線的作業員，小昕就會產生莫大的成就感。

大學那年唯一一次脫離常軌任憑自己感情用事，就惹出了讓她自己無法承受的事情，得到的結論是「不要再讓自己陷入任何改變」。

兩年多前，住在一起的嬸嬸，幫小昕介紹了一位同樣也是來自臺東，隔壁部落的男生，那男生是在臺北縣的某私立高工當老師，基於長輩介紹的傳統方式，以及門當戶對學經歷也相差不大的條件下，小昕也願意嘗試著談場安全的戀愛，結婚相夫教子對她而言本來就是人生必經過程，也談不上什麼變化啦，重要的是別去惹上什麼轟轟烈烈的戀情。

認識半年多之後，該有的吃飯、看電影、郊外旅遊的制式程序也都有，雙方的家長也彼此碰過照面也相當認同兩人的關係，兩人自然走到上床這個必然會發生的階段，小昕也不是什麼保守過頭的女生，且相較當年的漢人，原住民也比較不去計較什麼婚前守貞之類的落伍禮教，男歡女愛，血氣方剛，沒什麼好拒絕的。

那男生約小昕到溪頭玩兩天一夜，連笨蛋都知道這邀約背後所隱含的情慾企圖，欣然一起前往的小昕，略帶緊張的在床上等對方洗澡，只是，一看到男生下體那坨黑漆漆有點嚇人的玩意兒，小昕嚇得大吼大叫，看到那玩意兒讓她聯想到把安樂仔吞噬精光的鰻魚，明知道這根本就是兩回事，但小昕就是沒有辦法接受那玩意兒進入自己的身體，哭了整晚還驚動了飯店的經理與保全，那男生只能悻悻然地草草結束那趟本來會讓戀情升溫的旅行。

那男生不死心，以為小昕只是不習慣在陌生的環境，幾天後約小昕到他的住處，小昕已經到過他的住處很多回，心想這環境應該不會再讓小昕感到陌生或恐懼才對，為了怕小昕害羞還故意把電燈統統關上，但沒想到小昕一伸手碰觸到男人下體，吃人鰻魚的恐懼感又讓她嚇得哭個不停。

當然，那男生與小昕之間的發展也就不了了之，只是事後那男生把小昕講得很難聽就是，什麼石女！性冷感！高傲……等等，站在男人的立場，交往了一段時間的女友既然已經答應到旅館或家裡的床上，燈光氣氛也都營造得還算差強人意，卻發生女友對著自己陽具大呼小叫，不會有男人認為這是多麼愉快的經驗才對。

除了當年的幾個室友同學外，沒人知道發生在小昕身上的那些不堪回憶的往事，身邊的親朋好友甚至族人都無法理解小昕的歇斯底里，從此再也沒有人幫小昕介紹對象，而小昕更是把自己封閉得死死的，偶有一兩次遇到工作上的客戶有意邀約，或路上遇到帥哥搭訕，小昕完全置之不理，但以為已經心如止水的她，一聽到小黃開口邀約，心裡頭竟然產生了一絲絲想要答應的念頭。

以這次新業務為例，就算副總提議她一起去日本高崎參加國華銀行與山總證券的金融債券發行簽約儀式，都被小昕找了一堆理由與藉口推掉，譬如生理期來，或是遠房親戚過世等等，明知道自己是財務部上上下下日文最流利的人，明知道簽約的過程必須檢視許多會計帳務處理的細節，明知道這種簽約儀式也意味著可以藉由公費順便到日本玩，但一想到同行者有小黃，小昕只能寧可被副總指責也不願意一起去出差。

對她來說，誰都可以來打破自己規律的生活，獨獨就是小黃不行，因為一切一切的夢魘都是因他而起，小昕的理智立刻克服自己那股微細的渴望。

※※※

又喝了一攤後，隔天要出差的小黃提早離開聚會，從民生東路的pub轉進位於銀行後門慶城街的小巷，他習慣在加完班回家之前來此買點生活日需品，習慣的原因是這裡有間傳統雜貨店。在民生東路和敦化北路口寸土寸金的地段，居然還有講人情味的小柑仔店，七十歲的老闆娘會記得所有常客每天固定採買的雜貨，小黃通常是店裡頭一天下來的最後一個客人，點點頭就知道下班後的小黃要七星淡菸和波蜜果菜汁，下午看到小黃，不待開口就知道忙完交易的小黃要的是提神的薄荷口香糖和當天晚報。

只見雜貨店的老招牌早已被拆卸下來丟棄在門外，店內的貨品已經搬空，陳列的架子與櫃子也被拆到一片不剩，雜貨店旁邊的空地不知道從什麼時候卻多了一間正在裝潢中的連鎖超商，即便已經接近半夜，還可以看到裡頭有幾個裝潢工人還在忙著趕工。

店門口掛著大大了臨時布招牌：「○○超商即將在此為您二十四小時服務」。

看起來又是一間傳統雜貨店關閉了。曾幾何時，一家家的柑仔店悄悄地消失在視線中，消失在日常中，小黃算了算，從幾年前來臺北讀書算到現在，短短不到十年，消失的人事物卻已經多到數不清，更可怕的是這些消失的東西，人們對他們的記憶似乎也都一併刪除。

柑仔店、打字機、黑膠唱片、電話接線生、車掌小姐……不知不覺地退出你我的日常，沒人能料想到下一個要消失的是什麼？更沒人想去關心，大家也許認為老是帶著這些沒用的記憶，只會帶來不必要的麻煩，甚至會認為這些老舊消失的東西就算保存下來，也只是妨礙地球公轉的落後表徵，反正臺北本來就是座沒有記憶的城市，臺灣是個沒有歷史的國度。

另類的存在主義認為，被他人記得的人事物才算存在，小黃無法放下安樂仔對他的傷害，只要一想到有安樂仔曾經在小昕身上做的事情，他就會把臉埋在枕頭裡痛苦地呻吟，任由妒意與恨意撕扯自己，所以安樂仔還存在，而且是強烈地存在。反觀讓他傷心欲絕的初戀情人忘記與小黃之間彼此的約定，所以那段單方面受苦的戀愛傷痕是不存在的，小昕或許沒聽懂小黃對她的那段隱晦不明的告白，所以這股單戀也不復存。

裝潢中的新便利商店透露出讓小黃感到不安的小地方，半夜還在裝潢就很奇怪，難道鄰居不抗議嗎？幾個裝潢師傅遠遠看到小黃居然還會伸手打招呼，好像一副已經彼此熟稔的模樣，其中一個人長得和安樂仔很像，有點酒醉的小黃伸伸懶腰，可能是醉了吧！誰在乎今天又消失了什麼？又有誰會計較除了金錢與利益外，到底失去了什麼？出社會短短三年，小黃用飛快的速度爬到人人稱羡的銀行科長位置，其他丁淡哥、雪兒、史坦利、小昕與阿嘉何嘗不是如此呢？大家很懂得如何讓自己加速成長，只是成長都必須付出代價。好像當年安樂仔養的那批怪品種鰻，成長速度比其他鰻種快了一倍，但卻無法衡量所引起的所有代價，更別說承受了。

再幾個小時就要登機，小黃索性不睡覺直奔機場，雖然是第一次前往到鰻魚的最後故鄉——日本，與山總證券簽約，一併舉辦國華銀行的金融債券在日本發行承銷的road show，但小黃一點都沒有那種出國出差的雀躍感，雖然這類儀式與場面都宛如只是行禮如儀的大拜拜，但關係著自己在公司的發展，接二連三在新東家嶄露頭角，這一次如果能再一次順利達陣，替銀行掙到實質的利益，以及第一個國際化新銀行的面子，自己在行內的地位自然會水漲船高。

別看雪兒從頭到尾不參與籌畫企劃，這種出國出差的好康，她一點都不落人後，畢竟她所負責的外幣交易科也是這筆大交易名義上的執行單位，更何況帶隊的是常董、總經理與副總，以及三家臺灣主要財經媒體的記者也跟著隨隊採訪，有這種露臉又可用公費出國的機會，雪兒自然不會放過。

自己明明是整件業務的最重要最關鍵的推手，為什麼一整趟與山總證券、住友集團的簽約與最後磋商，小黃好像只是一旁拿公事包的笨蛋助理，只配躲在鎂光燈照不到的角落，反觀雪兒在總經理、常董以及日本客戶的高級主管面前侃侃而談，搶著擠在隨行採訪記者的鎂光燈前。

沒辦法，這世界聰明人與笨蛋必須保持一定比例，一旦笨蛋太少的話這世界就不會平衡。聰明與愚笨的界線在於自己到底知不知道想要什麼、能要什麼。小黃很清楚自己要的是利益，目標是白花花的業績獎金，而非讓自己強出頭站在浪花的泡沫上。

「除非和金融業老闆有生殖器的關係，或者祖墳忽然冒了青煙，在金融業裡頭打滾，最好別想要貪婪地名利雙收。」同樣選擇站在更角落更遠離鎂光燈的葉國強在小黃耳邊如此這般地嘀咕著。

7

國華銀行一行人被日本客戶招待到位於高崎市中心的高級料亭「丸坂釀造蒲燒」內吃燒烤鰻魚，鰻魚料理是日本人用來招待最重要的客人的必吃美食，而這家丸坂正好也是隸屬於山總證券母企業住友集團的旗下的另一家子公司，日本的大財團所經營的項目一向是包山包海，遠洋船運乃至於水產養殖可說無所不包。

丸坂釀造？小黃總覺得這名字很耳熟，會不會是在哪個日本旅遊電視上看過呢？

自從安樂仔事件後，小黃從此就不再吃鰻魚，反正鰻魚飯在臺灣也是屬於昂貴的高級料理，隨便吃一餐恐怕要花上一週的薪水，在臺灣的應酬場合上，除非是招待日本客人，否則日常生活上也很罕見，看到滿桌的鰻魚料理，小黃皺起眉頭擔心起來，到底要找什麼藉口敷衍過去，但看到包廂內有對方山總證券的社長，住友集團的副會長，以及自己公司的高級主管，心想既然是所謂應酬，就是強迫自己做些不喜歡的事情的場合，在銀行工作早就有如此覺悟，譬如到酒店陪客戶喝酒，譬如招待官員到一些不三不四的場合，區區鰻魚應該很容易過關才對。

「丸坂釀造蒲燒」是關東地區高級鰻魚飯的連鎖商家，除了本店在高崎外，還遍及東京橫濱，標榜一年四季都能吃到新鮮鰻魚。

母公司的副會長都已經蒞臨，餐廳的主廚與店長當然全程陪伴，話題自然轉到鰻魚飯上頭。總經理與常董只是建設公司出身的大老粗，很難接得上這種關於高級食材的話題，正所謂富三代才能懂吃穿這道理，在臺灣那種暴發戶財團老闆身上尤其明顯，他們對於吃，大概只懂得魚翅鮑魚，喝酒只知道白蘭地。

餐會畢竟是雙方的應酬，如果沒輪到自己這種小小科長開口，貿然地找話題可說是相當失禮，小黃看見我方的主管支支吾吾地接不上話，只好硬著頭皮幫忙答腔：

「據我所知，鰻魚養到能宰殺食用的季節最起碼要到七月分，現在只是初夏的五月，你們怎麼有辦法供應這種新鮮的活鰻呢？」

曾經在養鰻場打工超過半年的小黃，對鰻魚的了解一點都不輸給擅長鰻魚料理的行家。

「黃桑真是內行，我們的鰻魚和日本其他店家很不一樣，他們克服了鰻魚無法養殖的技術瓶頸，能夠在冬天養出成鰻。」

鬼扯！簡直把小黃當外行來耍，既然已經打開話匣子，小黃乾脆直接打臉：「恕我多話，鰻魚只能養在相對高溫的地方，更何況在日本如此嚴寒的冬天，根本無法存活，就算是比較溫暖的臺灣冬天，鰻魚也是處於休眠狀態，根本養不大。」

蹲坐在包廂角落的餐廳主廚聽到小黃反擊，忍不住加入戰局：

「你說的一點都沒錯，但這是屬於很特殊的品種，能夠在半年內就養大為成鰻，這本來是我們店內的機密，但在您這樣內行的貴客面前，我就直說，但請你們務必別對其他人說起。

「我們的鰻魚的確奇怪，和你們也頗有淵源，是我們住友集團的遠洋漁船去臺灣買過來的，這種鰻魚居然打破生物特性，可以在人工的養殖場內自行繁殖，無須像別種鰻魚必須先去捕捉鰻苗之後才慢慢養殖。」

小黃越聽越覺得好奇，怎麼和當年在蘇澳的那批來歷不明的鰻苗很類似，忍不住好奇心直接問主廚：「這批鰻魚是不是來自我們臺灣的蘇澳？」

一聽到蘇澳兩字，主廚與店長不約而同露出驚訝的表情，為了怕失禮立刻壓抑那種祕密被揭開的尷尬情緒：「黃桑莫非是養鰻的業者嗎？」

小黃等的就是這一刻，應酬時除了把酒言歡、順便在無意間揣摩彼此生意上的底線外，有時候也會在不相關的議題上互別苗頭，飯局先前的對話，國華銀行的高層所展露出那種暴發戶鄉巴佬的劣勢，此刻完全扭轉過來。

「我才不是什麼養鰻同業啦，只是一個小小的銀行科長，不過我們臺灣人可說是各個都是吃鰻魚的行家，臺灣人吃這種鰻魚已經好幾十年，只是近年來為了拓展臺日貿易才忍痛賣給你們日本人。」

小黃越說越離譜，但對方還處於祕密被揭穿的驚訝情緒中居然信以為真。

於是那店長開始說起：「幾年前我還只是母公司遠洋漁業的跑船員，無意間聽到臺灣蘇澳有批冬天盛產的鰻魚，一開始我也是半信半疑地嘗試性地先買一小批，但沒想到運回來後大受歡迎，幾天後我又跑回蘇澳想把那魚塭的鰻魚全數買回，但沒想到，那魚池內的鰻魚居然在池內生下了小魚苗，幾個月後我又回蘇澳那座魚池一看，那批小魚苗竟然已經長大。

「當時我嚇得說不出話來，鰻魚怎麼可能在人工養殖的尋常魚塭內自行生殖？我緊急連絡了我們集團，派員到蘇澳去考察，發現魚池的所有者根本無心於魚池的經營，於是我們就把那幾個魚池統統買下來，但說也奇怪，同樣那批鰻魚苗，放養到臺灣其他地方的魚池，怎麼努力也無法人工繁殖，只有蘇澳那幾個魚池可以生生不息地繁殖下去，雖然產量無法大到能夠供應整著關東地區，但由於可以在冬天繁殖長大，恰好填補了日本冬天缺鰻的缺口，為了獨占這個生意，我們集團於是在總公司所在地的高崎市開了這家店。」

「這批鰻魚是不是異常凶猛，養殖者一不小心就會被咬傷？」小黃突然想起往事。

「對！您真的是大行家，這些是我們的經營機密，雖然對您來說只是普通常識，但務必替我們保守貨源來源的祕密。」店長說完之後和主廚兩人起身對著小黃等人深深一鞠躬。

小黃越聽越感到膽顫心驚，言下之意是眼前所吃的這批鰻魚，正是當年把安樂仔啃食成一堆白骨的那批鰻魚的後代，小黃突然感到一陣噁心，嘴裡滿是吐意，他努力嚥下口水，但一整天所吃下的東西的酸腐味立刻全湧了上來，他隨便編個去廁所的理由，直接衝出店家跑到旁邊的暗巷內，彎腰對著水溝猛吐，胸口不由自主地起伏，鼻水與淚水流個不停，無論想做什麼都無法集中精神，只想把呑進肚內的所有東西吐光。

其他一行人明後天還安排了旅遊行程，由於銀行的交易工作容不得小黃離開太久，只能來日本出差三天，隔天一大早就得搭車到機場返回臺灣，因此沒有跟去續攤的小黃在餐會之後便提早回旅館。連膽汁都吐光的他虛弱地躺在床上，當年安樂仔慘死的那一幕始終在腦海揮之不去，到底是慘死的畫面纏繞著他好幾年？還是安樂仔橫刀奪愛的行徑讓他無法釋懷？小黃自己也搞不清楚。

好不容易腹痛比較緩和，開始有些睡意，房門口傳來幾聲敲門聲。

「妳續攤回來了啊？」站在門口的原來是雪兒。

「一群男人續攤還能去什麼正經地方，我很識趣地找個藉口就先離開了。」

雪兒拿出一包成藥交給小黃：

「餐廳的主廚聽說你肚子不舒服，很自責地以為是料理處理不乾淨，託我拿些止吐藥來給你。」說完後就直接走進小黃房間，順便倒了杯開水，要小黃立刻吃下去。

「沒想到你還對以前那件事情這麼在意。」

小黃苦笑地回答：「妳沒親眼看到算妳幸運，反正妳還是別知道太多細節比較好啦！」

「事後阿嘉隱隱約約有對我說了一些，但你說的對，過去的事情還是別想得太清楚比較好。」

「從那時候起，我們就好像就失去連絡，連我到公司報到好幾個月了，也還沒有機會跟妳敘敘舊，妳這幾年還好吧？」小黃一股腦兒地把藥吞進去。

「你會不會介意這幾天我搶了你的風采？」雪兒問得很直接。

小黃聳了聳肩地不置可否，說不在意是騙人的，但基於兩人以前的熟稔程度，也不太想去和雪兒計較太多。

「反正老朋友，大家都是欠來欠去，對了，幾年前妳在安樂仔那邊打工的工錢一直在我這裡呢？」

「我欠你的幾萬塊錢也好像還沒還清楚啊！」

兩人哈哈大笑起來。

「以前為了幾萬塊錢，大家都很認真地過生活挨下去，現在幾萬塊錢倒也都不看在眼裡了。」小黃想起以前雪兒為了幾萬塊錢差點休學的往事。

「朋友之間，大家欠來欠去，好像也比較熱鬧些。」雪兒的想法很另類。

「你和小昕之間為什麼就沒有下文了？」雪兒真的是哪壺不開提哪壺。

小黃不想解釋太多，敷衍地答：「反正就是這樣，一個人單身漢的生活也沒什麼不好啊！」

「記得以前我們說過，如果到了三十歲，你娶不到老婆，我也還沒嫁出去，我們乾脆湊一對……」

小黃看著穿著旅館睡衣的雪兒，提到以前那些彼此鬥嘴的往事，心想眼前的她絕不可能只是單純只是基於關心病情而來串門子。

「反正我們都還沒到三十歲，對吧？以前做的事情說過的話，就讓它留在以前吧！別太認真。」

「以前的事情……別太認真……」若有所思的雪兒念念有詞著。

「雪兒，我覺得妳變了很多，變得比以前更計較。」

雪兒打斷小黃的指責：「誰不會變呢？你真的不在乎我搶了你這趟業績嗎？」

「算了，事情演變成這樣，公司整體有沒有賺錢比較重要，有機會妳再補償我就好了。」小黃倒也豁達。

「你肚子痛有沒有好一點？要不要我留在這裡照顧你？」臉紅了起來的雪兒說完之後直接躺在床上小黃的身邊。

小黃閉上雙眼想了安樂仔、鰻魚、小昕以及第一天上班被誣賴的副科長一輪後，起身走到門邊打開門房對著雪兒說：

「妳回房吧！我明天一大早就要趕到成田空港搭早班飛機，時間不早了，我要趕緊睡了，否則我明天會爬不起來。」

雪兒愣了一下，起身整理了已經露出一半胸酥的睡衣，忍住心中那股惱羞成怒的怨氣深深吸了一口氣說：「為什麼？」

「我肚子痛啊！」

其實小黃這種不想把簡單的事情複雜化的個性，在某種程度上也和小昕很類似，但是把主動送上門的雪兒請出房間這件事情，多少需要一些勇氣。

沒多久，藥效發作的小黃進入夢鄉。

※※※

旅館外頭一陣暴走族呼嘯而過的排氣管聲浪吵醒了小黃。

「小黃！你醒了！」

小黃以為是雪兒賴在房內沒走，嗯哼回了一聲，仔細一聽，不對，這聲音不是雪兒的聲音，更不是女人的聲音，而是男人的聲音，小黃嚇得睜開雙眼以為房間被陌生人闖了進來，正想大呼救命，但身體就是無法動彈。

張開眼仔細一瞧，竟然是安樂仔站在床頭，彎著腰看著小黃，看清楚是安樂仔後，小黃反而沒有感到恐懼。從那次事件後，他不知道做了多少回看見安樂仔甚至與安樂仔有關的噩夢，再加上身體動彈不得，還算有些醫學常識的他並不認為這是所謂的鬼壓身，而只是一種比較嚴重一點的睡眠障礙，大腦已經甦醒，但疲憊的身體沒有法子同時間一起醒來所產生的錯亂，精神與現實之間的短暫錯亂罷了。

也許是太累，也許是服用藥效太強的成藥，也許是喝酒喝多了點，小黃克服了身體無法動彈的恐懼感後，想辦法讓自己腦子別胡思亂想後慢慢地又睡著。

也不知道睡了多久，安樂仔的聲音又出現在房內，這回小黃又被這聲音吵醒，小黃拖著疲憊的身心仔細聽著這聲音，感覺上相當立體，不像一般做夢時所聽到的那種混濁平板毫無起伏的音調。

小黃發不出聲音，嘴唇動不了，舌頭也動不了，從喉嚨流出的只有無聲的乾乾的氣息而已。這到底是不是夢，他越來越沒有把握，以夢來說一切都太清晰了。但站在那裡的是真正的安樂仔嗎？無法判斷。

驚覺這一切不像夢境後，小黃真的有點感到害怕，房內的安樂仔的身型看起來很清晰，穿著正是當天被鰻魚啃食前的模樣，上身打著赤膊，下半身穿條陸戰隊的短褲，腳上穿著一雙漁夫常見的短筒雨鞋，小黃對於這條短褲與這雙雨鞋很熟悉，因為當時就是小黃幫安樂仔處理後事，他親自把短褲與雨鞋一起當成最後遺物送進殯儀館的焚化爐內。

好不容易可以張開口，小黃微微顫抖地從喉嚨發出聲音：「安樂仔你找我有什麼事情？是不是要燒點紙錢，還是有什麼事情要我幫你處理？」小黃這時候認定安樂仔應該是所謂的託夢，對於託夢這種傳說，小黃倒是半信半疑，寧可信其有不可信其無。

「你為什麼要詛咒我去死？」安樂仔坐在床邊的沙發。

「你不要誤會，那只是口頭禪，害死你的是那批怪鰻啊，所有在場的人都目睹了這一切。」小黃急忙替自己辯解起來。

安樂仔對辯解不置可否繼續說下去：「我的死亡對你造成很大的心理創傷，對其他每個人來說都是如此，你必須調整自己去面對新的現實，這並不容易。我知道你的整個世界都傾斜了，我只想幫你找出另一種方式過活下去。」

小黃聽到這種文謅謅的言語，根本不是性格屬於大老粗，講話粗鄙但直接的安樂仔會說出來的言語，心想這一定又只是自己的夢境，人在做夢時，往往會用自己的語言與邏輯套在別人的嘴巴中說出來，否則連高中都讀不畢業，連一篇最簡單的作文都寫不出來的安樂仔，講話不可能會有這種文青調調。

「我知道你不相信，畢竟眼前的這一切太過於光怪陸離，但你要牢牢地記得，我一定會再找上你，下次我們見面的時候，你千萬不要嚇著，眼前你所看到的我和想像中的所有情況都不一樣……」安樂仔講了一大堆讓小黃完全摸不著頭緒的話。

但小黃決定不理會眼前這般如此真實又如此詭異的場景，眼睛看了看房間四周，發現眼前所見到的房間並不是晚上所投宿的旅館的布置，小黃記得投宿的房間的裝潢採黑色後現代風格，但眼前的旅館比較破舊，記得投宿的旅館房間並沒有貼上壁紙，而眼前房間的牆壁卻有貼著已經被溼氣侵蝕而到處斑駁脫落的壁紙，而顏色也是那種陳年旅館常見的俗豔色系。

不對！眼前這房間並非投宿的旅館，這只是夢，畢竟就算碰到鬼魂，至少身體不會自己移動到別家旅館吧，更何況，小黃過去並沒有夢遊的病史與經驗。

「你不相信！對吧？」

「哼！」把一切想得很清楚的小黃決定不再理睬，只把一切的一切歸因於做噩夢，說不定是昨晚應酬不小心吃下了鰻魚所引發的強烈罪惡感才會導致自己進入如此恐怖又逼真的夢境，這回小黃又強迫自己入睡。

沒多久小黃進入夢境，這次小黃很清楚自己知道只是夢境，夢境中一開始看見父母早年差點離婚的那幕場景，接著是幾年前騎機車摔斷腿的車禍發生的剎那、小黃到機場送機送走初戀情人那一幕傷心往事、大一被當到差點退學、安樂仔站在池內被幾百條鰻魚從肚臍眼鑽進去又從眼珠中跑出來的被吞噬的影像……以及小黃這一輩子所遭遇到的一切苦痛的經驗與場景，都一幕又一幕宛如幻燈片投射在自己的夢境，所有自己不願意再回憶起的不堪往事，一一地從記憶深處被挖掘了出來。

※　※　※

「啊啊啊！」小黃大叫三聲後驚醒，一張開眼，沒有見到安樂仔的身影，仔細環視了房間四周，又恢復新穎裝潢格局：黑白家具色系且沒有貼壁紙的房間。頭痛得好像要炸裂似的，起身打開昨晚放在書桌上的藥包，想要找止痛藥來緩解，書桌上擺著一本旅館常見的旅館服務指南，小黃下意識地翻了開來，只想藉由一些現實且無趣的文字讓自己擺脫做噩夢的情緒。

打開指南後看見旅館歷史的那一篇，原來高崎這家旅館兩年前才重新整修，指南內還刻意地用整修前整修後的照片來作對比，當然這也是很常見的，旅館藉此來標榜自己已經是間全新的旅館來擺脫以往老舊的形象。

看到照片後小黃立刻嚇出一身冷汗，原來這間旅館改建前的房間格局，不論是色系、家具還是壁紙都和剛剛所做的夢中旅館樣式一模一樣，小黃從來不曾投宿過這家旅館，其實連日本都是第一次造訪，所以根本不會有那種「記憶儲存」的夢境投射的狀態。

膽子還算大的小黃說服自己，說不定這一切都是巧合，小黃以前經常帶著搭訕的一夜情女人找這類便宜破舊的旅館開房間，夢中的旅館房間，有可能只是和曾經睡過覺的臺灣某老舊旅館相似，說不定幾十年前還是同一個室內設計者。

雖然鼓起勇氣說服自己，但雙腳卻不聽使喚地發抖，趕緊找到止痛藥，一跛一跛地走進廁所想要打開水龍頭喝水配藥。

但是，廁所電燈一打開，浴缸內發出淅淅瀝瀝的水聲，小黃低頭一看，浴缸內竟然有十幾條活生生的鰻魚。

再也不想找任何理性的理由，再也不想找什麼科學上的藉口，再也不想自我欺騙這些都是什麼交感神經的問題。

嚇到已經腳軟撲倒在地的小黃，從廁所爬回房間，胡亂地把行李整理一通，不管現在還只是半夜四點半，此刻心裡想的只有趕快逃之夭夭。

收拾好行李，痲酥的兩條腿也慢慢恢復知覺，心裡只想趕快離開房間，乾脆提早去退房算了，反正第一班回東京的新幹線是清晨五點半，高崎雖然不是什麼熱鬧大都市，但車站內總是有些早起的工作人員、車站人員，總比自己繼續窩在這恐怖的房間要好上一百倍吧。

離開前對著偌大的房間畢恭畢敬地說著：「打擾了，安樂仔！你說的我都相信，但我必須先走了，回臺灣後我會到你的牌位前去燒點紙錢給你。」

經常住旅館的旅行老鳥都知道，當一踏進陌生的旅館房間時，必須先用虔誠的態度對著房間喊幾聲：「不好意思打擾了！」之類的話語，退房離開前也必須再度對房間打聲招呼，對於投宿這段期間一切平安表示感謝。

拖著行李搭著電梯下樓，心想該如何去向櫃檯解釋自己如此匆忙且狼狽不堪地提早在清晨四點多退房的藉口。

但櫃臺的人員似乎連問都不問，一副見怪不怪的模樣，好像這家旅館經常處理類似自己這種狼狽不堪宛如逃難的客人在這種時間退房似的，小黃越想越毛。

「黃桑，你的房間鑰匙呢？」櫃檯服務人員帶著機器禮貌式的制式口吻請求小黃交還房間鑰匙。

心情慢慢鎮定下來的小黃這才想起，剛剛離開房間時，把鑰匙插在鎖頭，鎖上房門之後卻忘了拔下來，雖然心裡頭有百般不願意，但這畢竟是自己的疏失，於是又硬著頭皮搭著電梯上樓回房取鑰匙。

小黃的房間在九樓，心神不定的他一時間竟然忘了自己的房間樓層，這其實也很常見，經常出差旅行的人，每到一個地方就換間新旅館投宿，有時候還真的會記不住自己的房間樓層或房號。

應該要按九樓的按鈕，卻按成十樓，走錯樓層的小黃一踏出電梯門，就遠遠看到邊間的房間有人躡手躡足地走了出來，小黃心裡暗笑，這大概又是那種在旅館瞞著其他團員偷情的老戲碼，但小黃仔細一看，那人竟然是雪兒，幸好雪兒並沒有發現電梯口的小黃，畢竟半夜四點半，沒有人會預期旅館房間走廊或電梯口會有其他人，雪兒走了幾步後又悄悄地進到另一間房間。

小黃感到好奇，趨前察看一下雪兒所離開的房間號碼後，拿出出差行程表，由於是銀行大陣仗地來日本出差簽約，所以總務人員會仔細地列出一張所有出差人員所住的房間號碼，以方便彼此之間要撥打電話、討論事情或催促行程。

雪兒離開的房間竟然是王副總的房間。

小黃想了好幾種雪兒半夜會跑到男人房間的理由，除了八卦的理由外沒有一個合理，王副總在公司相當袒護雪兒，這也不是祕密了，過度袒護同事的原因當然有千百種，但不如眼前小黃所撞見的這一種來得有說服力。

仍然處於心有餘悸的小黃也顧不得這一切，趕緊回到自己的房間拔起鑰匙，火速地回到旅館大廳辦妥退房，拖著行李用小跑步的方式離開旅館，踏進高崎火車站買了張第一班新幹線的票。跳上列車後沒多久，天色漸漸亮了，無法入睡的小黃看著沿途的景色，太陽從水平線慢慢升起，天空中飄著許多條狀的金黃色雲團。

在日本也看到了罕見的地震雲，小黃無心欣賞風景，只想讓一切放空趕緊離開。

※※※

回臺灣一下飛機，雖然已經是下午三點多，但他還是馬不停蹄回公司想要把三天出差所堆積的公文與待處理事項整理整理，經過銀行後面巷弄，那間前幾天還在裝修的便利商店居然已經開幕營業了。以前網路並不發達，在國外很難追蹤臺灣所發生的大小事，尤其是像小黃這種幹交易員的，三天的新聞資訊空白必須趕緊補起來，否則會跟不上行情發展，於是走進超商把能夠買到的所有報紙與最新的雜誌一口氣統統買齊。

超商內沒有任何其他的客人，小黃心想大概是新開張吧，多數附近的上班族還不曉得有這麼一間新的店。

走到結帳櫃檯，抬起頭一看，小黃的雙腿頓時又軟了下來，整個人跌倒在地，手裡所抱著一堆報章雜誌也散落一地。

「你沒事吧？」櫃檯的店員關心地說著。

超商店員彎下腰幫小黃撿拾散落一地的報紙雜誌，跌坐在地上的小黃指著店員的臉驚嚇得發不出任何聲音。

「我說過我會來找你，當然這也等於我會讓你找到。」說話的聲音不折不扣正是安樂仔。

好不容易爬了起來，轉過頭去立刻拔腿狂奔，整個人踉踉蹌蹌地撞上透明的電動玻璃門，小黃再度跌個四腳朝天。

「不要以為我是鬼啦！你好好看清楚我的影子，鬼會有影子嗎？如果我是鬼，能在大白天人來人往的超商裡頭當店員嗎？你仔細看看，我還有超商的工作證，是如假包換的正常人。」安樂仔很認真地解釋著。

「你是安樂仔的雙胞胎兄弟，一定是這樣，也許以前沒去注意而已。」小黃揉著已經腫起來的臉頰，驚魂未定。

「如果我是雙胞胎弟弟，會知道昨晚你旅館房間的浴缸有鰻魚這件事嗎？你隨便問件咱們哥倆一起幹過的狗屁倒灶的事情，就可以驗證我是不是安樂仔。」

「好好好！我相信我相信！拜託饒過我啦！我等一下馬上殺到蘇澳，到你的靈骨塔牌位前去燒點冥紙給你，美金人民幣還是股票公債……隨便你，順便幾部賓士車、幾隻金絲貓，我都燒給你。還是你有什麼遺願要託我幫忙，我一定……」面對鬼神的最佳態度就是別去否定祂、更別去忤逆祂。

「幹你娘的，從日本高崎的旅館就一直要你好好聽我講話，這麼簡單的事情，你像個娘娘腔似的，連靜下來聽我說句話都扭扭捏捏，難道要我在你身上做什麼法術妖術嗎？」這才真的是安樂仔生前講話的口吻，小黃聽了之後不知道是該感到安心還是該感到害怕。

小黃想想也對，其實從昨晚到現在，的確都是自己心裡作祟推三阻四，何不靜下心來好好聽眼前這位疑似已故好友或什麼鬼的東西，到底想講些什麼。

靜下來以後才能仔細端詳，安樂仔的樣子比當時死亡之前老上十幾歲，年齡看起比小黃老很多，比較特別的是他的眼睛，尤其是一雙澄清透底的瞳孔，小黃從未曾看過如此一雙不含雜質的清澈雙眼，但記憶中安樂仔的眼神也並非如此。

「那時候，我不小心被鰻魚鑽進身體，至今都難以忘懷，我想你當時也在場，應該都看得一清二楚，沒多久之後，我猜想大概只有三秒鐘吧！我就暈倒了，暈倒前我直覺認為自己就要死了。」

「但沒想到，我突然……正確應該說我的靈魂飄到天空的金黃色雲海內，你應該記得那天有地震雲吧！很巧的是今天一大早的日本天空也出現了相同的地震雲，又過了沒多久，我就醒來了。」

「醒來後，發現自己出現在十年前的蘇澳，你記得當年我們高中被退學之後，一起騎機車去環島的那段往事嗎？」

小黃點了點頭，那年小黃、安樂仔和幾位一起被省立鳳中退學的高中同學，為了散心索性騎機車飆車環島，騎到蘇澳時，安樂仔決定蹺家不想再繼續念書，而去投靠在蘇澳養鰻的遠房親戚，從此開始養鰻人生。

「你是說你穿越時空回到過去？」小黃簡直感到不可思議。

「靠妖啦！又不是無聊日劇港劇，這世界哪有什麼穿越時空！而是我又回到十八歲的時候，正確地說，我的人生又從十八歲夏天那年重新開始，當時我正處於到底要繼續念沒有興趣的書還是忤逆家人蹺家去養鰻的猶豫階段，以前第一段人生的我選擇了養鰻，但結果卻被活活咬死，既然已經嘗試過養鰻的悲慘路，能夠重新選擇，當然就趁機改變，乖乖地回到學校念書。」

小黃感到不解的是：「奇怪的是，就算我相信你說的話，只是你為什麼還會記得養鰻那段人生的記憶呢？」雖然想到什麼孟婆湯之類的傳說，小黃認為自己很蠢，始終找不出眼前這一堆比撞到鬼還要詭異的鳥事的合理解釋，如果真的撞鬼，其實還比較不可怕。

「我們一起被鳳中退學後，我到臺北隨便找間高中念書，念一陣子又是休學、退學、轉學之類的鳥事，好不容易混到一張高中畢業證書，連續考三年大學，我又不像你天生是讀書考試的料，三次聯考總分加起來還沒有你考一次來得多，然後去當兵，退伍後幹過扛瓦斯、國民黨外圍抓耙仔線民、賣盜版光碟大補帖，反正就是一年換三、四個頭家，最後跑到這家超商來當店長。」打開話匣子的安樂仔滔滔不絕地訴說起來。

「等等！這些生活細節流水帳以後有機會再來慢慢敘舊。」說了敘舊兩個字，小黃感覺怪怪的，但此時絕非講究用詞遣字的時候，小黃問下去：

「可是我的世界，或用你的說法，我的人生，我從以前到現在為止的這一段人生中，你明明已經死了好幾年，而且很多目擊證人眼睜睜看著你……嗯……往生！眼前的你，就算如你所說的，是重新來過的第二人生，怎麼又會跑到我的面前呢？」

「你看看外面慶城街的人潮。」安樂仔不急著回答問題。

此時正值下午五點多的下班時間，民生東路、慶城街、敦化北路與復興北路一帶是臺北辦公商圈的重鎮，一大堆下班的人走過超商門口。

聰明的小黃一點就通，不到一分鐘，少說也有近百個行人從店門口走過，卻沒有一個人走進超商買東西消費，甚至連看都不一眼，彷彿這間店是空氣般不存在，這根本就不合理。

「他們為什麼都看不見這家店呢？」陷入一陣沉默後的小黃緩緩問起。

「解釋起來很玄，你或許會不相信，時間不多，我就簡單地講給你聽。」安樂仔看著手錶，一副很像正在快要來不及打卡的上班族。

「我和你們不在同一個時空啊，因為我又重新活過一次，雖然我的時空和你的時空，所發生的人事時地物都一樣，我這個時空同樣有個在幹交易員的你，發生的事情九十九・九九九％都一樣，在你的時空，或精準地說，在我已經死掉好多年的舊時空，所發生的事情一模一樣，省長一樣是宋楚瑜，阿扁也是臺北市長，霸菱銀行一樣宣布倒閉，日圓一樣創下歷史高點，神戶一樣發生大地震，電腦一樣是灌Windows 95，一樣都會偷看飯島愛的A片，一樣是一九九五年，一樣是在慶城街的巷子裡，唯一的不同只是少了我這個人和一些不重要的小事。」

安樂仔撿起散落一地的報紙雜誌，慎重地交到小黃的手上：「唯一不同的是，我這個時空比你的時空早三個月，不相信的話，你可以看手上的報紙，上頭的日期寫著八月一日，而你那邊只是五月一日。」

小黃半信半疑地攤開報紙，雖然日期是註明八月一日，但心裡想著其實這要作假並不難，且如果真的是遇到魍魎鬼魂，這類小法術應該也難不倒祂們。

「小黃，你聽好了，我並非沒事開你玩笑尋你開心，請你把報紙看清楚，在未來的三個月後，有則和你有關的新聞，你相信也好，不相信也罷，我可是想幫你的忙，不想看你捲入未來的麻煩事件中。」

疲憊不堪的小黃隨便翻翻密密麻麻的新聞，當作隨便敷衍一下眼前的安樂仔鬼魂。

「還有一件事情，你一定要放在心上，當你看到三個月後的新聞，預先知道一些和自己有關的事件，如果你因此去作一些趨吉避凶的改變，總之就是你工作上那些亂七八糟的交易投資之類的，反正我都看不懂，一旦改變了自己的事情，就會相對失去一些東西。」安樂仔嚴肅地說著。

「什麼東西？聽起來好像西方那齣浮士德與魔鬼交易的老哏。」小黃想到三個月後的新聞，燃起了些許興趣。

「其實都是一些不重要的東西，我也沒辦法知道到底是哪些具體的東西，但是，所謂的失去，並非尋常定義的失去，而是絕對的失去。」

小黃聽得一頭霧水，安樂仔沒打算再解釋所謂的失去，他看看手錶說：「時空空隙的時間到了，記得，從今天起每三個月的月底，同樣的傍晚時間，你都可以在這裡看到我，也許三個月後你就懂了。」

說完後，安樂仔與整間超商立刻消失，小黃看看四周，發現自己依舊在慶城街巷子的原地，只是自己站在一處空地上頭，空地上頭什麼都沒有，就只是一處臺北到處可見的尋常空地。

「真是見鬼了！」看起來自己應該得去精神科掛個號，自己竟然站在街頭上做起白日夢起來，但手上傳來的重量感讓小黃覺得不對勁，手上那堆報紙居然沒有消失，嚇了一跳的小黃，攤開報紙一看，絕大部分都是空白不然就是亂碼，整份報紙只有一則新聞，瞧瞧日期，還真的是三個月後的八月一日。

其他的報紙也幾乎是一模一樣，除了刊出一則新聞外，其他也同樣都是空白和印刷亂碼。

小黃揉揉眼睛盯著那則唯一的新聞，單單標頭就讓小黃嚇得啞口無言。

> 國票板橋分公司驚爆交易員掏空超過兩百億元，其中最大兩家苦主往來銀行分別是臺銀信託部與國華銀行財務部，各自損失超過一百億與三十億，檢調與金管會已經著手調查這兩間銀行有無內神通外鬼的證據……國華銀行財務部科長黃麒銘被檢察官聲押。

以為自己只是一時眼花的小黃，不信邪地再看一次，沒想到第二次還沒看完，報紙上的鉛字一個個地消失，最後整張報紙變成一片空白，翻開其他報紙也一樣，只要讀過一遍就自動消失，但內容上大同小異。

小黃上個月為了套利，想要提高貨幣市場投資的效益，到處尋找利率比較高的短期票券與債券標的，當時，透過王副總的介紹，認識了國票板橋分公司的楊姓營業員，他可以提供比市場利率高出一到二%的票券，於是雙方一拍即合，開始陸續向該公司買進票券，部位最高還一度達到四十億，目前大約還有三十多億元的未到期的短期票券投資。

讓小黃感到最害怕的是，眼前剛剛看到的，如果真的是安樂仔透過什麼時空縫隙所遞交的「未來報紙」，如果國票板橋分公司真的搞出什麼金融掏空，自己絕對逃不了關係，畢竟，與他們的所有交易，都是小黃到國華銀行擔任交易科長以後才發生的交易，每一筆交易都是自己承作、核准、蓋章簽名，雖然這條線是王副總牽進來的，不管王副總到底有沒有和對方勾結在一塊，但自己也從中拿了一些好處，雖然不是金錢上的賄賂，但光是洋菸洋酒禮盒招待券之類的收受，到時候真的是跳到黃河也洗不清了。

※ ※ ※

回家睡了一覺，過了一兩天後，這件事情依舊纏繞在小黃的腦海揮之不去，如果選擇相信，但理由實在太過荒誕無稽，且如果收回對國票的債權，也很難找得到如此高收益的投資標的。然而要是置之不理，萬一這一切都是真的，三個月後真的發生票券公司掏空的弊案，除了公司無法承受幾十億的損失部位外，自己很難置身事外，輕則丟飯碗永遠無法在金融業立足，重則吃上官司。

而且，實務上要在短短的兩個多月內收回三十億短期票券的投資，除了會與相關的人扯破臉外，銀行也得承擔提前解約的利息損失，因為與國票來往的短期票券投資當中，有一部分的到期日是在三個月以後，想提前解約這批期限比較長的票券，雖然不至於讓雙方走到法律程序，但困難度有點高。

小黃召集了底下幾個交易員討論這事情，當然他必須小心翼翼地用旁敲側擊的方式，公司很小，金融市場更小，自己想做些和尋常交易不一樣的舉措，鐵定會激起許多不必要的騷動。

「你們會不會覺得我們投資票券的部位，有過度集中化的風險？」小黃先拋出這個議題。

一直對國票板橋分公司的來往有意見的小茹率先響應：「我早就建議了許多次，我們銀行票券的投資部位不過才九十億，但是單單一間票券公司的小分公司就超過三十億，根本就很不合理，稽核那邊一直警告我，要趕緊改善，否則不排除會在稽核報告上大作文章。」

雖然銀行的稽核風險控管部門的功能只是聊備一格，但如果被稽核在報告中寫上一筆，對於升遷考績還是會有一定的影響。

小黃聽到稽核兩個字，彷彿找到救星，於是順著這話題繼續問下去：「稽核報告什麼時候會出爐？」

「四天後！我們應該想辦法馬上降低與國票板橋分公司的交易部位。」小茹有點焦急。

另一個比較重視績效的交易員有意見：「可是一旦降低這批高收益的部位，我們一年可能會少賺兩千多萬。」

小茹不甘示弱地回擊：「就算有投資績效，如果被稽核黑上一筆，再多的獎金也只是看得到吃不到的紙上富貴。」

「放心啦，稽核那邊，王副總會擺平，大家都是同事，他們的獎金也是靠我們的交易賺來的啊，況且林挺嘉科長不也是我們科長的同學嗎，怎麼可能痛下毒手。」

「好！會議就到此為止，先暫時採取小茹的部分意見，今天到期的兩億與明天到期的三億的國票票券部位就不再續作，先降低一些部位後再說。」小黃作了裁示。

小黃不打算在短短的幾天一口氣解掉三十多億的部位，如此的大動干戈並非明智之舉，先小筆小筆地收回一點部位，看看對方的反應，反正還有將近三個月的時間可以慢慢調整。如果對方真的有搞什麼掏空，幾億的部位的回收勢必引起對方的調度困難，一旦調度有困難，對方一定會用盡辦法來說服，希望別抽他們的銀根，甚至會有檯面下的請託。如果對方沒有見不得人的勾當，憑國際票券那麼大的一家金融業，小小分公司出現幾億的資金缺口，對於他們總公司的調度能力而言，不過是九牛一毛。

更何況，小黃還有第二招。

果然如小黃的預料，一開盤馬上與國票解約，對方的楊姓交易員下午就打電話要來拜訪，而且還希望約在某日本料理餐廳的隱密包廂內。

基於寧可信其有不可信其無的理由，小黃婉拒了對方的邀請，而改派小茹等三位負責票券的交易員赴約，一來是三個人前往，萬一對方想用什麼檯面下的金錢攻勢，也會投鼠忌器，二來萬一真的爆發什麼事情，未來真的被調查的話，不在場的自己也比較容易全身而退。

四兩撥千金地把麻煩偷偷轉嫁給下屬，小黃能在短短幾年就幹上科長也並非白混的。小黃自己可不能若無其事地坐以待斃，等到下午交易工作告一段落後，他悄悄地走進阿嘉的辦公室。

「同學，小黃大科長，很難得你會跑到我們這種冷門的風控衙門，有什麼好康的要報給我嗎？莫非有什麼明牌？」正在吃炸雞配下午茶的阿嘉看到是小黃，不避嫌地繼續啃他的雞腿。

「當然是有正經事，要鬼混閒聊的話就直接約外面的酒店了。」

「難道是關於雪兒把你的功勞都搶光的委屈嗎？」阿嘉以為小黃是想來找他抱怨的，雪兒他們剛從日本回來，一大早就公布與日本山總證券合作案有功的相關人員的人事獎勵公告，除了日本分行的同事，財務部只有王副總自己給自己記功，以及雪兒因功加薪八%，從頭忙到尾一手包辦業務的小黃，從旁協助的史坦利和阿嘉，根本好像空氣一樣，完全沒有出現在獎勵名單中。

「看開一點啦！又不是第一天上班的菜鳥。」阿嘉只要有美食可吃就可以看開一切。

「聽說你還被迫吃鰻魚飯啊！幸好我沒一起去。」阿嘉一講到鰻魚，整個人就嚴肅起來。

「我有事情拜託你，聽說你對於我們臺幣交易科的交易部位比重有意見，特別是與國票板橋分公司往來的那部分？」小黃開門見山地說。

「別擔心，我只是嚇唬嚇唬你底下那些小交易員，你知道，幹我這種風控稽核與電腦作業的，總得裝樣子樹立一點小權威，放心啦！不會寫什麼不利於你的報告啦，更何況王副總也交代過我。」

「你別誤會，我不是要來向你關說，我反而是希望你把這件事情寫進報告，而且務必要寫成嚴重疏失且限期改善，可以的話，還在報告上建議要記我的過。」小黃的口氣相當嚴肅。

一聽到這個要求，阿嘉嘴巴裡的雞腿吐了出來了，眼睛睜得大大地盯著眼前這位是不是已經瘋了的同學。

「我不是開玩笑！一切拜託你了！」小黃還起身對阿嘉作出四十五度的鞠躬。

「你瘋了嗎？你瘋了嗎？你瘋了嗎？你瘋了嗎？」因為太不可思議，阿嘉問了四次。

「我用安樂仔與我的交情發誓，我沒瘋！」

阿嘉也是當年事情的見證人，知道這種誓言不能亂開，但他還是感到好奇地問：

「為什麼？」

「你暫時先別問為什麼？反而是我想要問你，你抵擋得了王副總的壓力嗎？」

小黃隱約感覺王副總和對方之間有什麼牽扯不清的關係，所以把王副總這三個字給提了出來。

「如果是你拜託我的話，我一定擋得了王副總那關，我不知道你又要出什麼怪招，反正我一定陪你玩到底。」阿嘉雖然成天喜歡吃喝玩樂，但他一點都不笨，嗅出這其中必有什麼貓膩之處，他只是聯想到可能是王副總與葉經理或者是其他高層之間的鬥爭。反正小黃自願當不怕死的神風特攻隊，他也樂於配合當個稱職的風控稽核人員。

「還有！報告越快交越好！看能不能在這一兩天內交出去，最重要的是，別經過王副總，請你直接交給監察人與董事會。」

銀行的稽核業務與人員名義與法令上是直接隸屬監察人，報告無需由業務部門主管過目或核准，只是通常會在提出前，基於和諧的潛規則讓業務單位先看一看。

「事成之後，我請你去花中花喝酒。」

阿嘉真的是呆住了，怎麼會有人想死還向劊子手道謝，基於看熱鬧，這個忙是幫定了。

傍晚後，三個交易員回辦公室，小黃把他們叫到隱密的會議室去詢問，果然，對方除了言語上請託之外，連謝禮都大剌剌毫不避嫌地拿出來。

「你們沒收什麼禮物吧？」明知道互相牽制的三個人根本不敢收取任何東西，小黃還是問個清楚，三個人都搖了搖頭。

「他拿出多少？」小黃繼續問下去。

「只看到五瓶茶葉罐，我們既然不收所以就沒打開也沒問。」開始感到事情不單純的小茹回答。

五瓶茶葉罐意味著五十萬，如果是五盒水果禮盒就代表五百萬，這已經是公開的祕密。

「也不過就是賣票券，也沒多少利益，犯得著要掏出這麼大的紅包嗎？」小黃的疑心越來越濃。

「黃科長，二線電話！楊先生找！」會議室的廣播系統傳來總機的聲音。

「告訴他我不接！」

「黃科長，王副總請你到他的辦公室。」

「告訴他，我長痔瘡請病假走了！」

小黃板起臉喝斥這些交易員：「這件事情，一個字都不能對別人說，還有除非我下令，他們家的交易一筆都不能接，否則我立刻開除，聽到了嗎？」

很難得看到平日和善的科長露出如此兇狠的表情，幾個人一陣沉默後若有所思的離開會議室。

※※※

兩天後，阿嘉的稽核報告如期出爐，小黃看著報告，苦笑地自言自語：「阿嘉用的字眼還真狠毒，幾個月後如果賭輸了，我恐怕要被降職。」

自我挖苦歸自我挖苦，按照規定還是得提出書面的檢討報告，不過此時的小黃樂得輕鬆，燙手山芋總算丟到阿嘉的手裡，遠遠就聽到副總經理辦公室內傳來王副總與阿嘉的吵架聲音。

既然黑臉讓阿嘉去扮，小黃自然就擺出乖順的模樣，一切依照稽核所出的缺失檢討報告的建議，不到兩個月，全數收回與國票板橋分公司的所有票券部位，只發生了區區幾十萬提前解約的利息損失，仍然在可以接受的損害控管之內。

越接近八月分，小黃的內心越是忐忑不安，擔心萬一只是自己鬼迷心竅誤信鬼話，所付出的一切代價恐怕就得不償失，自己因為稽核報告而被記了一支警告，和王副總之間的關係降到難以解凍的冰點，底下交易員也因為隨之而來的獎金縮水而抱怨連連，隨便就和交易對手解約這件事情，傳到金融市場更會讓自己的信用受損。

然而距離八月還有三天，調查局的人員居然提早找上門來，先後約談了王副總、葉國強經理、小黃與阿嘉，一直繞著國票板橋分公司的交易詢問，雖然他們嘴巴不願意多談什麼，但小黃知道整件事情已經很明朗了，如果只是一般金融檢查，除了不會由調查局人員出面外，也都會事先書面通知並對銀行打聲招呼，這種到了下午才急急忙忙地趕過來問東問西的舉措，肯定是出了大事情。

「請問黃科長，這段期間你為什麼會提前解約？為什麼先前會和他們作了三十億的交易。」調查局這番問題，小黃這幾個月早在心裡作了幾百次的沙盤推演。

「對方的交易員是王副總介紹才認識的，交易目的只是想多替銀行賺些利息。」

「為什麼稽核報告還沒出爐之前，你就已經提前解約了好幾筆交易？」

「今年金融市場發生霸菱倒閉事件，基於風險分散的理由，我只是根據金融局〇〇〇〇號令函的建議去調配銀行部位……」小黃倒背如流地回答著。

「為什麼兩個多月前，那位楊姓營業員邀約你去餐敘，而你卻只派了三個部屬前往？」調查局連這個事情都知道，要不是小黃早就對整件事情的發展「了然於胸」，恐怕會被嚇得說不出話來或胡言亂語一通：

「因為那位楊先生的職位只是辦事員，基於金融業應酬與來往的慣例，我當然派出與他職位相當的行員前往應酬，事後我也詢問過，除了餐敘被招待一頓簡餐外，並沒有什麼任何額外的餽贈，且我的部屬都有按照規定填寫與客戶餐敘的報告書，清楚地載明被招待三客高級鰻魚料理，連金額都寫得一清二楚，這報告書事後也有經過副總核備，並交由稽核部門存查……」小黃的應對可說是天衣無縫，調查局的人問不出所以然，只能撂下一句：

「總而言之，你是神算囉！」

裝著聽不懂調查員語氣中的嘲諷，小黃不卑不亢地回答：「我只是按造行內規定與主管機關的法令……」

以前在小銀行早就領教過一堆狗屁倒灶的超貸與掏空事件，小黃練就了一副制式官腔。

調查局人員離去後，王副總召集大家，宣布他剛剛從檢調人員嘴中打探到國票的消息，所有人都大吃一驚，心有餘悸地慶幸自家銀行逃過一劫，只有小黃默默地坐在角落，心事重重地不發一語。

坐在對面的阿嘉目不轉睛地盯著小黃，眼神中充滿著疑惑。讓小黃心事重重的不是國票事件爆發所產生的各種負面效應，而是幾個月前安樂仔對他說過的話：「一旦改變了自己的事情，就會相對失去一些東西。」

喜歡閱讀西方文學的他，對歌德名著《浮士德》可說是背得滾瓜爛熟。

「浮士德」是歌德自己一生的寫照，歌德借著浮士德這個人，將他自己的內心世界在「浮士德」綿延五十七年的創作過程中表露無遺。他既要學問，又要享盡人間的美色，然而天下沒有白吃的午餐，他想要藉著魔界的力量探究宇宙不可知的奧祕，他就必須冒著違背上帝禁嘗知識之果的危險，他要回復青春紅顏和絕色美女觸發愛的火花，他就要嘗盡人間的生離死別。即使是「出賣」自己最寶貴的靈魂，不管被魔鬼下了什麼詛咒。

週五下午是交易員最輕鬆的時刻，但往往也是最緊張的時刻，媒體記者好像見不得別人可以輕鬆過小週末，金融市場的大事往往都刊在週五的晚報或晚間新聞的頭條。國票事件也不免俗，事情一見報，整個金融市場為之震盪，一堆銀行的交易員忙著清理自己經手過的部位，除了國華銀行以外的所有金融業都忙到人仰馬翻。其中最大的損失者是臺銀，但其他金融業也或多或少有著幾千萬到一兩億的部位，別說這個週末，連一整年恐怕都很難過。

反觀，所幸逃過一劫的國華銀行上上下下瀰漫在一片幸災樂禍的喜悅中。

週五傍晚一向是小黃的神祕約會時間，正在等待電梯的他被從公司衝出來的阿嘉拉到旁邊當作吸菸區的樓梯間，阿嘉鬼祟地關上逃生門。

「要請我抽菸嗎？還是要我請你去花中花找小姐？」小黃一派輕鬆狀。

「花中花就免了，告訴我，這一切到底怎麼回事？」阿嘉神情嚴肅得像出席喪禮一樣。

「你替銀行立了大功了！別這麼嚴肅吧！」

公司逃過一劫，避開了少說也會超過三十億的大災難，剛剛人資部門才對提出稽核報告的阿嘉記了兩支大功，兩支大功這意味著年底肯定會升職加薪。反倒是小黃，別說受到獎賞，聽說上頭還打算追究責任，反正把小黃抹得黑黑的才能徹底掩飾王副總和國票那位營業員之間的曖昧。

但小黃一點都不會在意這些，畢竟他躲過了身敗名裂與牢獄之災，至於記過？這社會上只有笨蛋與公務員才會在乎這些幼稚園小孩等級的把戲。

小黃不能說也不願說，就算想說，也非三言兩語和基本邏輯所能清楚表達，小黃只能靜靜地蹲坐在樓梯上。

「我還在聽。」阿嘉一副非得找出答案不可的堅決樣子。

「以後再說吧！我約了人了！」小黃起身打算離去。

「那就我來說、你來聽，你的消息是不是來自於連家？」阿嘉迸出這個極度敏感的名字。

小黃聽到那兩個字愣了一下停下腳步。

「被我料到了吧，今天下午有消息傳出，連家在兩三個禮拜前，突然把原本在國票操作的資金全部提前解約……」

「國民黨！你知道的嘛！就是那麼一回事，這干我屁事。」

「小黃！你簡直挖了一個洞給我跳，剛剛董事長還把我叫去，一直逼問我為什麼會如此神準？還問我是不是和連家有什麼關係？」阿嘉說著。

「就讓他們去想像吧，如果他們以為你和連家有什麼直達天聽的關係，對你也不是壞事呢！」小黃直指阿嘉的心態。

「反正我只能告訴你，事先的確有高人指點我，其他的你還是不要知道比較好！」既然阿嘉朝政商勾結這方面去想，小黃也樂於順著這結論裝模作樣，省得去解釋太多，小黃沒說謊，他指的高人是安樂仔，但阿嘉一口咬定這高人一定是和姓連的高官有關。

※※※

被阿嘉一耽擱，小黃赴阿蘭姐的約會足足遲到了二十分鐘，兩人一見面照舊是先翻雲覆雨一番再說。

「你今天有點心神不寧。」坐在房間小沙發上的阿蘭姐抽著事後菸。

「今天發生了些大事。」小黃懶得解釋，直接把晚報丟給阿蘭姐。

阿蘭姐隨便翻翻後問起：「這會與你有關嗎？」

「是有些關係，但結果卻是好事。」

阿蘭姐看了小黃雙眼一會兒後說：「你絕對不是為了這件事在心煩，對吧？這事件是今天爆發的，可是你心不在焉已經好一陣子了。」

「唉！你知道男人最不喜歡女人具備什麼特質嗎？就是具有太強的識破男人的能力。」

阿蘭姐笑了笑：「你什麼時候變得一副愛說教的大學教授似的，既然你說到識破的能力，我就老實告訴你我的感覺。雖然從來不過問你以前或現在的事情，我始終感受到你的心裡住著另一個女人。」

「哼！我們之間不是有約定，不過問除了這幾個小時以外的彼此的生活嗎？」阿蘭姐越過線問這些事情有點觸怒到小黃。

「當然，你先別誤會也別生氣，女人的直覺很敏感，我不是說你和別的女人搞七捻三，我不在意，而且我也不相信你有，你的身體告訴我只有我一個女人，但我就是知道，你的內心已經被某個女人填得滿滿，從你我認識的時候就是如此。」

聽到阿蘭並非干涉而只是一般聊天，小黃笑開了：「靠！妳是心臟外科醫生嗎？還知道我的心臟裡頭窩藏了什麼女人。」

「不好笑！其實老實告訴你，每次我和你嘿咻的時候，你看著我的臉的時候所散發出來的樣子，根本就是看著別人的眼神。」阿蘭語氣有點心酸。

聽到這話小黃自己也納悶起來，他始終不承認自己深層的感情歸宿，只是一直把它壓下去，沒想到被眼前這位密友識破。

「男人有些性幻想很正常吧，A片女星飯島愛，豔星葉子媚啦……」不願多談的小黃打哈哈敷衍過去。

聽到性幻想，阿蘭姐的勁兒就來了，她興致勃勃地提出：

「下次見面我們來搞三P！別忘了，下次輪到我主導了。」

小黃聽到三P，連忙搖頭拒絕：「拜託！我沒有辦法在別的男人面前做那種事情。」

「誰要兩男一女的？那會把我累死，我說的是兩女一男，讓你當當皇帝，是這樣的，我有個鄰居姐妹淘，她的老公已經過世很久……我可以坐在一旁看著你們……」阿蘭滔滔不絕地說著下次要搞三P的細節與過程，一副好像很專業的色情片導演似的。

小黃想到三P，自然又會聯想到村上春樹的《挪威的森林》的內容。

小黃脫口而出：「我上個月介紹妳看的村上春樹的小說《挪威的森林》，裡面就是在講兩女一男的情節。」

「什麼螞蟻上樹？」阿蘭彷彿忘了小黃所提過的事情。

※※※

送走了阿蘭姐，小黃突然想再讀一次村上春樹的《挪威的森林》，只是在房間與屋內找了半天，怎麼找都找不到，甚至連村上春樹其他的書也都不見了，小黃心想應該是被弟弟拿走了吧，最近弟弟經常在他租屋處借住。

小黃是個重度閱讀迷，一旦閱讀的癮浮上心頭，不讀一下簡直比菸癮酒癮還要難熬，急著想要看《挪威的森林》的他，只好騎著機車到重慶南路的書店街，反正喜歡看的書再多買一本也無妨。

「村上什麼樹，哪個春？哪個村？」書店店員居然沒聽過村上春樹，這未免太不專業了吧。

那店員跑去後面去詢問資深店長，只見兩人翻著資料卡、飛速按起鍵盤，之後那資深店長帶著歉意對小黃說：

「對不起，我們店裡沒有村上春樹的書，會不會這是很新的作者，也許過兩天就會鋪貨進來。」

小黃感到不可思議地問：「這麼大一家書店怎麼會沒有村上春樹的書？」

那資深店長好像突然想起什麼：「先生，你會不會是想要找披頭四的《挪威的森林》的唱片專輯？」

簡直是秀才遇到兵，小黃懶得和這幾個天兵書店店員攪和下去，反正重慶南路上頭，書店多的是，小黃掉頭就走朝下一家書店邁進，但很奇怪的是，沒有一家書店聽過村上春樹這名字，也沒有販售他的書。

直到小黃遇到其中一間最大的書店的最資深的店員，這店員已經從事這行業四十年，可以說是重慶南路上的活字典，由於經常向他買書，兩人也算相當熟識，不料他想了半天縣起眉頭地對小黃說：

「我沒聽過這位作者，你一定是記錯名字，會不會是村上龍？」

「別說現有的作家、已故的作家甚至就算是還處於剛出道的作家，我都一定知道，我敢跟你保證，日本文壇根本沒有村上春樹這號人物。」

小黃搖了搖頭，覺得整條重慶南路的書店一定是瘋了，不然就是出版村上春樹的書商得罪了所有書店，所以被書店集體抵制拒賣吧！書店沒有的書，中央圖書館一定會有，時間距離閉館時間還有半個小時，去央圖借書應該還來得及。

「先生，我們館藏內沒有村上春樹這位作者的任何作品，連電腦系統也沒有他的檔案。」

小黃越來越感到納悶：「你能不能再幫我查查看？」

圖書館的人員板起臉孔喝斥小黃：「我說沒有就是沒有，你是來搗亂的嗎？」

村上春樹好像從地球上消失，不是被消滅了，而是根本就從來沒出現過似的，「失去分為絕對和相對」，心神亂得毫無頭緒的小黃突然想到三個月前安樂仔的第二句話：「其實都是一些不重要的東西，我也沒辦法回答到底是哪些具體的東西，但是，所謂的失去，並非尋常定義的失去，而是絕對的失去。」

這幾天一直擔心自己會付出什麼或失去什麼代價的小黃，這時候如釋重負，讓自己逃過國票事件的身敗名裂牢獄之災，這筆宛如出賣靈魂與魔鬼的交易，付出的代價難道只是這世界失去了村上春樹這麼簡單？

原來自己的擔心都是多餘的，心想下次交易後如果能夠讓國民黨從地球消失也挺不賴的，明天又是三個月一次安樂仔會出現的日子，無論如何，除了向他道謝外也可以向他問個清楚。

※※※

等待的時間最是難熬，三個月一次的所謂時空裂痕，小黃認定那應該是所謂的鬼門開，管他的，小黃帶著好奇、興奮與期待的複雜心情度過了一天一夜，直到隔天，其實他中午就已經按捺不住而跑到那個空地去等待，忍住了一切挨餓、口渴、炎熱與尿急，因為深怕一不小心會錯過「鬼門開」的時間。

直到傍晚時刻，天空傳來轟隆的雷聲，小黃抬頭一看天空又飄著一朵朵金黃色的雲，只見一道很強的金黃色光束刺得他張不開眼。

「怎麼樣？店裡最新的美術燈，光線很明亮充足吧！」

睜開雙眼，小黃發現自己又置身在安樂仔的面前，身旁的場景正是三個月前的那間超商，除了燈具以外，好像沒有多大改變，包括安樂仔的模樣，連鬍子與頭髮都保持著一致性的長度。

「安樂仔！我想問你，上次你提到我會失去一個東西，指的是不是村上春樹以及他的小說？還有你到底為什麼要幫我忙？這次你會不會又給我未來的報紙？」小黃急著想問清楚一切疑惑，因為他知道這所謂的裂痕或鬼門開的時間相當有限。

對小黃的好奇了然於胸，安樂仔回答：

「我不知道什麼上面有樹、村子沒樹的，你到底失去了什麼東西，你自己自然會明白，認為失去什麼就是什麼，我說過，失去的東西多半是無關緊要，你的世界從此消失了一個日本人，就這樣而已。」

「你既然躲過一劫，代表著你因此改變了一些自己的未來，反正這種莫名其妙的力量，我雖然知道如何運用，讓你和我的周圍的世界產生變化，但我無法解釋，說穿了我也根本不明白這到底是怎麼回事，我只知道自己如果透過你改變一點點關於你那個時空的東西，我就有機會再度回到你的時空。」安樂仔提出的交換，原來是想要再度回到原來的養鰻的那個時空，離開幹超商店員的這個時空。

「時候還沒到，國票事件只是第一次，反正我不會讓你白白幫我的忙，未來幾次一定會讓你趨吉避凶……」

還沒等安樂仔把話講完，小黃急著從書報架上取出所有的報紙雜誌，安樂仔用條碼機刷了刷條碼交給小黃，用手指對小黃比了勝利符號後，在睜閉雙眼的一剎那間，超商與安樂仔又再度消失在眼前，小黃依舊站在那塊不起眼的空地上。

急著打開報紙一看：

近期十五年期公債利率從八十六之四期（中央政府八十六年第四期發行的公債）標出超高利率水準後，兩個月以來，市場利率瀰漫在空頭走勢，尤其是八十六之四期公債，得標利率七%，但近來已經走空到七・五%的水準，當時在When-issued市場低價搶在六・八到六・八五%的券商與銀行，估計每投資一億，帳面上至少產生未實現損失近六百萬，據聞某積極搶標作多的銀行，帳面上的損失已經高達六億。

據一位不願透露姓名的券商債券部高層主管表示，幾間損失慘重的券商與銀行，已經傳出好幾位不堪虧損的交易員被迫離職或調職，這波空頭走勢已經引發相關業內的人事大地震，但這些都是當初低利率搶標的金融業與交易員所始料未及的……

這回小黃學聰明了，知道這份來自未來的報紙，自己只有不到一分鐘的閱讀時間，一看到標頭就趕快用最快的速度看過一遍，才不會像上次那樣，耗了一大堆寶貴時間在驚訝與懷疑上。

囫圇吞棗地讀完，眼前的鉛字一如三個月前，用最快的速度消失在紙張上。

債券交易是臺幣交易科所負責的業務，更是臺幣交易業務中最主要的獲利來源，比起金融同業拆款、票券交易、貨幣市場放款，債券交易更需要專業度，更需要經驗累積，也必須得承受更大的壓力，除此之外，還得要具備人脈資訊的暢通管道，最重要的是必須對數據具有高度的敏感度、對人性的洞悉，最頂尖的債券交易員往往還要有某些天分。

最關鍵的是，要有懷疑一切的另類思考與抵抗短期壓力的能耐。

債券利率走勢的關鍵在於，如果經濟情況越差，金融環境越險峻，債券就越容易有多頭表現，所以每當發生天災人禍、金融風暴或是嚴重經濟衰退時，大老遠的就可以從債券的交易室內傳來一陣又一陣的歡呼聲。有一陣子，債券交易員每天攤開報紙第一件事情就是翻社會版看看有沒有因為投資失利而自殺輕生的新聞呢？

曾經有人說過：「每當華爾街有一個人自殺，債券利率就會下跌一個bp。」雖然只是酸言酸語，但形容的還挺傳神。

對數字天生就敏感的小黃牢牢地記住剛剛消失在眼前的債券利率，但他納悶的是，明明市場所有的參與者對於債市都是信心滿滿，因為國票事件發生後，大家預期央行為了恢復市場信心與資金流動性，勢必會營造貨幣的寬鬆環境，磨刀霍霍地想要搶標公債八十六之四期（中央政府八十六年第四期發行的公債），巧的是，這期公債即將在十天後標售，When-issued市場也已經從週五就開始報價買賣。

When-issued市場就是公債發行前預先交易市場，在最新一期的公債要標售的前十天起，交易商與金融業會預先開出買賣盤，當然由於新的債券尚未發行，講白的這個When-issued市場就是買空賣空。

譬如一筆七%的When-issued成交，代表著有人願意用七%在十天後買進新債，當然也有另一個人願意用七%在十天後賣出新債。

為什麼會有買賣呢？反正十天後去向央行標購不就好了，何必如此麻煩呢？當然，用七%買進When-issued的人，他一定是認為到時候很有可能無法用如此高的利率標到新債，既然有人願意先賣出，自然樂於先買先贏。

至於為什麼會有人在When-issued市場用七%賣出呢？那是因為他認為到時候去投標，絕對可以標到比七%還要高的利率，債券利率越高代表價格越低，反之債券利率越低則是價格越高，如果有人認為有把握可以用七・一%的利率向央行標到公債，這時候用七%的利率先賣出，就可以鎖定獲利的空間。

When-issued市場還有「預先發現價格」的功能，類似股票上市之前的興櫃市場，不過這只是表面上的官方說法，多數人進來When-issued市場的目的，不是為了賭一把，不然就是為了人為作價。

如果小黃沒記錯的話，週五下班前，八十六之四期公債的When-issued成交價大約在六・九五%。這是國票事件爆發見報後的最新利率，在之前的十五年期公債利率還在七・一%，可見國票事件引爆了債券市場的追價意願，消息一出來，When-issued利率在短短的一個小時內直接跳空十五個bp（一個bp就是〇・〇一%）。

只是，小黃越想越感到沒有道理啊，國票事件後，所有銀行開始檢討所投資的票債券的品質，除了當事者國票以外，幾家小型的票券公司與證券公司，已經開始被銀行縮銀根，如果處理不到或事情越演越烈的話，很有可能會引爆一波更大型的金融風暴，在這種節骨眼，央行被迫得營造寬鬆的資金環境才對，只要央行營造寬鬆的資金環境，債券利率就會持續走低，債券行情就會熱鬧滾滾才對啊！

小黃迫不及待放完假週一的開盤，但他還是打算先去探聽一下同業動態再作定奪。

債券市場交易員的話如果可以相信，連狗屎都可以調成拿鐵！只是當你還沒喝下肚之前都還一直以為那真的是杯香濃的拿鐵呢！多數的交易員說話的器官肯定是肛門而非嘴巴。

小黃一而再地搜尋自己的記憶，確認安樂仔給他的那份報紙清楚地報導著幾天後的得標利率是七%，且公債利率開標後就一路走空，然而和現在的市場的熱絡氣氛相比，還真的宛如兩個平行時空。

看著報價系統，幾間活躍的債券交易商不斷地把報價往下壓，六．九五%、六．九四七五%、六．九四五%、六．九四二五%、六．九四%、六．九三七五%……每一分鐘便往下調整，報價會跳動得如此迅速是因為市場一片看多，沒有人想要在When-issued市場扮演空方的角色，上演著只有買盤的獨角戲。小黃嘗試著打了幾通電話給幾家交易商，明明他們的報價如此積極作多，但與他們交談簡直會吐血。

「黃科長，其實市場並沒有外表上的偏多啦，你要不要試著在六．九三五%左右賣幾支給我，反正如果到時候你去標個六．九五%，不就賺了嗎？」明明作多的交易員還一副想要誘騙對手和他對賭。

典型的交易員個性是：絕不吐露真正想法，裝神弄鬼用專業偽裝，讓他人猜不透自己真正的力量與意圖。

「既然你看壞行情，你們家為什麼要把報價壓得這麼低？」小黃明知故問，目的只是想尋對方開心。

「沒辦法，我只是交易商，只能根據客戶委託報價，你到底要不要丟個幾支成交？否則別浪費我的時間。」

「什麼客戶？別亂猜啦！就只是幾個不起眼的小客戶啦！」

小黃陸續撥了幾通電話，聽到的清一色都是嘴巴看壞行情，但實際上卻想要作多拿貨的口是心非的對話。這讓人聯想到酒店的小姐，明明就是出來賣的，卻端出一副身不由己的姿態，說穿了不過只是想要抬高價錢罷了。

債券交易員總是帶著驕傲、優越、自信以及莫名其妙的歇斯底里，他們高談闊論著金融風暴、巴菲特、央行，但只要討論到客戶，彷彿交易室是中情局的臺灣支部，最好什麼都不要多講，似乎隔牆有耳，處處潛伏著中東恐怖分子，在他們眼中，連每天騎著機車幫他們跑交割的三線小行員都宛如伊斯蘭國基本教義派的自殺炸彈客。

畢竟如果只用六．九三%左右的利率去放空，到時候用七%去標過來應付交割，其中的差價還不值得冒險，小黃打算再等上幾天，用一句二十一世紀的行話：讓子彈再飛一下。

底下的交易員看著科長對這期When-issued毫無動作，還再三勸誡不能進場作多，不免嘀咕了起來。客戶身分在金融市場上根本不是機密，不出兩天，市場早已傳遍這波委託交易商的大咖客戶就是郵匯局。

郵匯局雖然不是銀行，但它卻擁有最多的存款，坐擁鉅資的郵匯局因為不能從事放款，所以在資金運用上相當有限，大多是買票券與債券或轉存其他銀行同業等，自從國票發生掏空事件後，天性保守的郵匯局除了不買國票發行的票券外，連其他票券公司發行的票券都拒絕買進，為了消化本身的資金，只好把投資目標轉向公債，其實本來郵匯局就是公債標售市場的大戶，平均每一期債券會拿個三、五十億，但這次為了消化爛頭寸，打算把標購的金額提高到二百五十億，而這期新債總發行額也不過才三百五十億，等於是一家郵匯局就把一整期的債券浮額鎖死，難怪那些已經接到郵匯局委託的交易商會有恃無恐地站在多方。

既然市場一面倒，利率很快地跳空跌破六．九%，來到了六．八五%，小黃看到六．八五%報價之後，才不疾不徐地加入When-issued市場，空單一支一支（債券市場術語，一支代表新臺幣五千萬）地慢慢丟出去。

國華銀行進場供應大家飢渴已久的籌碼，不出一分鐘就傳遍市場，塞滿了幾個負責債券交易的交易桌專線，一個早上下來，一共賣出了三十億的公債When-issued。

底下幾個跟市場比較熟的交易員，陸續接到一些訕笑的電話，有人說小黃是普渡眾生的員外，有人說小黃是散財童子，還有人故意說要送「惠我良多」的匾額，有人譏笑小黃是神風特攻隊，也有人擔心到時候國華銀行會賴帳不履行交割，仔細地檢查交易專線的錄音系統以備不時之需。

當然，這些消息也很快的傳到公司其他部門，丁淡親聽聞後急急忙忙地跑到交易室，毫不避嫌地當著所有交易員的面質問小黃：

「你到底在做什麼？難道你沒聽說郵匯局要掃貨的消息嗎？」

小黃冷冷地回答：「連你都聽到了，我怎麼可能沒聽說呢？」

「這兩天開會時為什麼不先提出來讓大家討論，你知道這樣做……」

小黃粗魯地打斷丁淡親的指責：「我的交易科長有二十五億的公債交易權限，如果你有意見，去向上頭報告。」

講話被打斷的丁淡親愣了一下後繼續說著：「據我了解，你布了三十億的空方部位，已經超過科長權限了。」很顯然丁淡親有備而來。

「科長只有二十五億，但副科長也有五億。」小黃不甘示弱。

「副科長這兩天請假，你別說你忘了。」

小黃指著坐在旁邊的小茹說：「這兩天她是副科長的職務代理人，五億的權限就算她的。」

被捲入兩個主管之間的脣槍舌戰，小茹嚇了一跳，但面對咄咄逼人的丁淡親，也只好硬著頭皮地站在小黃這邊。

「你這簡直就是亂搞嘛！小茹的資歷哪能承擔這業務……」

「我記得你也只是平行單位的科長，沒有什麼資格來干涉我們科內的人事代理吧！」想到先前被丁淡親搶光功勞的舊恨，小黃乾脆豁了出去。

「我會向王副總與常董報告的，你等著吧！」撂下狠話後，丁淡親用力地關上交易室的門悻悻然離去。

幾個交易員和後臺作業人員你看我、我看你，但就是沒人敢抬頭看小黃，所有人都停下手邊的工作，原本吵鬧不堪的交易室一片死寂，只剩下時鐘滴答滴答的聲音。

到了第二天，利率又進一步下探到六．八％，先前小黃所布下的三十億空單，平均利率是六．八四％，用市價去估算，未實現的損失已經高達一千五百萬。

「小茹！六．八％繼續空下去！」小黃不去理會一千五百萬的帳面損失，他深信安樂仔，相信這一切的一切，應該都是天意。

「可是，正副科長三十億的權限已經滿了，你要不要……」小茹提醒著。

「妳不敢進場成交，我自己來。」小黃自己抓起電話又對市場放了十億的空單。

宛如神鬼上身的小黃緩緩地吐出：「這十億的單子，先藏起來。」一副好像打麻將偷藏牌的老千模樣。

小茹張開嘴巴不知道該如何回應眼前這個看起來好像瘋了的主管，心裡盤算著過一陣子恐怕得偷偷地到外面遞履歷表找工作了。

9

小黃如此膽大不純然只是因為自己不尋常的際遇，就在前幾天前的傍晚，有個很久沒連絡的同學找上門來。

「薛哥！什麼風把你吹過來！」原來是大一時期的室友念法律系的薛哥，好幾年不曾聯絡，突然地出現在自己的辦公室，看著他的名片「○○○立委國會辦公室主任」。

「你不是最痛恨國民黨嗎？怎麼幹起國民黨立委的助理了呢？」

薛哥苦笑著回答！「沒辦法，走政治這條路，要嘛上街頭當衝第一線，冒著隨時被抓被關被打的風險；要嘛就只能屈居在這個黨底下，反正別再提當年年輕時候的理想了啦，理想又不能當飯吃，我今天來是想要拜託你一件事情……」

原來薛哥的老闆是那位以財經立委自居的○○○，前一陣子因為想要關說郵匯局的某個大標案，結果被對方擺了一道，沒拿到標案的立委心懷恨意，想利用郵匯局長和交通部長（當年尚未公司化的郵匯局隸屬於交通部）到立法院備詢的機會，藉機狠狠地修理一頓，但苦無題材，只好叫助理薛哥去挖挖看，完全不懂金融的薛哥想到在銀行工作的老同學小黃，於是上門來問問看郵匯局有沒有什麼把柄可挖，就算沒有，至少也得弄幾篇可以雞蛋裡挑骨頭的質詢稿，讓郵匯局顏面盡失。

因為國票事件引發金融市場人人自危，最大的資金供應者郵匯局，除了國票的交易以外，郵匯局也把其他一些中小型的票券公司與證券公司的交易統統解約，造成這些被抽資金的金融業苦不堪言，甚至傳出有一兩家體質比較差的金融業，被郵匯局抽資金抽到面臨周轉不靈的窘境。

「你的意思是說，郵匯局寧可把資金抽去買低利率公債，卻對其他金融業見死不救？」薛哥興奮地問下去。

「郵匯局是國營的金融業，政策上本來就要負擔穩定金融的責任，退一萬步說，它把資金用在低收益的公債，對國家甚至對存款戶也不公平……」小黃淘淘不絕地說著。

「太好了，你幫了我很大的忙，你以後有什麼要幫忙的，儘管找我，不要客氣。」

沒想到，隔天的某專業報紙就刊出修理郵匯局的報導，再隔天，另一家專業報紙又持續刊出更犀利的批判文章，接著那位立委又在立法院內火力全開抨擊郵匯局，連敗家子、擾亂金融、下臺謝罪的字眼都出現，反正國會議員的質詢本來就屬於言論免責權，接連幾天，除了薛哥的老闆外，連幾位同黨立委都加入羞辱郵匯局長與交通部長的行列。

只是市場似乎沒人理會這件事情，別看那些交易員各個看起來都很專業，但多數交易員並沒有敏銳的觀察力，他們擅長的只是跟著市場一起走，大家抱在一起取暖打群架欺負一些菜鳥交易員，大家作多就跟著作多，萬一總體經濟發生逆轉或政經情勢的風向改變，這些交易員最後就是大家自怨自艾地抱在一起楚囚對泣，最多只是鼻子一摸厚著臉皮再找下一個金融業交易員的工作。

公債標購的前一天晚上，小黃獨自攤坐在交易室，只留下一盞小燈，凝視窗外民生東路毫無特色的金融上班區的街景，此刻他無心欣賞，內心其實還是有些許不安。

「黃科長，你怎麼還沒下班？」交易室外傳來小昕的聲音。

「明天就是公債標售日，我怕睡過頭，乾脆在辦公室打地鋪到天亮。」可想而知小黃所承擔的壓力有多巨大。

「對了，你怎麼也還在公司？」小黃問著

「今天是月底結帳，每個月到了這一天，就是我們作會計最忙碌的一天，整個帳要軋平，起碼都作到快天亮。」小昕用公事公辦的語氣回答著。

不論是交易員還是一般行業的業務員，他們都是站在光鮮亮麗的舞臺上，完全不了解幫他們處理爛帳收拾善後的會計人員的辛苦。

綁著馬尾一臉疲倦的小昕有感而發問起：「我實在無法認同你們交易的工作，換成是你，你會讓別人用你的錢賭博，然後分他們百分之十的利潤嗎？」

聽到小昕的責難，小黃不甘示弱地辯解起來：「你們後檯人員，只要按部就班作例行的工作，只要不犯什麼大錯，飯碗就可以捧得牢牢的，每年也可以跟著加薪五%，跟著領年終獎金，我們幹交易的，有行情沒賺到，得捲鋪蓋走人，萬一賠到錢更得捲鋪蓋走人，更糟的是，所有人虎視眈眈覬覦著這個位置，有什麼好羨慕的呢？」

「你自以為聰明，對吧？」小昕頂了一句。

看樣子小昕是故意來找自己吵架的，小黃靜靜地等待著。

「你偷藏了十億的單子，沒有把帳報上來，對不對？」

「不是這樣的，When-issued市場的交割日是公債標購日之後的兩天，實際的交割與作帳日是大後天……」面對小昕，擅長說謊的小黃卻語塞起來。

「少跟我廢話！」

「妳真的要公事公辦嗎？」小黃不相信小昕會去揭發這筆交易，因為那十億的交易已經發生兩天了，如果小昕想舉發的話早就舉發了，不會拖到現在才在私下的場合談起。

「上次國票事件，阿嘉已經把事情的始末統統告訴我，或許你真的具有什麼可靠的資訊，也說不定你真的是個交易天才，阿嘉下班前和我討論過，所以我決定這次信任你一次。」

看著小昕的馬尾，又浮現出深藏於心中暗戀多年的情緒，但同時卻又浮現出那段安樂仔與她的不堪回憶，來國華銀行上班已經好幾個月，雖然談不上重逢，但幾次暗示想要邀約小昕，都被小昕直接拒絕，只是拒絕也好，小黃其實也無法處理自己莫名其妙的醋意。

聽到小昕信任自己，小黃又忍不住邀約起來：「結完帳肚子餓，要不要去復興南路吃清粥小菜……」

「這個月的帳恐怕要結到明天早上了。」小昕回了一句後就離開交易室。

小黃仔細地再三揣測，才發現這次小昕並沒有直接拒絕，會不會只要結完帳工作告一段落就可以答應邀約了呢？抑或這不過又是個委婉的藉口呢？面對幾十億的部位幾千萬的虧損以及市場上數以百計的險惡交易對手，都能輕鬆應對的小黃，居然連最單純的女生所說的話都無法清楚揣摩。

※ ※ ※

公債投標的截止時間是投標日的下午一點鐘，由於當年還沒有電子交易與線上投標系統，想要投標的投資者會在當天十二點四十五分之前把標單遞交給交易商。郵匯局原本早已勢在必得，所以早在幾天前就把投標單交給幾家交易商，這些交易商才會如此的篤定會有大行情，畢竟白紙黑字，互通有無的交易商們算了一算，郵匯局總共要標二百五十億的公債，所以先前市場所傳聞的巨額標購，已經成為既定事實，標單上寫著清清楚楚的六．八%的投標利率，在標購的當天早盤，幾間擔心買不到的銀行還一度用六．七八%的超低利率去掃貨。

一位和小黃熟識的同業交易員，還好心地把郵匯局的標單偷偷傳真給小黃看，勸小黃要不要在開標前先將空單認賠以免虧損進一步擴大。

丁淡親在一旁虎視眈眈地等著看小黃的笑話，小黃最近和敵對的葉國強、史坦利等人走得太近了，他開始後悔當初為什麼把小黃挖角過來，打算趁這次公債標購事件，把小黃攆走換一個自己更能掌握的人來當科長。

小黃完全相信安樂仔給他的運氣，當然就算不相信，在投標截止時刻前也無濟於事了，距離開標還有兩個小時，交易室內陷入宛如秋決行刑前的愁雲慘霧，幾個想要替自己找退路的交易員各自去找熟識的上司交心，表明自己完全和小黃毫無瓜葛，一大早小黃也把辭職信放在王副總的桌上，表示自己願意立下軍令狀，如果造成公司虧損，即日起辭去職務。

這期公債的When-issued市場一共成交了四十三億的預先交易部位，其中的四十億是國華銀行所賣出，一億是小黃個人偷偷去透過保證金市場，有一億是當天早盤超低利率下，某家願意雙向報價的交易商不小心成交的空單，剩下的一億空單居然是門名不見經傳的信合社的。

距離截標時間還有半個小時，明明是中午用餐時間，整個財務部上上下下都不敢離開，每個人都死盯著電腦螢幕不放。

小黃甩了甩頭，扭動一下盯盤太久的脖子，報價撮合系統好像平靜無波的海水，讓人不禁地懷疑起電腦系統是否已經當機。

交易室最感到可怕的並非虧損而是一片死寂，死寂的氣氛讓人連想到死刑犯秋決前的等待，等待時間來到午後一刻，執行官的那一道索命令牌。

距離截標時間還有二分鐘，行刑索命木牌還沒出現，電腦螢幕的報價卻開始一閃一爍地動了起來，一剎那間，交易室的所有交易專線甚至連總機的線路不約而同地響了起來，同一個時間內，至少有上百通電話湧進小黃的交易室與交易桌。

行情突然大逆轉，十幾分鐘前還在六・七八%的超低成交利率，用每十秒就跳空一次的速度往上報價，六・八%、六・八一%、六・八二%……，在投標截止的時間一到，利率已經跳到六・八六到六・八七%。

一大堆先前在When-issued市場用低利率向小黃買進公債的交易商，一個個打電話進來要求能不能用高利率賣還。

「拜託啦！能不能用六・八八%賣還給你，反正當初你是用六・八二%賣給我的啊，一來一往，你已經賺了六個bp了，夠了吧！」

「等你把惠我良多的匾額送來，我才讓你停損！」小黃拒絕了對方的交易報價，還狠狠地頂了回去。

「小黃，你簡直是神算，我能稱呼你一聲債神嗎？你能不能用六．九％的利率買回When-issued的空單，我快要被斷頭了，拜託啦！」

「有空可以去看看神風特攻隊的影片，學學那些小日本怎麼英勇自殺，一切交易等開標後再說。」

小黃下令底下的交易員，沒有在自己的允許下，不能提早買回先前所布下的任何空單。

消息已經陸續傳開，原來打算大舉標購公債的郵匯局，因為受不了上頭的壓力，突然在截標前的十分鐘取消先前已經遞交給交易商的所有標單，別說預定的二百五十億，這次投標連一毛錢都不標，忽然少了這二百五十億籌碼的鎖定力量，多頭整個潰不成軍，由於立法院的壓力，別說郵匯局，連幾家國營銀行等債券大戶，這期公債都選擇了作壁上觀，不願意在風頭上進場標公債以免惹禍上身。

下午開標結果出爐，得標的利率居然飆高到七到七．〇二％之間，次級市場立刻出現七．一％以上的認賠報價，買盤完全潰散，只剩下當初在When-issued市場放空的國華銀行。

閃爍的報價燈號吞噬了所有多方能量，微弱的買盤不斷地被巨大的賣壓消滅，直到，數字不再掙扎，所有的波動回歸沉默無趣的七．二％，短短的時間內秒殺了所有跟著人云亦云的短線交易員，自作聰明的跟單者完全認賠殘念，一個立委的私心報復竟然造成債券市場的地動山搖血流成河。

明知道再多凹一陣子，可以用更高的七．五％回補，打算見好就收的小黃，下令在七．二％回補先行放空的部位，短短三、五分鐘就回補完畢清理戰場，交易室傳出陣陣的歡呼，這一波，不出一毛錢，單單買空賣空，整個交易科就賺了五億多。

十幾公尺外丁淡親的辦公室傳來摔垃圾桶的聲響。

安樂仔又一次幫了小黃，但他不敢沉溺於獲利的喜悅中，對外自稱運氣，對內謙稱長官指導有方，會如此低調並非個性，而是不知道這一回到底是什麼東西會從自己的周遭消失，他逛遍書店，以為又是哪個作家憑空消失。新的事物誕生還比較顯眼易察，但消失這種事情很難察覺，往往在不知不覺中發生，除了逛書店外，小黃努力地尋找消失的事物，甚至破例地與阿蘭姐多見一兩次面，以為消失的事物會和上次一樣從她的嘴巴說出。

也許得等到下次遇見安樂仔時才會知道吧，暫且先享受一下這趟債券放空的喜悅，小黃自己偷偷地在外頭承作了一億的保證金交易，由於保證金的信用槓桿相當大，他不敢持有太久以免夜長夢多，結算下來自己大約賺了幾百萬，這是他有史以來個人投資獲利最大的一筆買賣。

10

每三個月一次的時間雖然還沒到，小黃開始習慣會去那間三個月才出現一次的超商的空地晃一晃，這天傍晚不知不覺地晃到南京東路棒球場附近，遠遠看到小昕在入口處排隊，正愁沒有機會替幫忙自己隱瞞交易的她道謝。

「小昕，妳來看棒球啊？」小昕從學生時期就是味全龍球迷，她穿著碎花洋裝，上面披一件紅色的薄毛衣。

「今天是第四戰，我來替味全龍加油。」只要找棒球當話題，小昕的話匣子就會打開。

「順便幫我買一張，我們一起看吧！」小黃看看四周確認她沒有攜伴之後開口。

「拜託！冠軍戰的票早就預售一空了，我只是在這排隊取票，你殘念吧！」

「不是聽說有黃牛票嗎？」小黃掏出錢故意東張西望想要吸引黃牛上前兜售，好不容易有機會和小昕單獨相處，再怎麼貴的黃牛票也甘願。

「別費勁了，聽說黃牛票都被搶光了，今天是第四戰，要是味全贏了，就沒有第五戰了，連黃牛自己都想進場看啊！」小昕對於能夠搶到第四戰的票感到洋洋得意。

「第四戰？最後一戰？」職棒冠軍賽採七戰四勝制，除非味全龍前面連贏三場，否則肯定會有第五戰才對，但小黃越想越不對，昨天晚上才在新聞上看到兄弟象已經兩勝一敗，怎麼小昕說是味全連贏三場呢？

「不對啊！兄弟已經贏了兩場了啊，妳會不會搞錯了？」

「沒常識也要看電視，你才搞錯了，兄弟那種肉腳隊，要不是下半球季時報鷹陷入假球疑雲，導致主力選手大量流失，哪有兄弟隊晉級的分呢？」

「兄弟象不是弱隊啊，它不是有巨砲李居明、王光輝以及巨投陳義信嗎？」小黃如果沒記錯，前兩年的冠軍都是兄弟隊。

「你到底有沒有在看棒球啊，它哪有什麼明啊、信義啦，兄弟隊沒有這些選手啊！」小昕狐疑地看著小黃。

「李居明、王光輝、陳義信什麼時候離隊了？他們是兄弟的招牌明星啊！」

小昕白了小黃一眼：「我從小看棒球到大，我們臺東就出了好幾個職棒明星，但我從來沒聽過那三個人，你該不會是講韓國職棒吧？我要進場了，明天上班再聊吧！」

從小到大從少棒看到職棒，幾乎都是李居明等球星陪著球迷長大的，怎麼可能？小黃實在不信邪，特意去買本兄弟隊的年鑑，果然沒有這些球星，而且從職棒元年起就不曾出現這些名字。

這次犯傻的時間比較短，小黃很快就恍然大悟，原來這一次消失的是這幾位棒球選手，不禁鬆了一口氣，和魔鬼作交易，付出的代價竟然只是消失了幾個棒球球星，相對於自己的獲利，別說幾個球星，就算兄弟象隊整隊消失，對小黃也無傷大雅，反正世界上消失了一支球隊自然就會有另一支球隊遞補，沒有兄弟象，自然就會有姐妹貓咪隊、姑嫂狐狸隊吧。

果然，味全龍四戰全勝橫掃兄弟，對棒球並不著迷的小黃，沒多久就淡忘了這件事情，直到幾天後，在辦公室發呆的他突然接到醫院的電話，原來是自己弟弟受傷住院沒錢付醫藥費，小黃就這麼一個弟弟，退伍後無所事事游手好閒，三不五時就來向小黃伸手借錢，雖然金額不大，每次要個一兩萬塊錢，這個弟弟可說是讓小黃傷透腦筋。

到了醫院一看，弟弟被人打傷，住院兩天也無大礙，付了幾千塊錢的醫藥費就把他領出院。

「你怎麼受傷的？看樣子好像是被人打的。」

「嗯！」

小黃看著沉默不語的弟弟，雖然有點於心不忍，但瞧這傷勢恐怕並不單純，且一向多話的弟弟，此時居然完全不發一語，從小一起長大的小黃一看就知道弟弟又惹出什麼禍來。

「到底怎麼回事？」

一問才知是弟弟跑去簽職棒賭盤，一口氣輸了一百多萬，組頭很快地上門追債。

「夭壽！你怎麼跑去簽賭，而且還簽一百多萬？」

「這也不能怪我，這次組頭在冠軍賽前開了一個賠率十倍的盤，前四場冠軍賽，兄弟隊只要能贏任何一場，就可以一賠十，我心想兄弟再爛也總會贏一場吧，況且站在聯盟票房收入的立場，也不會希望四場就結束，再怎麼樣也會讓兄弟贏一場，結果，唉……」

兄弟倆雖然一個積極向上，另一個游手好閒，但兩個人的共同點都是賭性堅強，只不過哥哥賭債券，弟弟簽賭職棒而已。

「輸了一百萬，心想乾脆跑路算了，況且組頭是國民黨的議長，白道追債應該比較斯文才對，沒想到還沒走到巷口就被他們堵住，除了把我打一頓外，他們還放話說如果找不到我，就會去銀行找幹科長的哥哥……」弟弟越說越小聲，低著頭不敢看著小黃。

該來的還是會來，小黃把整件事情想了一遍，要不是自己接受安樂仔的交換條件，兄弟象的明星球員就不會消失，如果李居明、陳義信等主力球員還存在，兄弟隊再不濟也不會被橫掃剃頭，而整個時空尚未改變之前，兄弟象在原本時空的前三戰還贏了兩場，只是小黃的交易改變了時空，也改變了歷史，間接造成自己弟弟簽賭輸了一百多萬。

自作孽不可活，小黃嘆了一口氣，只好帶著自己弟弟到銀行領出一百多萬幫他還債。

「聽著，這是我的老婆本，還了債之後，乖乖地回高雄老家去爸爸的鐵工廠幫忙，如果還給我惹什麼麻煩，我會親手把你打死，知不知道？」

本來計畫用這次賺到的幾百萬當作買房子的自備款，原本歡天喜地的小黃好像鬥敗的公雞，整個人宛如洩了氣的皮球，他弟弟見狀想要安慰幾句，小黃又嘆了一口氣對他吼著：「你錢拿了就滾吧！」

賺了幾百萬，卻在弟弟身上吐回一百多萬，往好處想，如果弟弟這次能夠記取教訓徹底浪子回頭，也不算白忙一場吧。

※※※

回到辦公室，底下的交易員急著衝出來對小黃說：「有一位自稱河馬的先生留話好幾次，說他會在對面巷子咖啡廳等你，還要我轉告蘇澳信合社有事找你。」

怎麼想都想不出什麼時候什麼地方認識綽號叫作河馬的人，但聽到蘇澳信合社五個字，小黃可不能不把它當一回事，金融業不允許交易員私下用個人或人頭的名義在外面承作相關的投資交易。然而市場上的交易員，不論是股票還是債券，多半是抱著陽奉陰違的態度偷偷地幹，反正越低調越好，小黃這回還故意跑到宜蘭找了間位於某鄉鎮的小信合社，偷偷承作個人債券交易，那間信合社在債券市場根本是名不見經傳的小咖，更重要的是，除了接單的交易員外，信合社上上下下也沒人搞懂什麼是債券，就算想要傳什麼八卦，也沒有閒扯淡的專業能力。

這位河馬先生一句留言，逼得小黃不得不前往赴約。

雖然是人聲鼎沸的金融區咖啡廳，但小黃往裡頭一看便立刻認出河馬先生，因為他的長相還真的很像河馬，如果列出全世界長得像河馬的人類的排行榜，這位坐在最角落的仁兄絕對可以排名前三名。

忐忑不安的小黃捏弄著對方遞來了名片：「燕趙實業投資長王聖憲」。

「燕趙實業？燕趙實業？和齊魯實業有什麼關係嗎？」齊魯實業是國民黨黨營企業，取了如此相似又相關的名字，很難讓小黃不聯想在一起。

綽號與外表相當一致的河馬，說起來話倒是輕聲細語，有種很不舒服的違和感。

「王投資長，你找我有什麼事情嗎？」既然對方都已經點出蘇澳信合社，一向性急的小黃不打算太客套。

「這次承蒙黃科長的指點，小弟我也跟著在蘇澳信合社開了帳戶，我還特別交代他們的營業員，黃科長下什麼單，我就跟著下什麼單，還不賴，跟著糊里糊塗賺了一點小錢，早就該來請你吃大餐，時間有限只能請喝一杯咖啡，你不會介意吧？」河馬講話的方式有種煩人的瑣碎感，聽出來應該是在官場打混很久的模樣。

「為什麼你知道？」小黃也不想抵賴。

「我知道的事情可多了，我也知道你弟弟找上我們的議長所開的賭盤去下注，輸了不少錢，棒球嗎?真真假假，假假真真，你弟弟太年輕了。」河馬連這事情都曉得。

「聽好!我弟弟他剛剛已經還清了賭債，如果你是要來追債，請你先和議長朋友問清楚再來。」以為對方是來追債的小黃，說完打算起身離去。

「別誤會，我這個人就是很不會講話，我以為和你聊聊你弟弟可以拉近彼此之間的距離，我活了四十多歲總是學不會人際關係。」

「放心啦!對我而言廣結善緣都來不及了，我不是要來拆你的臺啦，只是替你感到不值得，明明這波債券是你的功勞，卻被你們副總活生生地把它搶走。」

這波債券戰爭，國華銀行財務部一仗成名，立刻吸引了非凡電視臺跑來專訪，好不容易有上電視露臉的機會，小黃卻被排除在外，由王副總一人接受採訪，只是根本就是對債券外行的他，被有備而來的記者當著攝影機問倒，別說一些專業名詞，連債券利率高買低賣的簡單道理都講錯，簡直就是在電視節目前面大出洋相，更可悲的是，不知道自己顏面盡失的王副總還到處炫耀，叫大家務必打開電視收看節目。

想到自曝其短的副總，小黃笑了笑回答:「反正我也不在乎這些，你能不能直接說出你的來意。」

「恕我多管閒事，這世界就是這樣啊，風頭被長官搶走，說不定結算獎金時也會被不相關的人分食殆盡，你還年輕，不知道銀行內部資源分布的規則，為了錢，別說搶獎金，連出賣背叛陷害都搞得出來，你應該好好替自己打算打算……」河馬滔滔不絕講起話來。

河馬的話被咖啡廳服務員打斷，他抬起頭對著服務員點餐：「白酒蛤蠣義大利麵，記得我要中筋麵粉，起司醬別淋在麵條上面，另外裝在小碗裡頭，飲料給我一杯歐蕾咖啡，沖泡咖啡用搖晃方式混合牛奶，千萬別用攪拌的方式……」

小黃耐著性子等眼前這位大臉小眼蒜頭鼻的河馬點餐。

「你別看我長這種樣子，我可是很有生活品味的，咖啡只喝歐蕾，電視只看慾望城市……」河馬講話老是喜歡拖泥帶水。

基於禮貌也基於把柄被人緊握著，性急的小黃也只能用不斷地看手錶來暗示河馬能否進入正題。

「啊！我又犯了老毛病，不知道你們交易員的時間很寶貴。這樣吧！我就直接說了，你知道彥文鋼鐵這家上市公司嗎？」總算點到正題。

雖然股票投資並非小黃負責的業務，但熟悉公司財報的他早就從中看出問題重重，幾天前才有人上門兜售彥文鋼鐵的公司債而被小黃婉拒。

「我還在聽。」小黃伸了伸懶腰。

「敝公司燕趙實業表面上不是黨營事業，但實際上是比黨營還要更核心的組織，負責協助一些公司的財務調度，替金融業仲介客戶，甚至可以幫金融業度過難關，譬如和你我都有往來的那家信合社，就是一年多前我們金援它，才讓它免於擠兌倒閉，說的更直接一點，我們是替大家喬事情的。

「至於我的老闆是誰，你最好不要知道，也不需要知道，但我真的很佩服你，我花了幾個月的時間才替我的老闆挖掘到國票快要出事的情報，沒想到你竟然比我早一步知道，當然每個人都有每個人的生存之道，我也不方便去探你的底，反正就是這樣。」河馬講話的聲音越壓越低。

小黃聽到事先打探到國票事件這段話，心頭不禁嚇了一跳，眼前這位河馬嘴巴中的老闆莫非就是那個很高層很高層的高層。

「你瞧瞧，我的老毛病又犯了，又扯了一堆不相關的話，這樣吧！我直說！如果你能夠用自己的權限買進彥文公司債，我可以給你五％的補助金。」河馬一口氣把話講完，順便比出五根手指頭。

小黃並沒有露出吃驚的表情，河馬見狀又伸出另一隻手比出七根手指頭說：

「難道你要七？」

金融市場上這類回扣的勾當多到數不完，收不收回扣不光只是道德上的考量，更重要的是有沒有值得信任的中間人，河馬如此粗糙的舉措不免讓小黃笑了開來，回答說：

「先別管我想不想幹這種收回扣的事情，只憑一個素昧平生長相酷似河馬的你，我連聽都不想聽，更何況，我也沒這種隨便就能買公司債的權限，這杯咖啡我自己買單。」說完後抓起帳單準備離去，但河馬一伸手就把小黃拉回座位，他的力量很大，小黃幾乎是用跌坐的方式坐下去。

「抱歉！出手重了一些，你別誤會，我可不想動用暴力，你何不乾脆接受補助金呢？但無論如何，別把善良的補助金說成回扣，很難聽呢！這種補助金可以讓事情朝更圓滿更效率的方向演進。我們燕趙辦事情可仔細得很，就好像花錢叫人打假球，必須從球團領隊、教練到下面的球員一網打盡地買，才會有效果，你周邊和彥文公司的業務有關的同事和主管，我已經全部都補助了，你只是這張拼圖的最後一塊。

「事實上呢！我是愛護你才願意補助你一些，不管你答不答應收補助金，很多事情早就被我喬好了，你回去考慮看看，反正沒多久自然就會明朗化。」河馬起身拿起帳單，離去前留下一句話：「你住的地方也該換一換吧，整個晚上都是貓叫春的，住起來挺不健康。」

※※※

這一年的颱風有些反覆無常，氣象局早上才預測颱風還要二十四小時才會登陸臺北，沒想到下午三點的民生東路就已經狂風暴雨，而颱風眼赫然就在銀行裡頭形成。

董事會剛開完，決定授給彥文鋼鐵三十億的放款額度，負責執行的單位避開分行直接交給財務部，由財務部和彥文鋼鐵直接議價。看起來，用錢控制人不像表面看起來那麼複雜，整個董事會似乎都朝著那位河馬先生所暗示的方向行進。

除了三十億的放款，還決定在一週內進場投資彥文鋼鐵的股票，甚至沒有經過小黃與交易科的評估，就逕行決定買進三億的公司債，而公司債和債券一樣都屬於小黃所管轄的臺幣交易科的業務。

「為什麼大家對彥文鋼鐵的財務報表上的大漏洞視而不見呢？」小黃在部門的會議上提出異議。

王副總直接把醜話掀開來對小黃說：「你還不是自己就決定放空債券，你哪時和別人討論過呢？你炒公債有經過大家的同意嗎？」

「這不一樣！身為科長的我擁有二十五億的公債投資權限啊！」小黃替自己辯解。

王副總冷笑地說：「身為副總，我也有三億元的公司債投資權限啊！」

小黃的視線繞了大家一圈，丁淡親陪著王副總冷笑，史坦利刻意避開小黃的眼線，雪兒依舊一副毫無生氣沒有任何表情的模樣，但卻沒看到葉國強經理出席在會議上。

「葉經理呢？要不要請他一起來開會！」這時候小黃只能仰賴敢和公司與王副總唱反調的葉國強了。

「葉經理一大早就因為急性盲腸炎去醫院開刀住院，他請假三天，我是他的職務代理人。」丁淡親得意地回答。

「金援彥文鋼鐵集團已經是公司的決策，你不接受不執行是你的自由，科長不簽字，就由副科長暫代職務。散會！」王副總言下之意就是小黃如果不同意買進彥文公司債，立刻會面臨被解除職務。

小黃會如此在意並反對投資這批公司債的原因並非什麼大公無私，而是擔心所買進的彥文公司債一旦成為呆帳，勢必會侵蝕自己的操作獎金，好不容易在公債一役賺上好幾億，生怕一不小心就化為烏有。

金融界始終對交易員的高額獎金有意見，但卻忽略了交易員往往會為了保護自己的獎金，絕對會有勇氣去拒絕這類集體貪腐，獎金制度對於金融業的運作，其實具有相當正面的功效。

紙上談兵容易，要對抗全世界卻很難，當群體陷入集體歇斯底里或選擇一起墮落的關頭，聰明的人知道該保持沉默巧妙躲避，愚蠢的人才會想去把臭不堪言的醬缸統統掀出來。

既然出資的大老闆都願意把錢丟在水裡打水漂了，身為小小的科長又何必替他們感到惋惜，且急著趕赴三個月一次與安樂仔的神祕約會，小黃也不想再多費唇舌。

會議開得比較久，以至於延誤了一點時間，小黃連雨傘都沒準備就急忙穿過公司後門直奔到慶城街，遠遠看到那超商已經出現在眼前，安樂仔對著小黃揮了揮手，被淋成一身落湯雞的小黃一走進去，溼答答的衣褲居然瞬間變得乾爽，好像沒被雨淋過的樣子。

「這裡是屬於三個月後的平行時空，這邊是大晴天，既然沒下雨，你的身體自然不會淋溼。」安樂仔笑著說。

小黃抬頭看著店內的時鐘後連忙催促著：「快點，剩沒多少時間，報紙呢？」

「你好像毒癮發作的毒蟲，別急別急，該被你知道的事情自然會讓你知道，而那些你不該知道的事情，你得親身經歷過後才會知道。」

小黃似乎已經不把眼前的安樂仔視為鬼神，應對的口吻也逐漸接近平輩：「我很不習慣你這種很像哲學教授的說話方式。」

「我又換了店內的燈，你沒注意到嗎？」

小黃聳了聳肩不想在這種無聊的話題打轉，直接走到放置櫃旁急著想要拿報紙。

「別急，今天時間比較多。」

「上次失去的應該是兄弟球隊的球員吧？」小黃想再確認一下。

「你認為是就是，畢竟我並沒活在你的時空，無法一一確認到底失去了哪些東西，人生嘛！只是一連串失去的過程而已。重要的不重要的東西多半會一樣又一樣，像頭皮屑不知不覺地被梳子剝落，希望、夢想、理想、自信、愛情……哪一個不是慢慢地消失在生命中呢？何必在意那些如村上春樹或職棒球星等更不重要的事情呢！」

安樂仔看著一臉茫然的小黃後繼續解釋下去：

「現實並不是只有一種，現實……嗯，簡單地說就是時空好了，同時存在好多個，時空的可能性很多，你被安排在你那個時空，我被安排在另一個屬於我的時空，彼此平行沒有交集，中間偶爾出現罕見的裂痕，於是我可以從這個裂痕中與你的時空產生接觸。」

「你那個時空是所謂的死後世界嗎？」這個問題，小黃老早以前就想問他了。

「不是的。」

「我這裡不是死後的世界，我的世界也有你，你我都活得好好的，會生病，會呼吸，會餓肚子，但最好別吃鰻魚飯，早上一樣會勃起，做愛後一樣會射精。不同的只是相差了大約三個月，你在我這裡的故事與際遇，與你現在所處的現實時空不太一樣，你一樣是國華銀行交易員，但是……」安樂仔賣了關子。

「但是怎樣？」

「我不能講，這是屬於天機不可洩漏的絕對準則，但我可以偷偷讓你看報紙，這樣一來，洩漏天機的責任就是記者而不是我了，反正不管什麼時空，記者多半可以橫行霸道，誰也拿他們沒有辦法。」

「你為什麼要幫我？」這個問題已經困擾小黃好幾個月了。

「下次再告訴你，時空通道已經開了，拿走報紙趕快滾吧！」安樂仔指著窗外天空中突然出現的黃金色雲朵，只是今天的色彩似乎比較黯淡些，比較接近鵝黃色。

小黃迫不及待地看著三個月後的新聞：

彥文鋼鐵惡意掏空，帳上現金疑似被轉移到海外而下落不明。彥文公司股票連續無量崩跌三十天，投資人血本無歸，股票市值一個月內蒸發五十億元，最大債權銀行國華銀行粗估損失近四十億，該銀行財務部黃姓科長疑似收受賄款，檢調扣押其蘇澳信合社洗錢帳戶，發現該帳戶有不明鉅款。

小黃被這則新聞嚇呆了，對於身旁的暴雨似乎毫無知覺，直到一陣狂風吹得自己摔倒在地才回過神，連菜鳥都知道這是怎麼一回事，整個部門甚至連上頭的董事會都集體收賄，事情爆發後才把帳算在一個小小的科長，雖然以前也見識過不少這類事情，一旦發生在自己頭上時，才真正能體會到其中的恐慌與憤怒。

※※※

夜晚，小黃躺在床上翻來覆去，臥房窗外防火巷傳來一陣陣母貓叫春的惱人聲。

小黃看著手錶突然驚覺，這回可沒有多少時間讓自己慢慢布局，這次的危險性比上回國票事件還要高，雖然按照安樂仔的報紙所載，推測彥文事件爆發的時間點應該是一個多月後，可是報紙上的鉛字清清楚楚地寫著「蘇澳信合社洗錢帳戶」。

越想越感到奇怪，就算小黃沒有事先預知到彥文的結局，自己其實根本不願也不會收取河馬的所謂補助款，既然沒有收受，怎麼會有可疑資金呢？可見這筆未來才會發生的可疑存款肯定不是自己存進去的，既然不是自己所為，那應該是有人察覺事件即將爆發，故意存一筆錢進到自己帳戶，恐怕是為了栽贓嫁禍的目的，神不知鬼不覺地把一切責任推到自己頭上，況且蘇澳信合社遠在宜蘭，誰沒事會跑那麼遠只為了去補登存摺查查看有沒有什麼「天上掉下來的存款」呢？

清晨五點，電話聲突然響起，這種時間的電話通常不會有什麼好事，小黃深深吐了一口氣後接起來。

「黃科長，是我啦！不好意思這麼早打擾你睡覺，不過話說回來，你應該早就被巷子那群母貓吵醒了吧！」果不其然是河馬先生。

「哈哈！我早就習慣母貓了。」這河馬居然連自己住家的環境都摸得一清二楚，感到恐懼的小黃努力維持鎮定。

「關於昨天提到的補助款，不知道你考慮了一晚之後，有什麼想法嗎？或者是想要提高一些？你們幹交易員的最喜歡吊人胃口，別忘了，你們家的董事會以及財務部的交易會議不是都通過那個案子了嗎？我手上可是有最新出爐的會議記錄呢！」河馬故意在電話中用「那個案子」的字眼，可見他具有對這類勾當的專業度與謹慎度，以免萬一遭到監聽錄音而留下任何證據。

「河馬先生，我的肚子痛了一個晚上，等一下就要去醫院掛急診，你所說的那件事情可不可以等我看醫生後才回覆你？」小黃想到葉國強經理的盲腸炎招式，反正自己也想不出什麼高招躲躲風頭，難道要扯自己要割包皮嗎。

「你們家的人的胃腸好像各個都很糟糕，先是葉國強經理急性盲腸炎，然後你又鬧肚子痛，嘿嘿嘿！」

「沒辦法，就是身子虛嘛！關於那件事情，我就先向你請假三天吧！」

「你要請假應該找你們王銘陽副總，不必告訴我。」

「河馬先生，我怎麼以為你才是我們家的老闆，為什麼所有事情都會經過你的安排呢？」小黃反擊過去。

「太聰明會讓人討厭的，銀行幹久了就會明白這個道理，三天，就是三天。」河馬掛上電話。

小黃心中突然升起一股超乎理智的恐懼，既然河馬知道自己在鄉下信合社私下承作交易這件事，要查出自己在那裡的帳戶資料也絕非難事，整理一下凌亂的思緒以及已知事件的所有片段，小黃警覺到必須提早一步將那帳戶結清，因為如果那個帳戶已經結清，也就沒有後來栽贓嫁禍的存款，自然就沒有後來被起訴的依據。

想通了這一點，天還沒亮小黃就急忙趕赴宜蘭蘇澳，信合社九點一開門，立刻把自己的帳戶統統結清關閉，告一段落後小黃在信合社對面的路邊攤叫了一碗牛肉湯，正在享用美食時，赫然發現三個熟悉的身影走進信合社營業大廳，要不是心裡有數，小黃絕對會驚叫起來，那三人不是別人，正是河馬、丁淡親與雪兒。

河馬與丁淡親出現在眼前並不意外，但為什麼雪兒會放下忙碌的外匯交易跟著跑來蘇澳呢？小黃知道此刻已不容許自己坐著慢慢思考，牛肉湯還沒喝完，急急忙忙地開著車直奔回臺北，回到臺北一刻也不得閒，立刻衝到自家銀行的分行，一股腦兒地把在自家銀行開的兩個帳戶結清並關閉。只要自己沒有半個銀行帳戶，就不會讓他們想要栽贓的計畫得逞。

隨後立刻前往一間自己熟識的綜合診所，那家醫院急診室的主任是自己大一時期的室友。

「拜託！我渾身上下都很不舒服，麻煩你立刻安排我住院，頭等房、健保房或是躺在醫院走廊的臨時病床都可以，只要讓我安安靜靜地住院三天就好。」小黃自知這種要求很奇怪，不知道這位主任到底買不買帳。

「嘿嘿嘿！小黃，你是不是又在躲什麼女人了，對吧！沒想到這回你居然動了躲進醫院的腦筋，沒問題啦！」

這位急診室主任當年和小黃經常在舞廳泡馬子，也曾經見識過小黃為了躲避追到學校裡頭來的女人而狼狽爬牆逃走的種種糗事，雖然被誤會，小黃也樂於將錯就錯。

「反正病症隨便你寫，梅毒、菜花、陰莖斷裂、月經失調都可，我只需要一張能夠在醫院住院三天的證明就好了。」

「可是我得警告你，要我開住院證明的話，這三天你一步都不能離開，否則我會被健保局盯上。更重要的是，別打我這邊護士的主意。」主任這要求也不過分，小黃正打算把醫院當度假村好好休息三天。

好不容易才掙到大銀行交易科長的風光職務，又在市場打響債神的名號，小黃不願就此放棄才剛剛起步的專業生涯，更何況，因為有事先防範所以導致該發生卻沒發生的事情，就不算是真的事情，沒有得逞的陷害也稱不上是陷害。

尋常上班族如果面臨如此的遭遇，多半只有兩種反應，一是高調反擊，二是心灰意冷的離職，前者是莽夫，而後者是懦夫，天生就是幹交易員的料的小黃，相較於其他人只懂得啃食銀行資源，他決定順便替自己創造財富，這次他學聰明了，找了幾個人頭帳戶，趁彥文鋼鐵事件還沒爆發之前，小黃投入了所有積蓄進場放空彥文鋼鐵的股票。身處於貪婪成性的環境久了，便會漸漸習慣於自己的貪婪，面對別人更低等更不入流的貪婪就會釋懷一些。

寧願自我墮落也不想同流合汙，因為自甘墮落得靠本事，同流合汙卻得看他人臉色。

一個多月後彥文鋼鐵如預期地宣布破產，一如小黃所預見，高調住院躲過了彥文公司債的投資責任，既倒楣又愚蠢貪婪的副科長在成交單簽名蓋章，河馬找不到小黃的帳戶，只好把要嫁禍的金錢存在副科長的帳戶中，換成他當替死鬼被栽贓嫁禍，一個小小的副科長居然得背負將近四十億呆帳的責任，除了多送些滷味大菜香菸到土城看守所給副科長，小黃也無能為力。

是小黃也好，是副科長也好，他們所代表的只是一個頂罪的名字，或者只是一個銀行帳戶而已，沒有人認真去在乎他們的罪與罰，一個名字代表法律上的結案，辦案的檢察官成為司法英雄，寫新聞的記者宛如社會的良心，銀行董事會的董事們慶幸著自己不會被捲進去，默默地數著金錢遊戲下被分配的鈔票，隔天太陽一升起日子照舊，銀行鐵門準時開啟，嘎嘎聲響道盡了殘酷的事實。

結清了放空彥文鋼鐵的部位，小黃決定買點小禮物，故意選了幾尊動物園販售的河馬玩偶，一尊給王副總，一尊給丁淡親，另外最大的一尊則放在董事會的會議室。

從夜半吵到清晨的母貓叫春聲始終困惱著小黃，這些母貓的生理時鐘彷彿配合美股開盤交易時間。放空彥文股票獲利了結的隔天，母貓依然七早八早就準時催促小黃起床，還沒到民生東路的辦公室，便發現敦化南北路兩側的木麻黃、茄苳等行道樹竟然在一夜之間消失殆盡，連分隔島都不見了，小黃感到好奇，停好車之後找位正在清運垃圾的清潔隊員詢問。

「請問這條路上的行道樹什麼時候被移走的？」

那位清潔隊員好像聽到什麼外星人的問題似的：「敦化南北路從來就沒種過行道樹，莫非你是中南部上來的外地人？」

小黃恍然大悟了，這次消失的事物應該就是敦化南北路的行道樹與分隔島無誤，只聽那清潔隊員繼續抱怨著：「其實很多人一直建議市政府在這條這麼寬的馬路蓋分隔島與行道樹，如果有分隔島或行道樹，行人過馬路也比較安全舒適，好不容易等到比較有魄力的阿扁當市長，分隔島行道樹的工程也始終沒有下文……」

的確，一條將近八十米寬的敦化南北路，竟然連分隔島都沒有，一些動作比較慢的行人每次要穿越馬路時，都因為時間過短造成與車爭道而險象環生。只是行道樹消失，應該不會和自己與家人再牽扯任何關係了吧，如果能像第一次那樣，只是單純失去一位可有可無的文青作家，如此無關痛癢，倒也讓人感到安心不少，想到今天又是讓人愉悅的週五，可以放鬆地找阿蘭姐和她的姐妹淘痛快地來場激烈的三P，一邊算著放空的豐沛獲利，一邊盼著期待很久的縱慾遊戲，看到自己辦公桌上擺著那幾尊被王副總等人退回來的河馬玩偶，小黃一整天都保持著愉快的心情。

彥文鋼鐵的股價只剩下六毛，依舊跌停鎖死，董事會有開不完的檢討會，忙著彼此叫罵，順便上演下一任董事長的改選鬥爭，丁淡親急著撇清放款的責任歸屬，將過錯一股腦兒地往分行身上推，史坦利看著緊鎖的跌停報價，他的眉頭也越鎖越緊，只有小黃閉上眼睛想像著晚上與阿蘭姐的香辣三人行。

子曰「三人行必有我師」，到底誰當指揮一切的導師？誰扮演任人擺布的軀體呢？

兩週一次的約會時間相當固定，通常阿蘭姐會在晚上七點鐘準時來到小黃家裡，但今天似乎被什麼事情耽擱了，到了八點多依舊沒看到阿蘭姐的蹤影。

此時家裡電話響起，小黃第一反應以為是河馬先生打來，前幾天一度打算想去換個號碼，但心想即便如此，對神通廣大的河馬來說，要查新電話號碼應該也不是難事才作罷。

不料，話筒那頭是陌生的女人聲音：「你是小黃嗎？我是阿蘭的同事。」

想起前幾次所失去的事物，小黃不由自主地擔心起來：「阿蘭姐出了什麼事情嗎？」

「你怎麼會知道，難怪阿蘭跟我講過很多次，說你好像有很準的第六感。」

「到底阿蘭發生什麼事情？」小黃急著想要知道。

「事情是這樣的，今天清晨阿蘭過馬路時不小心被喝醉酒的人開車撞倒，緊急送到醫院急救，剛剛傍晚才推出手術房，不過放心，沒有生命危險，只是她的腳可能會比較麻煩。」

聽到過馬路被車子撞，小黃愣了一下後追問：「她在哪邊被撞的？」

「這我就不清楚，聽阿蘭說是家裡附近，但其實我也不知道她家住在哪裡？」

沒錯，阿蘭姐住在敦化南路與四維路之間的巷子內，應該是在敦化南路上發生車禍，小黃的心情跌到谷底，但與其說是低落還不如說是罪惡感。

「阿蘭有告訴你，今天要帶朋友去你家玩嗎？」

「有！」

「我就是那位朋友，她不能去你家，但有交代我可以自己一個人過去，你希望我去找你玩嗎？」

「她人都車禍住院了，哪有什麼心情玩？改天吧！對了！阿蘭姐住在哪家醫院？」罪惡感掩蓋了所有的情慾，小黃完全沒有心思和電話那頭的陌生女人約會。

「她老公從中國趕回來，要探病的話就免了。」那女人最後還是說了醫院與病房號碼後，提醒了這麼一句話。

如果不是罪惡感無法宣洩，小黃才不會去探視萍水相逢的床友病情，如果自己沒有萌生貪婪的企圖，就不會讓安全島與行道樹消失，也不會造成這起車禍！

※※※

第二天，小黃先在病房外東張西望，確認病房內除了護士以外沒有其他人後，才走到阿蘭姐的病床前，順便將買來的鮮花插在花瓶裡。

「她的止痛藥的藥效快過了，等一下失效後就沒辦法跟你講話了，探病時間只有十分鐘。」護士叮嚀著。

昨天才開完腿部手術的阿蘭看起來還是很虛弱，講話有點上氣不接下氣：「昨天爽約了。」她露出勉強的笑容。

小黃指著隔著被單的雙腳問起：「嚴重嗎？」

「其中左腳是粉碎性骨折，醫生雖然沒有說什麼，但我猜這輩子這條腿應該廢掉了，短期間內也不能再做愛做的事情了，哈哈哈……咳咳咳。」笑得太用力以至於氣岔了好一會兒。

「這個時候還在胡思亂想，好好養病吧！」因為擔心她的老公隨時會回到病房，小黃邊講話邊巡視病床外頭的走廊。

「我跟你講件很棒的事情，昨天我在中國工作的死鬼老公，一聽到我出車禍，就趕著搭第一班飛機飛回來，他看到我的腳廢了後，不知道是同情還是良心發現，居然告訴我，他打算收掉那邊的生意，全心全意留在臺灣陪我。」

「不錯！」小黃敷衍了一句。

「你或許以為那只是說來安慰我的話，但我老公和你不一樣，你所說的每一句話都是謊言，而他卻從來不說謊，我們之間也沒有什麼祕密，連你和我兩個禮拜見一次面的事情，我也都一五一十地告訴他了。」

聽了之後嚇了一大跳，人家夫妻床頭吵架床尾和，最衰的肯定是自己這種被出賣的姦夫小王，不知不覺自己的腳步慢慢移到靠近病床門口的地方。

「小黃，聽我說，還記得我曾經說過，從你的眼神中看到另有他人的話嗎？那個人是誰你自己最清楚，總之別讓自己做出後悔一輩子的決定，懂嗎？」

「有失就有得，我失去了一條腿，但卻找回了老公，很抱歉，以後沒有辦法再跟你見面陪你那個了，你也別再沉溺在亂七八糟的遊戲中，這樣對你我都好。哎呀，止痛藥沒了，唉呀……」

「聽到妳說這些話，我的內疚感降低了不少。」只是小黃並沒有把這句話說出口。

看了阿蘭姐一眼，知道自己該走了，哪知道一走出病房就看到一個精壯黝黑的中年男人正巧要走進來，憑第六感一眼就知道那是阿蘭姐的老公，小黃毫無懸念只想裝傻迅速離開，不料那男人卻張開雙臂不讓小黃離開。

「對不起借過！我走錯病房！」小黃的反應相當機伶，幹過交易員的人訓練的專業就是說謊的臨場反應。

「我知道你是小黃，別抵賴！」被戴綠帽的男人第六感也是挺敏銳的，但阿蘭姐老公的語氣中並沒有聽出有憤怒之意。

說謊既然被抓包，總不能在醫院內狂奔吧，小黃只好乖乖站在門口，提高警覺提防對方隨時醋勁大發的舉動，這種場面對兩個男人都是最煎熬的時刻，窒息的氣氛讓時間感比平常慢上百倍千倍，時間宛如被蝸牛主宰。

所幸這時從走廊傳來一陣熟悉的聲音：「小黃，你怎麼又來我的醫院了？」

原來是之前那位幫小黃躲進醫院的急診室主任，小黃好像聽到救星閃過阿蘭姐老公朝主任走過去。阿蘭姐的老公總算開口：「小黃，這段期間感謝你照顧我們家阿蘭，不過，以後別再讓我看到你。」

小黃一轉身，看見他對著自己鞠躬，不知所措的小黃也只能跟著鞠躬回禮。

「這次又怎麼了！又想跑到我的醫院來躲女人嗎？」急診室主任笑著搭起小黃的肩膀。

「躲過一次，就不能再錯過第二次了。」小黃緩緩地回答，腦海浮出小昕的臉孔。

12

一轉眼小黃來新東家上班已經期滿一年。一九九六那一年，一開年的時局很不平靜，幾顆叫囂的啞巴空包飛彈在臺灣外海飛來又落下，股票指數再度掉到四千多點的深淵地獄，臺北冬天出現三十二度的高溫，該冷的天氣不冷，不該冷的景氣卻寒氣逼人，唯一的好消息是木柵捷運通車，方便讓心情低落的交易員，隨時可以去看看大象的大便代表著什麼技術分析K的涵義，或者看著懶洋洋的河馬的血盆大口大嘆金融業的貪婪本質。即將來臨的三年一度的國華銀行董監改選暗潮洶湧，牽動著所有行員的未來命運與獎金高低。

「我只是個廢柴，你們大概沒聽過這個詞吧?這是日文的漢字，意思是個性懶散怠惰扶不起的人，最糟的還是我這個廢柴還有異於常人的莫名自尊心，這種自尊心往往會害得自己進退得咎，在心理學上稱之為肛門期發展不良。」

喝醉酒的阿嘉總愛自言自語，但不知道受了什麼刺激，過了一個農曆年後，阿嘉居然開始減肥，從一百多公斤減到八十左右，從一枚無可救藥的痴肥仔，蛻變為人模人樣的型男。但個性依舊是吃喝嫖賭無所不來的廢柴。

阿嘉、史坦利與小黃三個人總是自嘲是「財務部三大非主流邊緣人」，自從小黃結束了與阿蘭姐的既神祕又親密的詭異關係後，多出來的時間就是和兩個老同學到夜店喝酒鬼混。

「丁淡親，哼！我早就不叫他淡哥，他不配，以為他是咱們的同學，又好意把你、小昕和雪兒找在一塊工作，沒想到他只不過是想利用大家來完成他的企圖。」阿嘉喝得很嗨。

小黃想到丁淡親與河馬跑到蘇澳信合社的那一幕就感到心寒，但這些畢竟還沒發生就被自己破解，況且自己也有許多難言之隱，除了唉聲嘆氣以外，也不知道該接什麼話下去。

從頭到尾不發一語的史坦利終於開口：「銀行業有本身的限制，雖然說是新的銀行，但擺脱不了吃大鍋飯的老文化。

「像我們王副總，銀行上上下下都曉得他是個草包，明明整個部門都是葉經理一手打理出來的，但就是因為財政部的資格問題，王銘陽就是可以穩穩地當條米蟲。」

臺灣金融業最大的問題在於開放階段的前幾年，當年財政部長王建煊一口氣開放的十六家新銀行，名義上好像一位好好先生讓想當銀行家的人都能如願以償，但王建煊的目的卻是藉此保護「軍公教黨國恩庇體系」下的自己人。

當時官方規定銀行的副總經理級以及重要部門的主管必須具備金融業與相關公務部門的經驗五年以上，董事長與總經理甚至規定得擁有七年以上的經驗，以當時來說，只有在公營銀行、財政部與央行等政府機關的公務員才擁有這些經驗，一口氣十幾間銀行、十幾家票券公司的開放，除了用好幾倍的高薪向老官僚黨國體系挖角以外來當銀行主管外，這些金融業沒有第二種選擇，一方面大幅開放，一方面又用「資格限制」類似工程綁標的方式，讓這群原本就在軍公教黨國體系吃香喝辣的人，多了一堆迅速升官發財的管道與機會。

然而這群第一批從軍公教體系出來的銀行高層有什麼貢獻？難道軍公教體系出來的公務員就能夠代表穩健嗎？那麼一九九八年臺灣本土金融風暴與二〇〇〇年的金融風暴又要如何解釋呢？那些掏空的金融業難道都只是背後老闆胡搞瞎搞嗎？這群軍公教黨國恩庇體系出來的人，就算不是元凶至少也是幫凶。

「你們聽說綜合券商快要開放的消息嗎？」史坦利不經意地吐出這個問題。

「聽過！怎樣？」阿嘉閃過一絲精明的目光後又恢復原來那種醉生夢死的神情，這剎那間的改變被眼尖的小黃看得一清二楚。

「沒怎樣，繼續喝酒啦！要不要叫幾個公關妹過來坐檯？」史坦利巧妙地閃過這個問題。

「算了吧，我不喜歡用買的。」小黃婉拒史坦利的提議。

「你真的很怪，你明明到處拈花惹草，到處欠一屁股感情債，為什麼卻不喜歡明買明賣、不積不欠的交易呢？」阿嘉這個問題已經問了小黃好多年了。

「白天整天都在搞交易，到了晚上就不想再碰任何交易了，我希望自己能過著比較踏實的人生。」小黃故意說著有深度的話，反正也不希望阿嘉能聽得懂。

「小黃！講到交易，我倒想問你，今天會議上為什麼一直反對我賣掉聯電的持股？」股票買賣屬於投資科的業務，是由史坦利負責。

「我不能說！」小黃聳聳肩。

「你這種態度很不負責任呢！大家都是同事，雖然要不要賣光股票是我的事情，但我也不是那種容不下別人意見的莽夫啊！」史坦利想起今天會議上，小黃為了要不要賣聯電股票和自己吵了起來的事情，還是感到耿耿於懷。

「總而言之，你可不可以聽我一次？別賣掉聯電的股票，甚至連一張其他的股票都不要賣。」

「我告訴你，我昨天晚上才從聯電公司的高層那邊打探到消息，它們的虧損可能會創下歷史紀錄，我也從幫他們簽證的會計師那邊得到證實，現在股價還有二十幾塊，不趕快賣的話，很有可能會跌得更兇，你到底懂不懂什麼是停損啊？」

史坦利始終認為小黃只是做債券的，不過是瞎貓碰到死耗子偶爾神準個幾次罷了，況且史坦利有著根深蒂固的流派與出身的成見，如臺大畢業的瞧不起私大與專科的，交銀正統出身瞧不起花蓮雜牌銀行來的，簡單說，骨子裡很瞧不起小黃。

「所謂高層，他們的話可靠嗎？」小黃反譏回去。

「總比你的話來得可靠吧，難道你的消息來源是路人甲嗎？是神是鬼還是乩童呢？」

「你……」

史坦利倒也沒說錯，但小黃也不能解釋關於聯電的股價預測，是來自一張無法用邏輯說服別人的未來報紙上頭所讀來的。

「咱們老同學就別吵了，要不要找三個妹來退退火氣？我知道有個妹只要一高潮就會不斷地潮吹……」阿嘉三句話就是離不開吃喝嫖賭。

「別鬧了！日本A片不要看太多，還有，廢柴和肛門期的發展一點關係都沒有。」

※　※　※

為了獎金，小黃不再低調，儘管外面關於聯電公司的傳言滿天飛。

面對同樣的投資標的，看好看壞、有買有賣誠屬正常，否則哪來的成交呢？但如果同一家公司同一個部門，兩個交易員，一個賣出，另一個卻反向買進，這已經不是對行情解讀的見仁見智層次的思考，而是牽動最敏感的辦公室政治角力問題。

股票買賣是史坦利負責，只有他以及直屬主管才有買賣的權限，單純負責臺幣交易的小黃當然無可置喙，但臺幣交易的業務中包括公司債的投資，而可轉換公司債雖然是公司債的一種，屬性與業務歸屬依舊被視為債券，但可轉換公司債在未來可以轉換成普通股票，買這種債券的目的並非想要賺取利息收入，而是想要賺取未來當股票價格上漲後的轉換利益。

小黃抓住這個規定，依照自己的科長權限買進聯電的可轉債。

很巧的是，就在同一天同一時點，史坦利賣光了公司原有的一億元聯電股票，小黃卻反向敲進一億元的聯電可轉債。史坦利的依據是市場內線，而小黃依據的是兩個月多後的新聞：

總統首度民選順利投開票，市場不再有不確定因素。從投票日至今指數狂飆一千多點，尤其是半導體雙雄之一的聯電，在短短的五十個營業日內大漲一倍，跌破所有專家的眼鏡。

既然前面三次都能讓小黃逢凶化吉，這一次更沒有道理不相信安樂仔，至於事後又會消失些什麼，滿腦子都是獎金與利益的他，只能暫時拋開腦後。

當所有人看到財務部的即時交易電腦系統後，整個部門上上下下為之譁然，當然，只有什麼都搞不清楚的王副總處在狀況外，史坦利氣極敗壞地衝進小黃的交易室，抓起門口的河馬玩偶往小黃的身上丟過去。

「喂！這河馬是我們科的門神吉祥物，你幹嘛亂丟？」小黃被史坦利的舉動惹毛。

「你為什麼要搞得這麼難看，同一家公司的人對作，傳到市場去會被笑掉大牙。」

「我才不管別人的牙齒會不會掉，掉牙齒就去看牙醫，我只想替公司以及自己的部門賺錢，還有底下這些小交易員的獎金也得要有著落啊。」小黃講得義正辭嚴。

「我才不管你的績效與獎金，但你已經撈過界，你哪有權限買進股票？何況，你他媽的懂得什麼是股票嗎？」史坦利顯露出習慣性的不屑神情。

對這些挑戰小黃早就心裡有數，他翻開公司的交易權限守則，一字一句地念出來：「臺幣交易科得承作可轉換公司債，單一期別與公司所發行的可轉債，科長的交易權限是一億元，但必須經過部門主管同意。」

接著小黃拿出上週五的投資建議書的簽呈，白紙黑字寫得一清二楚，王銘陽副總在上頭簽名表示同意。

「我操你媽的，你明知道王副總搞不清楚什麼是可轉債，你居然在他胡裡胡塗的狀況下讓他簽了字。」史坦利的指責也不能算錯，王副總確實以為可轉債是一般公司債，但史坦利說出這句話的同時，王副總已經站在交易室門口，只見他氣得爆跳如雷。

「史科長，你講話要有點分寸，全公司就你最懂，是吧！」被當場譏笑的王副總惱羞成怒，在這種狀況下，王副總也只能挺小黃到底。

「全公司的投資就只有你史科長與葉經理能簽字嗎？你把我副總經理的權限擺在哪裡？」王副總越講越火大。

小黃對小茹使了個眼色，她見狀後立刻出來打圓場，讓劍拔弩張的氣氛稍微緩和下來，王副總離去前對史坦利撂下一句狠話：「收盤後來我的辦公室報到，順便交一張悔過書過來。」

「去死啦！我才不交什麼悔過書，到時候聯電股價大跌，我一定把你們聯手惡搞的情況在董事會上報告。」史坦利怒氣沖沖地離去。

「黃科長，你這個賭注實在下太大了。」小茹輕聲細語地說著。

「一億不算大吧！」的確，如果只是單純買進一億績優公司的公司債或可轉債，最大的風險了不起損失一、兩千萬，與臺幣交易科每年平均獲利三、四億相比，實在算不上什麼大風險。

聽到小黃輕描淡寫不願意多談，小茹一時間也不知該說些什麼，只能嘆了一口氣，大家都很清楚，這筆交易已經不是一、兩千萬的小損失可以善了的了。

※※※

為了避免下班在電梯撞見史坦利的尷尬，小黃選擇走樓梯，沒想到在樓梯間撞見了河馬。

「好巧！」河馬張開那張大大的嘴對小黃打招呼。

「我不認為在你身上發生的任何事情會有巧合這兩字。」雖然提高警覺，但小黃還是採取輕鬆以對的態度。

「聽說有人今天早上扔河馬的玩偶出氣。」一臉嚴肅的河馬似乎對史坦利的舉措很在意。

「辦公室就是這樣，很正常啦，只是剛好隨手一拿就是河馬布娃娃。」小黃對著河馬講河馬布娃。

「布娃被扔壞不重要啦，改天我再送你幾尊就好，我比較好奇的是，你怎麼會對聯電有興趣？」河馬點出重點，這件事情全公司都知道，河馬沒有道理不知道。

「我不想和你討論這事情，更具體地說，我根本不想和你牽扯任何事情。」小黃總得提防眼前這位在金融圈撈偏門的傢伙，說不定他身上就藏著什麼錄音機之類的工具。

河馬彷彿會讀心術，笑著對小黃說：「放心啦！我不會偷偷錄你的音，況且你也沒有那種身價吧！」

小黃裝作沒聽到，只想加快腳步擺脫他的糾纏。

「喂！我已經四十幾歲了，別走那麼快，我只是很好奇，你為什麼這次又敢和全公司甚至全市場對作呢？」跟著加快腳步的河馬氣喘吁吁的。

「對作不犯法吧！又不是要偷偷栽贓嫁禍別人。」小黃頂了回去，言下之意是自己早已經摸透河馬的底細了。

「你說得太深奧了，已經中年的我，腦筋已經有點笨了，反正聽不懂的事情就不去想，只是連我這種消息靈通的人，才嗅到一點很淡很淡卻不怎麼具體的肉香味，為什麼你可以聞得如此清楚？」

「想吃燒烤的話，銀行對面就有一家。」小黃故意嘻皮笑臉地回答。

「很好笑，請允許我事後再笑，你到底是怎麼嗅出聯電這塊肉的？」河馬不死心地繼續問，但看到小黃始終不回答，只好換一種問話方式：

「也對啦！每種動物都有不同的獵食方式，像河馬依賴的是嗅覺而非視覺，這是河馬的生存之道，幾天前我就聞到聯電的香味，只是圍繞在這香味之間有太多雜亂的味道、雜音，但根據我的直覺以及對你這位神祕的小黃科長的了解，我很確定，眼前所聞到的香味絕對是真的，我找上你，只是想要找你確認一下。」

「我對動物的死活沒興趣，你的嗅覺也和我一點關係都沒有。」小黃冷冷地回答。

「你知道嗎？河馬這種動物可是懂得報恩呢！你幫牠一次忙，就當作是在金融市場這個蠻荒草原買個保險，保險你應該懂吧！咱們經濟系有上過保險學吧！」

河馬居然是小黃的學長，但這也不奇怪，臺大法律系出產政客，而臺大經濟系卻以出產怪咖聞名。

「無論如何都需要類似保險的東西，可以倚靠、可以避風頭，沒有的話總是不方便。您現在的狀況，一點可以倚靠的人事物都沒有，周圍的人誰能當您的後盾？萬一碰到情勢惡化的話，您身邊似乎只有會把您出賣然後自己逃掉的人吧！

「你只要點頭或搖頭，聯電這塊肉肥不肥？就好了！」

小黃在樓梯間的菸灰缸前停下腳步，點了一根菸後對河馬的臉噴了出去，緩緩地點點頭後對他說：「別妨礙我抽菸！」

河馬對著小黃微笑點了點頭，心滿意足地朝另一個樓梯間離開消失蹤影。

小黃與史坦利兩個科長之間的戰火所引發的低氣壓瀰漫整個部門甚至公司，只有一個人見獵心喜，那就是丁淡親。

丁淡親始終將史坦利視為假想敵，原因出在上頭的葉經理，從新年過後就一直有傳聞葉國強即將跳槽到某籌備中的證券公司擔任總經理，只要等到那家公司的執照核准下來，葉國強便會離職，而他所空出來的經理職務，丁淡親早就覬覦很久，除非從外面找空降部隊，否則最有資格角逐經理職務的只有丁淡親與史坦利兩個人。從去年開始，丁淡親就已經著手蒐集史坦利的黑資料，然而彥文鋼鐵事件，史坦利卻完全沒有收河馬一毛錢的補助款，還聰明地利用董事會的決議當護身符，雖然買進的彥文股票已經成為廢紙一堆，但在追究責任上，史坦利和小黃一樣全身而退。

基於敵人的敵人就是朋友的鬥爭原則，丁淡親開始對小黃熱絡起來，還故意寫簽呈讓臺幣交易科的彥文公司債的損失能夠免責，所謂的免責就是計算部門損益時可以不計入損失，當然，這些損失是董事會的決議造成，按照道理本來就不該由底下的交易部門來承擔損失。

免責的結果自然是皆大歡喜，小黃與底下的交易員能夠補發去年那場政府公債超大獲利的豐沛獎金，不管低調還是高調，朝著賺錢領獎金的路才是正道，小黃沒道理不接受丁淡親的攏絡與收編。

就在史坦利賣光聯電的股票之後沒幾天，也就是所有的銀行、金融業、外資、法人賣光聯電股票後沒多久，股價奇蹟似地接連兩個月的大漲，兩個月後聯電的股價果然大漲一倍，史坦利天天躲在操盤室內連開會都不想出來見人。

小黃賣出聯電可轉債獲利了一億多，連同其他可轉債，總共幫公司賺了兩億多，緊繃許久的臺股也在總統大選後恢復生氣，王副總為了讓史坦利難看，還故意提早半年發放獎金給小黃以及底下的交易員，別說小黃拿到最大包的二百萬，連小小的工讀生都拿到十幾萬的獎金呢，整個科歡天喜地聚餐慶功，帶著勝利的醉意一回家看到床就不支倒地一覺到天亮。

隔天起床看看時鐘，竟然已經是早上八點，這是他一年多以來第三次上班遲到，交易員的型態很像業務員，沒有人會去要求王牌的業務員遵守什麼上下班打卡的瑣碎規定。但小黃已經連續三天都睡到早上八點多，最大的原因是房間後面防火巷的那群母貓，竟然連續三天早上沒有出現，更沒傳出陣陣叫春的惱人叫聲。

如果這次消失的是那群擾人清夢的母貓就好了，又開始擔心到底會失落什麼的小黃如此地盼望著。帶著飽足的精神進公司，畢竟是遲到，只能偷偷地繞開部門大廳，當小黃經過小昕的辦公室前，赫然發現坐位上不見小昕的蹤影，內心一沉的小黃恐慌起來。

「喂！你別在這裡逗留。」小昕辦公室內傳來嚴厲的斥責聲音，只見五、六位身穿防疫防護衣全副武裝貌似消毒人員的人在小昕辦公室以及公司大廳到處噴灑藥劑，身後也傳來好幾聲尖叫聲音，小黃轉頭一瞧，好幾群老鼠從小昕部門的櫃子跑出來往大廳亂竄，嚇壞了幾個公司的小女生。

「小黃！我從半夜就一直打電話要聯絡你，還以為你也中鏢了，今天公司下令除了必須處理今天到期的交易的人員以外，全部放假直到衛生局宣布清理完畢。」阿嘉帶著又厚又大的口罩，幾乎認不出他的臉。

「有人能告訴我這到底是怎麼回事嗎？」小黃對於眼前的一切感到納悶。

「你昨晚是睡死了嗎？沒看新聞啊！民生東路這一帶的幾棟大樓爆發鼠疫，衛生局已經發布一級鼠疫警告，我們公司這棟大樓也列為災區了。」

「所以小昕是……」

「對！她是今天公司內第一個被鼠疫感染的人，你嘛幫幫忙戴上口罩，想找死嗎？」阿嘉遞了口罩給小黃。

根本沒心思去想鼠疫與戴口罩的小黃著急地問：「到底小昕發生什麼事情？」

「她剛剛被緊急送到醫院的鼠疫隔離病房。」

「所以她沒什麼大礙吧！也不過就是鼠疫而已。」小黃鬆了一口氣。

「鼠疫而已？你是喝酒宿醉還沒清醒嗎？鼠疫的死亡率將近五〇％，你如果想死就留在這裡，反正我已經處理完這兩天的工作，先閃了。」只見阿嘉說完後一溜煙地好像逃難似的，頭也不回朝大門狂奔離去。

感到事態嚴重的小黃走進自己交易室，只有一位年紀最大的交易員留守，不停地打電話處理這兩天到期的各種交易。

「怎麼只剩下你？」

「我年紀最大，碰到這種事情就是年紀最大的人留下來處理業務，唉，大概是反正年紀大了再活也沒有幾年的關係吧！以前碰到幾次鼠疫時，自己都是可以先走的那一群，沒想到幾十年下來，自己卻變成最老的交易員了。科長，如果我有什麼三長兩短，麻煩你一定要替我的家人爭取公司的補助。」那交易員一副生離死別的模樣。

「臺灣的鼠疫不是已經滅絕一百年了嗎？怎麼突然又爆發？」

老交易員困惑地看著小黃：「科長你還在宿醉嗎？鼠疫什麼時候絕跡了？你上上個月不是才染到過嘛！還好你上次得的是一般鼠疫，和感冒一樣拉拉肚子吃吃藥，一兩天就會痊癒，但這兩天爆發出來的卻是鼠疫的變形。」

「鼠疫的變形？」

「一般鼠疫是六八九型，這次爆發的卻是最嚴重且傳染性最強的四二六型，上次流行這個四二六型鼠疫已經是十二年前了，那次聽說在中國就死了五十幾萬人，連臺灣也死了幾千人。」

小黃聽得一頭霧水，會不會是自己改變了一點平行時空的歷史，而造成已經消失的鼠疫又重返人間呢？然而之前三次的改變都是發生了「讓某種東西消失」的型態，感覺上不太相像。

那交易員哇地驚叫一聲，交易桌內竄出了一群老鼠，嚇得小黃也趕緊躲避，回想開車上班的途中，的確很不尋常地沿路輾斃了一大堆老鼠。

「公司可以養貓啊？」小黃想到老鼠的天敵。

「貓？那是什麼，是熊貓嗎？」

「貓會吃老鼠啊？」

「熊貓只會吃竹子。什麼是貓？」老交易員彷彿聽到外星人的語言般地露出迷惑的神情。

「難道貓消失了嗎？」

「科長，我看你趕緊去醫院檢查，你現在好像有四二六型鼠疫的先期徵兆，染到鼠疫的第一個徵兆是產生幻覺幻聽，然後開始上吐下瀉，接下來就會不省人事，運氣好的人在昏迷個幾天後會甦醒痊癒，但起碼有三分之一以上的昏迷者就再也醒不過來了。」

小黃越聽越感到心驚膽跳，莫非是自己擅自改變歷史，才造成貓這個生物的消失，不，應該說造成「從來就沒有貓這種生物出現在世界上過」的沒有貓的歷史時空，於是少了天敵的老鼠就……

※※※

看著躺在病床的小昕，她的嬸嬸穿著密不透風的防疫隔離衣在一旁照料，好奇地問著小黃：「你是誰？」

「我是她的男朋友！」小黃第一次鼓起勇氣說出口，可惜不是對著清醒的小昕說。

「怎麼從來沒聽她說過呢？」

小黃聳聳肩不置可否，謊言如果不想讓人拆穿，最好的方式就是謊言越少越短越好。

小昕的嬸嬸對小黃抱怨著自己還要上下班接送小孩，抱怨小昕的父母因為爆發鼠疫而造成東部鐵路暫時營運而沒辦法趕來醫院照料，抱怨自己很怕染到這次鼠疫，畢竟她自己還有年幼小孩要扶養，抱怨那些擔心被感染的醫護人員把照顧病患的責任一股腦兒丟給家屬。

小黃詢問過醫生後才知道這種四二六型鼠疫的患者，至少會處於昏迷狀態三到五天，昏迷中會出現間歇性的嘔吐，最可怕的就是鼠疫患者的嘔吐物，除了傳染性很高之外，許多患者會因為嘔吐物阻塞呼吸道而造成窒息，所以四二六型鼠疫患者的死因大多是窒息，在旁的家屬就必須隨時緊盯昏迷的病患，一旦發現嘔吐就得立刻清理。許多家屬也因此被感染，就算沒被感染也會因為必須二十四小時處於警戒狀態而累垮。

「嬸嬸，我來照顧小昕，直到她父母趕來為止。」

「這怎麼行，我又不認識你……」

小昕的嬸嬸看著小黃的眼睛一晌後，笑著問：「你真的很愛小昕，對吧！我在你的眼神中好像看到小昕的身影。」

這句話已經不是第一個人對小黃說過了。

四二六變形鼠疫病毒的專屬醫院位於北宜公路的叉路上，是個前不著村、後不著店的地方，設置在此是因為沒有其他社區會歡迎這種會造成附近房價下跌的嫌惡設施吧。位置偏僻加上傳染性強，被送到這裡的重症昏迷病患，多數都沒有家屬敢來陪伴，更別說探視。高達三到五成的致死率讓這些人宛如被送到這裡等死的一群。

「我不會讓你躺在這裡等死，醫生交代過，除了得很仔細地清理嘔吐物外，能夠存活醒來的最重要因素是病人的求生意志，病由心生，讓病患病情越來越糟的是孤獨。」

坐在隔離病房內望著面無表情身上插滿各種亂七八糟的管子的小昕，小黃自言自語起來。

「以前一直找不到機會和妳說話，現在可好了，我可以對妳講個不停，更不怕妳潑我冷水，和妳同事一年多下來，兩人單獨相處的機會才三次，扣掉和工作有關的對話，一共才五句，妳一定感到好笑，為什麼我記得那麼清楚？

「醫生交代要挑些好聽的話給病患聽，他說少數昏迷中的鼠疫病患聽得到旁人的說話聲音，我不曉得這是不是真的，但看妳這個樣子不太像聽得到我說話，不管啦，先挑妳喜歡聽的。

「妳最喜歡的味全棒球隊最近連贏三場，還用懸殊的比數狂掃兄弟隊呢！」

小黃頓了一下、嘆了一口氣：「我還是改不了說謊的習慣，連昏迷中的妳都想騙，其實味全連輸了好幾場，有時候我想過，是不是這種說謊成性的個性才讓妳當年拒絕了我呢？」

小黃攤開報紙運動版給小昕看：「我以後不再說謊了，不管是善意的還是惡意的，至少對妳不再說謊。妳曾經說過男人老是大刺刺地謊話連篇，自我矛盾幼稚得可笑，應該就是針對我吧！」

小昕雖然躺在眼前，卻感覺很遠很遠，眼睛瞪得大大但瞳孔好像失了焦點似的。

「上個月聽說妳去參加相親，我知道自己沒什麼資格說三道四，但那個晚上我在家就是坐立難安，好想詛咒妳的相親餐會失敗，但我忍住了，我這輩子有次隨便亂詛咒別人，害慘別人也把自己搞得一團亂，妳知道的，就是安樂仔出事的那一次，我心中才剛剛詛咒他去死，沒想到一秒鐘之後他就出事，如果沒出事，你們現在應該生好幾個小孩了吧！」

小黃頭一次把積蓄在內心的祕密說了出口，雙手掩面長嘆了一口氣。

「心裡頭黑暗的東西其實該要經常清理，妳和我都一樣，只知道去壓抑。只要一想到有別人碰過妳，而且還是自己的死黨，雖然他已經死了，我不知道自己為什麼會這麼在意，我還以為自己是個心胸很開放的人，結果還不是和其他男人一樣的自私，明明自己身邊的女人一個換過一個，床上的伴侶數也數不清，卻無法面對自己喜歡的女人和別人……」

看著面無表情的小昕，小黃苦笑著說：「全世界的男人中大概只有我這個笨蛋才會在喜歡的女人面前承認自己的豐富性生活吧！」

小昕突然咳了起來，哇啦啦地吐出一堆胃酸，小黃嚇了一跳，為了方便清理，乾脆把身上的防疫防護衣脫掉。

「穿這麼多怎麼照顧妳呢？不管了，就算被妳傳染，也算是種因果吧！妳會染病根本就是我的錯，過去一段時間我好像徹頭徹尾毀了自己的人生，什麼是真的？什麼是假的？毫無頭緒，很恨自己陷入追逐利益的無窮輪迴。」

病房有測量鼠疫病患的昏迷指數的儀器，完全昏迷是一百，清醒則是〇，小黃每十分鐘就打開儀器看一下指數，半天下來，小昕的指數從一百降到八十五。

「好消息，妳的昏迷指數下降了不少，按照這樣的下跌速度，說不定三天內妳就會醒來，妳說好不好笑？我連形容這種指數都好像在股票解盤一樣。」

隔離病房外的護士看到小黃脫掉防護衣，緊張地透過麥克風對著病房裡的小黃大呼小叫地警告著。小黃對護士做了一個聳聳肩、能奈我何的表情：

「從學生時代起我就不是個乖乖聽話的人。明明是丁淡親找我來國華銀行，算起來我是被他牽成栽培，但我就是無法乖乖聽話，因為聽話的風險太大。好比不穿防護衣，說不定會被妳傳染，但也很有可能因為更方便照顧而讓妳康復，搞投資的人總會計算風險與報酬，但我認為值得，太值得了，如果妳能康復，雖然以後的日子照舊，我們很可能依然只是普通同學與同事的關係，也許妳哪天會嫁給陌生人，但還是值得。

「不過，千萬別寄喜帖給我，我沒那麼大方。

「妳向來不喜歡聊妳自己，從學生時代起就是這樣，我覺得妳在臺北的日子應該不快樂。但我又無能為力，我很懦弱，不敢去面對內心那一層又一層的齷齪黑暗的自己，我一直在等個妳對我的笑容，一年多來妳從未對我笑過，好像沒看到笑容，我就產生不了勇氣似的。我總是這樣，被動地迎接人生，老是以為船到橋頭會自然直，日子總會回到從前的樣子。

「這一年來，我過得很糟糕，我情願現在躺在病床的是我，雖然我現在可以無拘無束地陪妳講上好幾天的話，但我也很難釐清自己這一年來所碰到的事情，只知道原本很多屬於自己的東西一一失落，希望、夢想、友情、慾望……甚至眼前的妳。」

過了兩天一夜，昏迷指數已經降到三十以下，嘔吐的次數也從每個小時一次減少到每四個小時才一次。

已經超過四十八個小時未曾闔眼的小黃心情好極了：

「有人說可以從我的眼中看到妳，現在的確是如此，我居然足足看著妳的臉兩天兩夜，妳別誤會我詛咒妳，我多麼希望就這樣一直看下去。

「妳知道關於妳的外表，最吸引我的是哪一點嗎？妳的臉很乾淨，我所謂的乾淨並非骯髒的反義詞，而是單純無瑕，除了五官以外沒有一絲多餘的東西，譬如黑痣、臥蠶細紋痘痘等。我看了之後，好像有股情感被升華的感覺，讓我感到平靜，但絕對不是那種所謂的童顏，你的臉龐雖然單純無瑕，卻又會讓我萌生出想要親近的慾望。

「告訴妳一個好消息，這次鼠疫的病情已經控制住了，東部的鐵公路昨晚已經恢復載客通車，妳的家人應該等一下就會趕來這裡。接下來的照顧就可以交給他們了，而我必須要在他們趕來之前離開，更確實的說是我想在妳醒來之前就離開。」

看著小昕的昏迷指數只剩下十，小黃終於鬆了一口氣繼續說下去：「我一開始就是用假名向醫院登記，為了不想讓妳知道我有來這裡，妳醒來之後也應該無從得知這三天陪在妳旁邊的人是誰，這麼做不是想要展現自已是個多麼偉大的情聖，而是我希望彼此之間的關係，不是建立在感恩與虧欠上頭。

「很多女人會因為感到虧欠或想要報答些什麼而接受愛情，那都只是好萊塢的電影或三流言情小說才有的情節，愛情的基礎絕對不能只建立在互相虧欠上，否則當感情債償還的那一天，兩個人之間將無以為繼。」

說完之後小黃情不自禁彎下身親吻了昏迷中的小昕的臉龐。

「這個沒有經過妳同意的吻，就當成我向妳要的債吧！」

為了照顧小昕，小黃忘了向公司請假，還好丁淡親幫他編了個什麼上海證券研習會之類的出差藉口，也幫忙料理自己科內的人員調度與業務，否則以銀行的制度而言，雖然默許主管遲到早退，但無故曠職三、四天可是件很嚴重的過失，丁淡親這個人就是這樣，可以無條件地罩著他想攏絡的人，一旦這個人對他已經沒有利用價值，下起手來絕對比對仇人還要狠毒。

回去上班後，丁淡親立刻找上小黃。

「關於葉經理跳槽的事情，已經得到很高層的人的證實，現在正處於很敏感的安排人事時刻，有一件事情我需要你幫忙，如果我順利升經理，我所管的企金科以及史坦利的投資科，全部都交給你。」

這的確是個很甜美的誘餌，小黃也絕對相信丁淡親會這麼做，畢竟他是個積極往上爬的人，一旦幹到經理的位置，幾個小小的科，自然已經不是他的下一個目標。

「我在行內也沒什麼人脈，對你的升遷恐怕真的幫不上忙。」小黃避重就輕地回答。

「你知道我下個禮拜天要訂婚的事情嗎？」丁淡親笑著說。

小黃點了點頭：「總不會只是要我當當伴郎或司機這種小事吧！」

丁淡親是個很有事業野心的人，為了滿足權力慾望，朋友、同事、職務、甚至靈魂都可以秤斤秤兩地買賣與交易，當然也包括了愛情與婚姻。

他的未婚妻大他五歲，是央行業務局的科長，一年多前透過常董介紹認識之後，就處心積慮地展開熱烈追求，追求的目的絕非凡夫俗子的一見鍾情，而是想藉由另一半的人脈與地位經營自己在銀行界的資歷，更重要的是她的未婚妻還是國民黨某客家大老的女兒。那位大老擁有某間小型銀行，眾所皆知那位客家大老的兒子相當不成材，丁淡親打的算盤是一旦成為大老的乘龍快婿，只要在國華銀行再歷練個幾年經理的資歷，那間銀行未來總經理的位子就是他的。

丁淡親突然支支吾吾起來：「我請你幫的忙，你絕對幫得上，但你千萬不要多問什麼，也不要多說什麼。」

想到丁淡親不擇手段的個性，小黃面有難色。

「放心，我要你幫的忙絕對不會違法，也絕對不會違反銀行任何規定，更不會浪費你太多時間，頂多三、四個小時，這樣總成了吧？」

話已經講成這樣，小黃沒有不答應的道理於是就點了點頭。

「是這樣的，下禮拜天的訂婚典禮在我未婚妻桃園蘆竹的老家舉行，我請你去接雪兒家接她，但是無論如何，一定不能讓她參加我的婚禮，我不管你用什麼方式什麼藉口，你一定要把她拖延到我的典禮結束。」

「簡單說，就是別讓雪兒出現在你的訂婚典禮？」小黃感到好奇。

「對！就只是這樣！沒有違法也沒有違反任何什麼行規吧！我不管你對這件事情有什麼想法，總之，不要問，一切就拜託你了！」丁淡親伸手緊握著小黃的雙手。

「行！」原來是擔心雪兒去鬧婚禮，丁淡親和雪兒的這層關係為什麼一直被蒙在鼓裡沒人知道，但這種祕密的辦公室戀情也非罕見，小黃並不會感到特別驚訝就是。

正在思考著用什麼方式拖住雪兒，王副總把小黃叫到他的辦公室。

「黃科長，有件私事想要你幫幫忙？」

既然是私事，小黃當然不想太快答應。

「你這季的獎金累積得相當多，照規定原本是年底才會發放，不過基於我的權限，我可以提早三個月發給你。」為人小氣又愛計較的王副總居然願意提早發獎金。

「你知道丁科長下個禮拜天要訂婚的事情嗎？」

又是和丁淡親的婚禮有關，小黃心中一懍。

「丁科長安排我們財務部的幾個主管坐同一桌，我當然必須參加，可是呢……」

王副總似乎感到詞窮有點說不下去。

「副總！我還在聽，你慢慢講沒關係，我在社會也打滾了好幾年，雖然在業務上並不是個聽話的乖乖牌，但我從來不會洩漏任何人或任何業務、客戶的祕密。」

「那我就打開天窗說亮話了，雪兒既然是我們部內的科長，理應和我們坐在同桌，但是呢，那天我老婆也會參加，我不想讓他們兩個人坐同桌，你知道意思吧？」王副總總算把話吞吞吐吐地說完。

「所以你希望我把雪兒帶到別桌，離你老婆越遠越好，最好能想個辦法讓雪兒乾脆不要參加，對不對？」小黃很聰明一點就通。

「能夠這樣當然是最好啦，不過……」

小黃打斷王副總的話：「沒有問題，不過呢，我希望獎金能夠提早在這個禮拜就發下來。」

王副總一愣後冷笑著：「你根本就是趁火打劫。」

「不，我這個要求其實是要讓你安心，副總您曾經說過，能夠用錢解決的事情最好就用錢解決，況且您也不是用自己的錢，我既然拿了好處，我們就是處於同一條船上，既然在同一條船上，自然會把事情辦得妥妥當當，對不對？」

「下班之前把獎金的申請公文遞過來吧，哼！」王副總悻悻然地答應。

※※※

婚禮是在六點舉行，小黃和雪兒約好開車去苗栗她老家載她，為了拖延時間，小黃還故意遲到了半個小時才抵達。

「你怎麼那麼慢？早知道我自己叫車過去。」打扮著光鮮亮麗還故意穿著露出些許酥胸的小禮服的雪兒抱怨著，只是這種穿著根本就是打著喧賓奪主的主意。

「沒辦法，高速公路上遇到副總統出巡的專車，從臺北一路塞到新竹。現在才五點多，一定來得及。」

從苗栗到蘆竹其實只要乖乖走中山高速公路，再怎麼塞車，一個半小時一定能抵達婚禮現場，小黃故意開得很慢，而且到了新竹還故意繞到北二高。

開到龍潭後，雪兒才發現小黃走錯路了：「你怎麼開到龍潭來了呢？」

「依照地圖上面指示，要去蘆竹得從龍潭交流道下去啊！」從來不曾迷路的小黃這時候裝起路痴，把車開下龍潭交流道，還故意走錯方向往石門水庫的山路開過去。

看著路上的景色，雪兒越想越不對：「你該不會是迷路了吧？」

小黃乾脆裝傻到底，把車停在路邊，拿起地圖盯了半天才回答：「好像是！」

從苗栗開到石門水庫足足花了一個半小時，小黃提議：「前面有個小休息站，妳可以去上個廁所，我去找路人問一下路。」

小黃把車停好後，已經憋尿許久的雪兒急忙地衝進廁所，此時小黃照著原先計劃，趁機打開引擎蓋把電瓶的電路統統拔掉，故意裝出車子拋錨的假象，雪兒看到小黃滿身大汗地不斷發動著根本就沒有電的車子：「你別告訴我車子壞了！」

小黃裝出著急的模樣使力地想要發動汽車，一臉歉意地回答：「不然這樣啦，我們把車放在這裡，在路邊招部計程車趕過去蘆竹，應該還趕得上新郎敬酒吧！」

說完馬上衝出車外跑到路邊想要攔計程車，雪兒滿臉漠然地對小黃說：「這種地方哪來計程車可以叫！」

小黃抓抓頭髮唉聲嘆氣地回答：「說不定有！說不定有！」

雪兒看著手錶，這時候已經是晚上八點半，冷冷地對著小黃說：「等一下你的車不會到了晚上九點以後就自動修好了吧！」

「誰知道？我又不會修車，我剛剛已經請休息站的人幫我聯絡修車廠，說不定馬上就會來了，妳再等等。」要扯謊乾脆扯到底，只要時間拖到九點，就算飛車趕過去，婚禮也老早結束，小黃的任務就算達成。

「黃麒銘！你別再演戲了，是丁淡親叫你這麼做的吧？他如果不希望我出現在他的婚禮，直接告訴我就行，幹嘛找你搞這種根本就是綁架擄人的爛戲碼呢！」雪兒從車子一下龍潭交流道就心知肚明，只是不願意立刻點破罷了。

「好吧！反正妳都知道，我現在就載妳回家吧！妳要回苗栗老家還是回臺北？」說完之後小黃馬上打開引擎蓋將線路裝回去，車子立刻發動。

「你還滿會修車的嘛！」

小黃不理會雪兒的冷嘲熱諷，雖然把雪兒帶到荒郊野外並不違法，但道義上其實很站不住腳。

「妳什麼時候和丁淡親……」

「要你管！」雪兒仍在氣頭上。

「感情這種事情一點都不能勉強，更何況，叫我今天把妳拖住的人除了丁淡親以外，王副總也來拜託。」

「所以你就答應？哈哈哈！反正去年我搶了你一次日本客戶，現在你總算也回報我一次，你和我之間的債務從學生時期就一直牽扯不清，算了，這也不關你的事，是我自己造孽。」雪兒說完之後啜泣了起來。

「人與人之間為什麼要弄得那麼複雜呢？我的存在對副總、丁淡親很危險，史坦利的存在也讓丁淡親很危險，丁淡親的存在更是讓大家都很危險，你呢？小黃！看起來好像不會妨礙別人，但你自己怎麼樣自己最清楚！」雪兒有點語無倫次了。

雪兒買了幾瓶酒到小黃車上：「既然已經到石門水庫，我們到湖邊喝酒吧！當作是喝丁淡親的喜酒吧！

「我和他之間，從學生時期就一直維持著男女朋友的關係，但他總是說辦公室戀情對彼此的工作都會有不好的影響，他總是說等到哪天我調職到別的部門或派到分行時，就可以大方公開兩個人的關係。」

秋天夜晚的水庫邊傳來陣陣的寒風，微微的星光映在表情猙獰的雪兒臉上，小黃不禁不寒而慄打了個哆嗦。

「你覺得男女之間的愛情的基礎是什麼？」雪兒問起，但沒等到小黃接話便自問自答起來：「基礎應該在於信任，我到現在才後悔為什麼讓自己陷入這種一開始就不正常的關係裡頭。」

「去他媽的，我發現自己其實和他也沒什麼兩樣，為了錢以及利益，還不是把感情當成交易的籌碼，我告訴你，我真的很賤，不只丁淡親，連副總都被我搞上了。」雪兒連續灌了自己兩瓶劣質的便宜玫瑰紅酒。

小黃很想告訴她，其實在日本出差的那一晚就已經撞見她從王副總的房間走出來，但既然雪兒已經說了，自然就沒有提那件往事的道理，關於女人的祕密，最好不要從自己的嘴巴中說出來。

「一開始就應該快刀斬亂麻才對，明知道丁淡親根本不是個好東西，我就是沒辦法……」

「妳和丁淡親從學生時代就開始，為什麼我從來沒聽說過呢？」小黃感到相當納悶。

「你都不知道嗎？」

「後來妳休學半年又轉系，大家也陸續從宿舍搬走，我也忙著每天作股票上課補考，妳知道的，我們的學校就是這樣，如果想當隱形人，自然不會有人知道妳的任何消息。」

「你真的什麼都不知道?」手上拿著酒瓶,雪兒站在湖邊踉蹌地搖晃著自己身體,大叫一聲:「你手上的那一瓶酒拿過來!」

一把搶走小黃手上的酒,雪兒又是狠狠地灌上好幾口,直到吞不下去才緩緩地說出:

「那天晚上,就是安樂仔出事的前一天晚上,丁淡親把我灌醉,把我拖到安樂仔的房間,趁我無力反抗把我強暴。我就是死腦筋,早就應該離他遠遠的才對。那畜生居然還要我主動獻身接近王副總幫他打關係,他把我當什麼?他把我當什麼?」雪兒說完後癱坐在湖邊嚎啕大哭起來。

「我不知道啊!我根本不曉得這件事啊,那天晚上我睡在工寮,根本沒有回宿舍啊!」

「你當然不知道啊!如果你知道你就不會和阿嘉、史坦利一樣,明明知道我被丁淡親拖進房間還見死不救。」說完之後雙手死勁地朝小黃身上猛捶。

「為什麼妳不求救?」小黃感到不可思議。

雪兒的哭聲漸漸平息只剩下啜泣的喘息聲,她試著深呼吸引導讓自己的情緒更緩和一些後才緩緩道來:「因為我不想讓你聽到。」

「為什麼?」小黃嚇了一跳問起。

「為什麼?因為我喜歡你,我不想讓你發現這件事情……」雪兒回答。

「妳喜歡過我嗎?」小黃從來不曾想過。

「到了現在我才明說，其實我一直都很喜歡你，當然這事情說不出口，雖然我試著一點一滴地對你發出信號，譬如當年我婉拒阿嘉的追求，譬如當年只要是你的邀約，我就從未拒絕，但你的心鎖得太緊了，我不知道是被誰占滿，但……」雪兒又哭了出來。

「可是自從那晚我被丁淡親……嗯，那個之後，就換成我把心鎖了起來。」也許是醉了，或者是想要否認自己亂七八糟的人生，雪兒搖頭搖個不停。

小黃的心思並沒有放在雪兒的告白上，反而想起其他事情，「難道……難道……」一個從來沒想過的念頭浮上腦海。

「難道那天半夜安樂仔的房間傳出來的叫聲是妳的？」小黃恍然大悟，原來不是小昕，原來自己誤會了那麼多年，但這句話一說出口就立刻後悔，因為對雪兒來說太殘忍了。

記憶就像拼圖一樣，往往拼錯了最重要的那一塊，之後再也拼湊不出完整的全貌，除非和人生一樣有機會打散重新拼湊。

聽出小黃的口氣帶著莫名的喜悅與興奮，雪兒勃然大怒：

「我操你媽咧！你高興個什麼勁兒，你喜歡聽我叫床是嗎?我現在就叫給你聽，你們男人沒有一個是好東西。」說完後故意發出呻吟的叫聲，荒郊野外夜半時刻，石門水庫只聽得到雪兒的呻吟聲，但聲音中卻聽不出任何情色只有哀怨，整個氣氛說不出的詭異，雪兒折騰了好一會兒後，整個人便不支倒地。

三更半夜又不知道雪兒的老家確實地址，無計可施下只好把醉癱的雪兒拖到附近一間汽車旅館，訂了間房間扛雪兒進去床上睡覺，小黃買好單後，留下一張紙條便連夜開車離去。

※※※

小黃沒有回家，而是直奔阿嘉的家，只知道他家地址，卻從來不知道他家竟然坐落在信義計畫區的高級住宅區地段，而且還是警衛森嚴、獨門獨戶的市中心別墅，急著想知道真相的他對著房子大喊：「阿嘉出來！阿嘉出來！」

「先生！你再大吼大叫的話，別怪我們去報警。」小黃根本都不理會警衛的威脅繼續叫喚阿嘉。

「小黃，你最好可以給我一個三更半夜來吵醒我的好理由。」阿嘉穿著睡衣、滿臉睡意、拖著疲憊身軀走出別墅門口，隔著鐵門對著小黃咆哮了回去。

「我想要問你，幾年前的那一晚，也就是安樂仔出事的前一晚，到底你們幾個人發生什麼事？」小黃邊說邊要往大門闖進去，三名高頭大馬的警衛拿出警棍作勢嚇阻，其中一位還用力拉扯他的手臂阻擋小黃。

「沒關係，讓他進來吧！」阿嘉對警衛揮揮手表示沒問題後，瞪了小黃一眼後警告著：「你最好別把我的家人吵醒。」然後帶小黃到一樓大廳的會客廳。

「事情都過了那麼久，你現在還來談這些，根本就沒有任何意義。」

「如果事情沒有意義，那為什麼大家都刻意避而不提呢？」小黃反駁著。

「避而不提不就是大夥共同的默契嗎？幹嘛現在又要挖我瘡疤呢？」阿嘉態度軟化了一些。

「因為我一直誤以為大家避而不談的是安樂仔出意外這件事情，但真正沒搞清楚的是我，我無意挖你瘡疤，為什麼你能夠忍受丁淡親對雪兒幹出那種事情呢？」

阿嘉突然大聲咆哮起來：「別再說了，是我懦弱又怎樣？你知道嗎？我的人生從那一晚起就整個毀掉了，對！我是無法更無膽挺身而出保護自己暗戀的人，又能怎樣？」

「你為什麼還要提？為什麼？」說完後阿嘉緊抿著嘴脣，好像想把自己吞噬殆盡。

「那小昕呢？為什麼她也眼睜睜地……」

「那天晚上，我們幾個人在魚塭宿舍的大廳喝酒，小昕七早八早就跑去睡了，你知道她是那種一板一眼生活規律的人，結果，小昕隨手一帶把女生房間的房門鎖上了，其他人繼續喝酒聊天，才沒過多久，安樂仔與史坦利嫌和我們喝酒太無聊了，他們兩人就騎著摩托車到鎮上去找樂子了。

「後來雪兒喝醉了想要睡覺，這才發現房門被小昕反鎖了起來，在外面叫小昕半天也叫不醒，沒有辦法，雪兒只好跑到安樂仔的房間去睡，大家都知道，安樂仔如果跑去鎮上找樂子，通常就是去找女人過夜，沒鬼混到第二天的中午根本不會回魚塭。」

好不容易情緒緩和不少的阿嘉又激動起來：「大家各自回房睡覺後，丁淡親以為我已經睡著了，於是他偷偷摸摸地跑進安樂仔的房間，然後，然後……

「這幾年來，我一直強迫自己不去回想那一晚的往事，本來就懦弱的我，現在見到丁淡親與雪兒，更是完全抬不起頭來，只覺得連最基本的自尊都已經被自己的懦弱踐踏光了。」

小黃緊緊抱著哭不出聲、喘息不已的阿嘉，人生裡有太多無可迴避的傷害，掙不掙扎都會遍體鱗傷，拼錯拼圖的小黃與知道醜陋真相的阿嘉，幾年來始終受著相同的折磨。

「謝謝你告訴我真相。」與阿嘉道別後走出門口，只見一部賓利轎車從松仁路緩緩開進阿嘉的家，警衛打開大門後向車子致意，開車的人搖下車窗向警衛回禮，小黃不小心從車窗縫隙中看到坐在後座的人，居然是國華銀行的最大股東兼副董事長，到底有什麼事情可以在半夜驚動副董事長親自跑到阿嘉的家裡頭呢？

小黃知道自己想破頭也想不出答案，自己不過是個赴任一年多的小科長，根本不了解這家銀行的山高水深，放下了心中七、八年來那顆黑暗大石頭後，小黃沒有雀躍之感反而悔恨不已，恨自己為什麼讓愚昧的大男人主義埋葬了原本該有的幸福，恨自己被無聊的嫉妒蒙蔽了自己的理智。

15

小昕大病痊癒後回臺東老家休養，按照政府規定，四二六型鼠疫病毒患者痊癒後必須強迫在家中自主管理兩個月，並得接受每三天一次的定期後續檢查，這波鼠疫雖然造成臺北重大死傷，財務部與樓下的分行雖然有二十幾個染病，所幸全數痊癒康復，也許造成人員調度吃緊，但也是不幸中的大幸。

三個月一次與安樂仔碰面的時刻又到了，小黃很想抗拒誘人的花花鈔票，獲得的東西只有金錢，但失去的人事物卻一次比一次還要讓他難受，理智告訴自己千萬別再陷入這種與魔鬼的交易，但雙腳卻不聽使喚，不知不覺地又走到那個空地閉上雙眼。

「掙扎了半天，你終究還是跑來找我。」安樂仔似乎能夠解讀小黃的心思。

「前前後後已經第五次了，這次已經是最後一次了。」站在結帳櫃檯的安樂仔對小黃説。

「最後一次？」小黃壓抑不了自己失望的念頭。

「嗯！之前沒告訴過你，你只要能夠幫我改變五次歷史，我就可以又返回當初改變人生的起點。」

「哪個起點？」

「其實我可以自己挑選起點，但這次我想回到那一年在魚塭發生意外的前一刻，這幾年來，重新來過的人生很無趣，到最後也只能窩在便利商店當個領二十八K的店長，那些養鰻成為鰻魚大王的夢想離我越來越遠，日子一成不變，上班下班受盡各種奧客的臉色，我想要再度改變自己。」安樂仔今天的話很多，小黃卻擔心起讀報的有限時間。

「別煩惱，今天我會讓你一次看個夠。」什麼想法都瞞不過安樂仔。

「歷史不能逆轉，但偶爾會有重來的機會，只是當自己有重來機會的時候，卻往往作了錯誤的決定，只會笨笨地矯正以前的錯誤決定，只在過與不及之間沉悶地擺盪，就算有重新來過的機會，說不定結局並沒有太大差別。」

「沒有差別？不會吧！前面四次已經讓我的生命周遭產生天翻地覆的改變。」小黃想起村上春樹、弟弟、阿蘭姐和小昕的命運。

「你在這個時空轉換當中只是扮演接受者的角色，每一次的獲得，相對就有失落的東西，但那些失落的東西，本質上是改變命運，既然是改變，自然也會有所收穫，生與滅只是種循環，好像不斷繞著圈圈亂跑的狗，終究會回到主人身邊，只是換了個主人罷了，對狗而言其實並不會感到悲傷。」

「接受者？我好像聽得懂你的意思！」

小黃想到狗不禁莞爾笑了起來，自從這個世界被他改變成「從未曾出現貓」的世界後，赫然發現狗的種類比小黃原有記憶中的世界來得多，如跟綿羊差不多大小的博美犬，長得很像龍蝦的奇怪狗種，比手掌還要小的獒犬，而且這世界還多了動物樹，一種會跑跳、會生長、會發生「沙沙聲」、還會拉屎撒嬌的小型樹木動物。

「好了，時間到了，我答應今天讓你看得夠，拿去吧！三個月後的報紙。」

小黃接到報紙後問著：「以後我上哪裡找你？」

安樂仔笑而不答，逐漸地和超商消失在小黃眼前，只見天空又出現金黃色的條狀雲朵。

手上這份報紙依然只有一則未來新聞，小黃貪婪地不放過每一個字句後驚呼起來：「威盛這種爛公司居然能夠大漲三倍？」

「什麼三倍？」身後傳來一陣很熟悉的聲音，小黃轉過頭一看居然是河馬。

「你怎麼會在這裡？」嚇了一跳的小黃問起。

「我似乎聽到你說什麼公司漲三倍，能不能告訴我，到底是什麼公司？」長相有點嚇人的河馬就算裝起和藹可親的模樣依舊讓人感到不舒服。

「我是自言自語啦！你看了別取笑我，我前一陣子去檢查身體，自己好像有些精神方面的疾病。」小黃不想和河馬糾纏下去。

「你想裝瘋，我可不想陪你賣傻。」河馬收起和藹的表情。

「說也奇怪，你為什麼常常出現在我的旁邊？莫非你跟蹤我，我告訴你，上次彥文鋼鐵的事情已經告一段落，況且我也沒收你一毛錢，想勒索我的話，別說我沒那個身價，連把柄也沒落在你的手中吧！」小黃說著。

河馬笑了笑：「我為什麼會在這裡？你站的這塊地就是我的。」

「踩在你的空地上犯法嗎？」小黃酸了回去。

「也許對別人來說是空地，但對你我來說，這是一間奇怪的超商吧？哈哈哈！」河馬笑了開來。

這時，小黃的驚恐程度一點都不輸給當年親眼目睹安樂仔被鰻魚吞食的那一幕。

「哼！我不知道你鬼扯些什麼，我有事情先走了。」想要拔腿就跑的小黃發現自己的雙腳使不上勁來。

「我就是不太會說話，我老婆總是要我講話要委婉一點，否則就會像現在把你嚇著，可是我從以前就是這樣，改都改不過來。」河馬又開始那一套他獨特的喃喃自語。

對於河馬為什麼會知道平行時空的超商，小黃心中轉了七、八種念頭依然是百思不得其解。

「其實從你能夠閃過國票事件那次開始，我就懷疑，不！就認定你應該也是進入平行時空的超商的接受者，後來當我看到你經常跑到這個空地來閒晃，之後就更加確定你就是。

「否則哪有可能三番兩次的與金融市場對作，最後還能賺大錢或全身而退的呢？」河馬篤定地說。

迷惑不已的小黃看著河馬，一句話也無法反駁。

「別害怕！其實坦白告訴你，幾年前我也曾經遇到和你一樣的怪事，按照那個奇怪世界的人的說法，我也是個接受者，幾次下來很幸運地賺到大錢，但可惜的是，只能遇見五次，尤其是前面兩次，讓我至今都後悔不已，你也知道，正常人碰到這種怪事都會半信半疑，前面兩次，那邊的人告訴我臺股會漲到一萬兩千點，也告訴我國泰人壽股價會漲到兩千塊錢，如果哪兩次我的膽子大一點了話，現在的身價少說又要翻上好幾倍。」

原本驚訝不已的小黃，思緒也慢慢恢復平靜，這一切應該算合理吧！既然自己能夠碰到這類怪事，別人沒有道理不會碰上。

「那些怪事比較迷人的地方，其實不在預測未來的精準度，而是每次事情過後，到底有什麼東西消失？」河馬瞇起眼睛回想幾年前的遭遇。

「或許你記得鄧麗君這個歌星吧！她就是被我搞消失的。」

小黃聽到鄧麗君三個字後，仔細地回想最近幾年來，的確從來不再聽到鄧麗君這個名字。

「你騙人！我上個月去KTV唱歌，還點過《小城故事》這首歌啊！」

「嘿嘿嘿！有空你去唱片行仔細瞧瞧那首歌的作詞作曲以及原唱者，不是鄧麗君呢！是我王聖憲啊！那麼好聽的歌怎麼可以從這世界憑空消失，一想到我就無法忍受，於是我就憑自己的一點記憶把鄧麗君的幾首歌寫出來，自己開了間唱片公司發行了兩張專輯，這樣應該不算侵權吧！」河馬有點得意洋洋。

「但說也奇怪，同樣的歌由我譜曲由我來唱，這麼好聽的歌居然一首也不紅，真是氣人。」

瞧著河馬的模樣與聲音，再怎麼好聽的歌也是白白糟蹋吧，小黃笑了起來。

「我知道你想些什麼，但我決定原諒你的沒禮貌，當然，重點不在鄧麗君的歌，之後我每幾個月就來這裡晃晃看，想再碰到那個世界的人，只是緣分已了，也沒辦法強求，但有一天我忽然靈機一動，索性把這塊地買下來，且一空就讓它空個幾年。」

「慶城街寸土寸金，你就任性地花大錢買塊地任其荒廢？」

「有土斯有財，你沒聽過國父說過嗎？嗯，國父好像沒被搞消失吧！管他的！後來我就經常來這裡埋伏，幾年來一共遇見幾個跟你我一樣的接受者，且清一色都是附近金融業的人，既然已經知道誰是接受者，我自然能從他們的身上得到預測未來的情報，當然，為了得到這些情報，我在附近的每家金融業都布上自己的眼線，譬如你第二次放空債券，我很快就得到消息，託你的福，之後賺了幾筆不錯的利潤。」

「好幾個？你的意思是除了你我以外還有別人？」小黃好奇地問起。

「天機不可洩漏，如檯面上幾個號稱股神的人，幾乎都是透過這種遭遇起家的，只不過，他們之後的際遇就參差不齊了，有人淪落為旅遊作家，但幾乎沒有人能夠抗拒這種預知未來能力的誘惑，除了一個人你也認識的人以外……」河馬故作神祕狀。

「既然你講了，就說吧！」小黃很想知道到底是誰。

「條件是你必須告訴我，這次是什麼股票可以大漲三倍？」狡猾的河馬趁機提出。

小黃本來就打定主意告訴河馬，看見他點了點頭，河馬很爽快地說著：「就是你們的經理葉國強。」

※※※

其實就算知道威盛會大漲三倍，布局起來也並非簡單的事情，畢竟總不能只小買個幾百萬吧！小黃決定這次放手重押，但威盛並沒有發行可轉債，且股票投資並非自己的業務範圍，除了替自己狠狠地大買上千萬以外，想要幫公司賺錢還得說服負責股票買賣的史坦利與葉經理。

雖然葉國強也曾經是接受者，但小黃不想用接受者這種理由去說服他，一來這種事情越少人知道越好，二來誰曉得河馬的話到底有幾分的可信度呢。

沒想到，事情突然有了一百八十度的轉彎，幾天後葉國強宣布一個月後將正式離職，但他不想說明下一個去處，有人猜是敵對銀行，有人猜是某某正在籌備中的綜合券商，但更重要的是同一個時間，屬於葉經理愛將的史坦利也跟著提出辭呈，只是史坦利比較率性，辭呈一提出，第二天就再也不見人影。

這個突如而來的變化，最高興的莫過是丁淡親，除了葉國強的經理位置空出來以外，連最強的競爭對手史坦利也一併離職，為了報答小黃處理雪兒的忙，王副總立刻宣布由小黃接任投資科長，這個投資科在財務部的地位，可說是僅次於企金科的「天下第二大科」，小黃一舉躍升僅次於王副總與丁淡親的部門第三號人物。

既然接掌投資科，小黃當然順理成章地買進威盛的股票，而且這次連王副總與上頭的常董都全力支持，一口氣買足到法令上限的四億元。

四億元的股票和四億元的債券，之間的風險與報酬不可同日而語，果然如預期般，威盛的股價便緩緩地漲了上去，不到一個月，股價已經大漲五〇%。

「已經漲了五成了，獲利已經高達兩億，要不要見好就收？」這類的建議與善意提醒不斷地充斥在小黃的耳邊，但完全不予理會的小黃，隨著獲利的水漲船高，雖然獲得到了不少掌聲與上級的賞識，卻也意外地引來眼紅的妒意。

原本以為等葉國強離職後，自己可以十拿九穩地接掌經理位置的丁淡親，看著威盛的股價節節上揚越顯得坐立難安，雖說銀行重視的是資歷與人脈，但因為戰功彪炳而被破例拔擢的例子更是屢見不鮮，誰也無法保證經理的空缺不會被小黃奪走，這時候，丁淡親決定出手。

早在幾個月前小黃利用人頭帳戶偷偷放空彥文鋼鐵股票的時候，丁淡親就已經從河馬那邊知道小黃在外面的勾當，雖然嚴格來說，這在金融業內是見怪不怪的行為，但這種藉由職務之便得知往來公司的狀況，趁機放空而且還跟銀行的政策對作的事情，一旦被攤在陽光底下，小黃就算能躲過內線交易的起訴，至少也會被搞到身敗名裂，更別說參與角逐升任經理的機會了。

沒多久丁淡親就找到下手的機會，那是一場關於討論有關「彥文鋼鐵鉅額損失責任歸屬」的董事會，其實在金融業不怕犯錯，只要是集體犯錯，就是集體卸責，國華銀行從上到下幾乎每個相關人等都透過河馬拿到彥文鋼鐵給的「補助費」，更不可能會去認真檢討其中的缺失，然而事先預警又私下偷偷放空的小黃，一旦私人交易行為曝光，肯定會被拿來當祭旗的犧牲者。

這個世界的進步與發展通常是由少數的一%的人所推動，這一%的人包括先知、天才、異端者、未來人、平行時空接受者，但他們卻會被其他九十九%的人所阻撓，譬如三百年前反對廢奴者、兩百年前反對蒸汽機者、一百多年前反對女人具有投票權者、反對禁止纏足者、幾十年前反對解除戒嚴者，但諷刺的是這些進步所帶來的果實，往往都被反對最用力的那一%的人所掠奪。

明明是彥文鋼鐵呆帳責任檢討會議，但茅頭卻指向一年多來幫銀行躲掉許多損失並且替銀行賺進大把鈔票的小黃，尤其是上一波成功操作聯電以及這波重押威盛這兩件事情。

操盤說穿了就是這麼回事，不用負責任的人會在旁邊用碎念婆婆的態度對操盤者說三道四，什麼股價線型過熱、什麼居安思危、什麼聽說大戶要出場、什麼KD、RSI等……連他們也搞不懂的符咒出現乖離。

這個金融市場有一半的人靠胡說八道過活，另外一半的人則是靠著解讀這些胡說八道而過活。

一旦這些嘴砲者事後被證明錯誤，惱羞成怒的嘴砲者們的憤怒指數只會進一步升華到道德層次的指控，譬如小黃恃才而驕、一意孤行、無法合群、違背公司文化等等，可以的話，這群嘴砲者說不定會抹黑小黃成「肛交愛好者」之類的呢！最有趣的是，到了最後萬一證明他們看走眼，小黃幫公司賺到大錢時，這群嘴砲者肯定會跳出來邀功並積極參與獎金發放。

丁淡親在會議上稍微點了把小火就把小黃燒個遍體鱗傷，他看看手錶心想河馬那些關於小黃的黑資料應該送抵公司了，果然總機小妹悄悄地遞進十幾份厚厚的牛皮紙袋，發給開會的董事以及相關主管人手一份。

對於河馬的準時配合感到雀躍不已的丁淡親，迫不及待地提出臨時動議：「關於各位董事所關心的彥文案，大家手上剛剛都收到王聖憲顧問的最機密調查報告，是有關黃科長事先……」

還沒講完，會議上所有的人都露出不可思議的神情看著丁淡親，董事長把厚厚資料往桌上一攤怒斥著：「丁科長，你在搞什麼鬼？」

被董事長突然其來的盛怒嚇了一跳的丁淡親急忙打開袋子翻開文件，只見他的臉上一陣青一陣白，整個人跌坐在椅子上宛如半身不遂的中風病患。

河馬提供的資料包括兩大部分，一份是丁淡親與王副總收受彥文鋼鐵行賄款的照片以及黑錢的資金往來情形，原來丁淡親與王副總利用雪兒親戚的帳戶收受賄款，接著再將這批為數不小的黑錢匯到各自的人頭帳戶，最後才用提領現金的方式存進自己在蘇澳信合社所開的祕密債券帳戶。

小黃終於了解那天為什麼雪兒也會出現在蘇澳的原因了。

第二份資料更讓人驚訝，是一疊將近百張的春宮照片，男女主角不是別人，正是丁淡親與雪兒，很明顯的是從錄影帶翻拍，且畫質還相當清晰，可見盜錄者應該是使用最昂貴最先進的Ｖ８鏡頭，讓丁淡親無法抵賴的是，兩人纏綿的床上還擺著斗大的日報頭版，依照報紙頭版可以推論，兩人的春宮照肯定是在丁淡親與未婚妻訂婚之後的隔天拍攝的，除了有什麼時空旅行者能把未來的報紙帶回過去，否則絕對足以證明這些不倫事情是在訂婚後所發生。

資料中還附了張說明：

這些有關丁科長的偷情照片，除了各位手中每人一份外，在同一個時間也已經寄送到丁科長未婚妻的服務單位——央行業務局，以及送到丁科長的準岳父——○○○中常委的辦公室。

此外，除了王副總與丁科長外，本人並沒有查出貴行其他人有收受彥文公司的黑錢的資料，更沒有聽聞。基於和諧，丁科長與王副總的受賄洗錢資料，並沒有轉交給在座以外的任何人，以免妨礙貴行的日常運作。

這張說明並沒有署名，只有在最後附上了河馬的圖樣，大家看到河馬圖樣已經心知肚明，會議陷入一片死寂，整件事情出現一百八十度大逆轉，丁淡親不甘心地咆哮起來：

「這是雪兒故意引誘我，她主動邀約我到汽車旅館，一進去就主動投懷送抱，只要是男人都無法忍受。郭科長，我要告她，我要告她……用不法手段偷拍……」

鐵青著臉始終在旁不發一語的董事長再也看不下去：「這些話去跟你的未婚妻解釋吧！我才懶得聽，我想問的是，你和王副總要怎麼解釋這些收賄款的證據。」

其實在場的多數人除了小黃和阿嘉以外，十之八九收過河馬的賄款，丁淡親如果乖乖軟化認錯，基於銀行的黑幫文化的潛規則，這件事情多半只會低調處理，一切雲淡風輕，找個小小的名目記丁淡親一支小過調離現職就會善了，但被逼急的他卻無法冷靜下來，竟對著所有人咆哮：「你們大家都有分，為什麼只單單要我解釋，我只收三百萬，你們當中還有人收到三、四千萬的呢！你們為什麼不解釋？」

坐在旁邊一直默念阿彌陀佛的王副總看到丁淡親這副被激怒的模樣，口中念念有詞：「完蛋了！完蛋了！」

原來想利用河馬借刀殺人鏟掉小黃這個有礙前途的絆腳石，卻活生生被河馬出賣，王副總把腸子都悔青了，後悔不該答應幫忙丁淡親幹這種對自己一點好處都沒有的蠢事，但他不愧是幹過二十幾年的老公務員，能屈能伸的他立刻走到董事長的面前跪了下來認錯：「我會扛起自己的責任，即日起請辭銀行一切職務並靜候調查。」

「王銘陽，你跪的那個人收得比你還多，什麼時候了，還這麼孬種。」丁淡親本質上已經瘋了，王副總根本不理會他，只是不停地對著董事長磕頭道歉。

董事長立刻下令收回在座每一個人手上的資料且當場點火燒毀，並下令對外一切保密，只保留了自己手上的那一份，事後，銀行對丁淡親與雪兒提出告訴，但卻放王副總一馬只讓他離職。當然，未婚妻的家族也取消了丁淡親的婚事，神通廣大的前岳父家族運用了一切關係把丁淡親收賄的新聞壓了下來，彷彿猛烈的颱風，雖然吹捲了一切，但終究只是船過水無痕的波濤不興。

對於眼前出乎意料的變化，看得眼花撩亂的小黃完全沒有逃過一劫的幸災樂禍的喜悅，對於雪兒為了報復不惜讓自己身敗名裂的舉動感到不寒而慄，軟弱了三十年的她居然選擇如此激烈的手段，只為了平撫自己的恨意而寧可玉石俱焚。

從公司被調查局帶走的丁淡親，臨走前瞪了小黃一眼，忿忿然地說著：「哼！下一個就是你。」

小黃一輩子恐怕都難以忘記丁淡親瞪著自己的眼神，那是夾雜著怨恨、妒忌、不甘與漠然。

※※※

丁淡親被抓走、雪兒轉作汙點證人離職、史坦利跳槽、小昕還在老家養病，幾個當年死黨只剩下小黃與阿嘉。

「我們被警告不能談任何有關那天的事情，樓梯間恐怕不是聊天的好地方。」在樓梯間抽菸的阿嘉看到小黃，好意地提醒著。

「這我懂！只是怎麼說呢？也許用不勝唏噓四個字形容吧，你應該懂！」

「在銀行混，七分做人三分做事的道理你就不懂了。」阿嘉說。

從阿嘉口中迸出如此具有哲理的話，小黃還真的不太習慣。

「老丁做人做事太過於高調，一副自己是太陽，大家都得跟著他公轉的強勢模樣，遲早會出事。反觀你呢！明明你打了幾場很漂亮的仗，卻擺出一副高深莫測難以親近的姿態，我知道你個性低調，但這難免會讓別人對你產生害怕。」

「高調？低調？」小黃似懂非懂。

「你還記得上個月到廣州員工旅遊的事情吧?」

上個月銀行為了安撫遭受鼠疫肆虐的員工，辦了四天三夜的廣州旅行，因為主辦單位貪圖便宜而找上廉價旅行社，結果所有員工被帶到假玉工廠、假珍珠商店去購物，當地地陪放下狠話，如果消費沒有超過一萬人民幣，就不會放所有人離開。這是中國典型的惡質強迫推銷的低價團的慣用伎倆，當旅客被帶到購物店家後，店家的鐵門就會拉下來，隨後就會出現幾個彪形大漢「催促」旅客掏錢購物。

而董事長為了讓員工能夠順利安全離開黑心購物店，只好自己掏出一萬人民幣買了一堆假玉，總結四天下來自掏腰包花了三萬人民幣，才讓大夥的旅遊行程能夠繼續進行。

「是啊!真的難為董事長了，明知道那些都是假貨，不得不掏出自己的錢幫大家贖身。」小黃一想到那幾個腰間佩著黑槍的店員還心有餘悸呢。

「哼!什麼自掏腰包，老董明明從旅行社那邊拿到每個團員旅費的退傭，你知道嗎，每個人他就抽兩萬塊錢，三團下來三百多個人，他就賺了六百多萬。

「哪是什麼自掏腰包幫大家解決困難?因為抽傭的緣故，公司不得不找低價團，他不過是從幾百萬的退傭中，拿出一小部分消消災，結算下來還淨賺了上五百萬呢!偷偷賺退傭還不打緊，公司上上下下還稱讚董事長大方呢!」

「你為什麼要告訴我這些?」小黃問。

「這就是做人與做事之間的分寸拿捏，懂得高調與低調之間的平衡，自然會名利雙收。」阿嘉講這些話時的神情並沒有露出特別的好惡。

「我一直以為你傻傻的，沒想到你知道這麼多事情。」小黃對著阿嘉說道。

「這幾年我坐在稽核內控這個位子，冷眼看了王副總鬥掉了葉經理，丁淡親鬥垮了史坦利，雪兒鬥臭了王副總與丁淡親，好戲歹戲一齣齣地在眼前上演著，這種戲碼永遠不會停止，而且只會更狠毒更齷齪。」阿嘉嘆了一口氣接著說：

「沒有人願意花點心思在公司的經營上，一個叫作河馬的金融掮客就把銀行幾個部門搞得天翻地覆，可悲啊！」

「算了！咱們老同學就別在這裡搞什麼楚囚對泣的爛戲了。對了！你怎麼想要認真減肥呢？」阿嘉幾個月來把體重從一百二、三十公斤減到剩下不到八十公斤。

「我怎麼看，就還是看不習慣。」小黃笑著說。

「醫生警告啊，三十歲了，對吧！以後你就會慢慢習慣了。」阿嘉故意加強慢慢習慣這四個字的重音。

「別管我的改變了，我想奉勸你，做事情只要做七分滿就成，雖然我相信你操作股票的功力，更信任你所篤定的威盛一定會漲三倍的預測，但你知道別人怎麼想嗎？」阿嘉把話題轉到小黃的操作上。

「那些董事不是不信任你，基本上他們也根本不信任任何人，威盛股價已經漲了兩倍，他們擔心已經產生的利潤會隨時消失，他們需要掌握這筆利潤，雖然不見得是想要來分一杯羹，但他們需要這筆獲利來保護他們的位置，有錢有權的人想事情的層面，和我們這種小兵的想法可是大大不同呢！」

樓梯間的門被打開，阿嘉眼見有其他閒雜人等跑到旁邊抽菸，立刻又擺起他原有的玩世不恭的口吻對小黃打著哈哈：

「別忘了！下班後一起去那間我說的酒店……」阿嘉又裝出一副言不及義的模樣。

小黃前一陣子用獲利的錢到內湖買了棟五十多坪的全新房子，雖然房地產不景氣已經兩三年，即便如年收入三、五百萬的小黃，要不是冒著各種風險從中撈點錢，也很難一口氣掏出每坪二十多萬的房價。

多數搬新家後的第一次下班回家都會走錯路，習慣把車開出公司後就朝著敦化南路轉基隆路的他，一時間還是忘了新家的方向，搞了兩個多小時才回到新家。阿嘉講的沒錯，小黃真的很低調，買房子的事情除了家人以外，一個字都不透露給公司或與工作有關的任何人。

幾年前有位擔任某超大型壽險公司投資科科長的傢伙，科長位置才上任三年，就高調地買部法拉利超跑，還開到公司去炫耀，沒多久便被公司查出他利用職位收取不當利益的勾當。那間壽險公司還算厚道，只把他調到冷衙門，沒想到那傢伙居然高調地利用媒體對外大肆抨擊老東家。

一回到家門口發現門鎖居然是開著的，小黃正在狐疑地回想早上出門前到底有沒有上鎖時，就聽到屋內傳來熟悉的聲音。

「搬新家也不通知老朋友一聲，俗語說入厝要興旺，意思是搬新家第一天要請親朋好友來衝人氣，人氣越旺，新房子就會帶給主人好運。」河馬買了蛋糕露出皮笑肉不笑的模樣坐在餐桌旁。

看到不請自來的河馬，小黃無可奈何地問著：「你怎麼跑進來的？」

「這世界上就是有這麼剛好的事情，這個社區的物業保全公司剛好是在下的投資事業，你別怪樓下的管理員，因為我是他們的老闆。」

除了蛋糕以外，餐桌還有一疊河馬帶來的資料，瞥見了一眼的小黃問起：「你帶什麼禮物給我？」

「你這個人真的不知道感恩，還是現在的年輕人都是這樣，難怪你們這一代被稱之為草莓族，嬌生慣養不懂禮貌，碰到一點壓力就扛不下來……」河馬又開始他的招牌碎碎念。

「啊！我老是改不了嘴賤的毛病，我只是說既然幫了你這麼一個大忙，怎麼你連電話都不打給我致意一下呢？」

毫不客氣地吃起河馬送的蛋糕：「你還真會挑禮物，還選了個草莓蛋糕給我，謝啦！」小黃不打算正面回答河馬的問題。

「你都不好奇嗎？也拜託你起個頭問我一下嗎？沒有人問話，我很難把話講下去啊！」河馬這個人想歸納思考做出決定前，一定得找人談話，有時是期待能借重對方的情報，有時會想要藉由交談迸出靈感的火花，但大部分情況來說，只是藉由問答來整理自己的思緒罷了。

看小黃裝出一副懶得理人的模樣，河馬只好自問自答起來：「丁淡親那傢伙自以為身價很高，居然要我配合他整倒你，先別說你有平行時空接受者的身分，他也不照照鏡子，手上沒有交易籌碼居然敢要我陪他玩遊戲。」小黃聽得有點膽顫心驚，短短的幾句話似乎透露著萬一自己哪一天沒有利用價值，河馬對自己的態度也會和丁淡親一樣。

河馬看了小黃一眼：「我知道你正在想什麼，坦白說，我雖然是個功利現實的人，但我更是個與人為善的人啊！誰沒事喜歡搞那種損人不利己的鬥爭呢？雖然表面上的我是個國民黨黨工。

「這次我會出手幫忙是因為你曾經向我買過保險，你還記得吧？」

小黃點點頭。

「客戶向我買保險，自然得上下打點幫客戶逢凶化吉，所謂保險就是……」

眼見河馬又要開始長篇大論，小黃連忙打斷他：「那郭雪君的事情又怎麼解釋？」

「別再提她了，太可怕了，河馬我這輩子天不怕地不怕，只怕兩種人，一是國民黨的特務，二是不要命又不要臉的女人。」

原來那天，雪兒從石門水庫的旅館醒來之後就直接找上河馬，要他事先埋伏在汽車旅館的房間架起V8等雪兒引誘丁淡親前來。

「我才不答應呢！雖然河馬我並沒有什麼稱頭的職稱與社經地位，還不至於去幹那種躲在衣櫃內偷拍的狗仔，只是沒想到的是，郭雪君居然處心積慮地蒐集我的一些黑資料來威脅我。

「好笑的是，雪兒用一句『最後一炮』就把好色的丁淡親吸引過來，到了現在我只要一想到老丁猴急的樣子，就感到好笑。

「本來郭雪君是要把錄影帶連同他幫丁淡親收黑錢的資料交給八卦週刊，但被我勸阻了，當然我承認這也是為了自己，我不在乎你們家的人自己內鬥死多少人，但這些資料如果公開出去，遲早會燒到我身上，畢竟我背後有些惹不起的力量，比如姓連的，你知道的，所以我用盡方法拜託她只在你們公司的董事會上公布。」

小黃感到好奇：「依她的個性加上她既然已經豁出去了，絕對不可能被你勸阻才對。」小黃斬釘截鐵地回答。

「沒錯，她哪會在乎我河馬的死活？她會讓步是為了你，黃麒銘！我為了勸阻她，把丁淡親要我陷害你的事情攤給她聽，她為了保護你，所以就讓步和我交換條件了。」河馬回答。

「怎麼可能？」小黃想不出這其中有什麼必然性。

「我認識的人當中，如果要找最笨的，你如果排第二，沒人能排第一，是白痴都看得出郭雪君喜歡你，就是你自己看不出來。」。

如果雪兒喜歡自己，為什麼還要搶功勞？為什麼還要陪丁淡親去幹栽贓嫁禍的事？為什麼平日看到自己就是一副視而不見的嫌惡表情呢？

「女人啊！很麻煩！未婚的你最好別結，如果真的想不開要結婚，勸你找個簡單一點的女人，日子也會單純一些。」河馬若有所思地說著。

話題轉到女人後，兩人陷入一段不算短的沉默不語，新屋的家具還沒買齊以至於顯得有些空曠，連客廳時鐘滴答聲響都會產生陣陣的回聲，兩人同時抬頭看看時鐘，河馬先打破短暫的寧靜問起：

「你到目前為止，已經看過幾次未來報紙？或者這樣問，你總共當過幾次接受者？」

天生適合吃交易員這碗飯的小黃說起謊言可是毫不猶豫，反倒比說實話更讓人感到信服：「一共四次，怎樣？」

其實已經是五次了，據安樂仔的說法，總共也就這麼五次，同樣身為接受者的河馬肯定也知道接收者的次數上限是五次，但想到丁淡親的下場，雖說是罪有應得，但在金融業中，罪有應得並非受到懲罰的主要因素，而是「失去利用的價值」，唯有持續保持自己的利用價值，不管是真材實料或虛張聲勢，勢態一定要擺出來，場面一定要撐起來，用白話文說，就是牛皮一定要越吹越大才行。

自己擁有什麼並不重要，重要的是別人認為你擁有了什麼。

河馬不停比著手指似乎在回想小黃到底當過幾次接受者，為了不讓他想太多，小黃藉由發問來打亂他的思緒：

「你也曾經是接受者，除了你上次跟我提到的鄧麗君以外，難道都沒有會讓你感到無法承受的失落嗎？」一直被這種問題困惱不已的小黃，也只能向河馬請教。

「有得就有失，有失就有得，別想太多，我最後一次當接收者的當年，我被兩個女人搞得天翻地覆，一個是老婆，一個是情婦，你知道，那簡直是永無寧日，我這個人又有點懦弱，也不知道該如何取捨，拋棄老婆於理不容，斷絕與情婦來往又割捨不下，剛好，說也湊巧，身為接受者的我把投資的房地產獲利了結之後，一覺醒來之後便發現老婆憑空消失了，所有難以取捨的難題就迎刃而解。哈哈哈！」河馬瞇起雙眼回想往事。

「有些消失的人事物呢，別把他們想得太嚴重，記得別感情用事就對了，看看你們家王副總、老丁、雪兒的下場吧！」

小黃始終不願意太快賣掉已經漲了兩倍的威盛，主因並非貪心地想要賺足三倍，而是擔心一旦獲利了結實現利潤落袋為安之後，到底又會消失什麼東西？又有什麼人會因此受到傷害？種種問題一直困惑著小黃兩個多月，每次失去的東西看起來很無害，但卻又實質地傷害了身邊的人，自己很難做到像瀟灑脫的河馬般視若無睹，更糟糕的是自己卻一次一次地甘願參加這種魔鬼賭局。

不過這種賭局越來越讓小黃感到乏味，金融市場迷人的地方在於變化多端，在於禍福難料，在於歷盡各種未知變數的煎熬後所得到的珍貴獲利，但這種早已知道結局的交易，就好像在日正當中的十二點時刻，準確預測到六個小時後會天黑一樣，一切不過只是按照固定的時刻表進行的遊戲。也許白花花的銀子可以讓人致富，但卻好像缺少了些成就感、參與感以及現實感，更麻煩的是，已經不會有第六次擔任接受者的機會，好比藉由吸毒來壯陽的人，一旦失去毒品來源，恐怕再也無法重振雄風。

該面對的終究還是得面對，小黃賣光了威盛，好幾億的獲利讓銀行上下歡天喜地宛如辦喜事似的，創下如此彪炳的戰功，幾乎所有人都認定葉國強離職所空出來的經理職缺非小黃莫屬。上從副總經理、經理，下面到實際懂交易專業的丁淡親、史坦利和雪兒，整個部門的幾大支柱早已支離破碎，不是辭職、離職就是被解職，幾個對前途有企圖心的底下小交易員，或者一些從其他分行想要轉來財務部這個天下第一部歷練的行員，在威盛還沒獲利了結之前，就已經來巴著小黃，天天在小黃身邊圍繞著。

面對戰功彪炳、豐厚獎金以及諂媚阿諛，小黃卻沒有半點喜悅，因為隨之而來的即將是讓自己更難承受的「未知的消失」。

還沒發生「未知的消失」之前，財務部以及整個國華銀行卻先爆發一場人事大地震，三年一任的董事會改選結果跌破大家眼鏡，長期把持銀行的「交銀幫」以及從公務體系轉任的那批老官僚全部落馬辭職，由一直隱藏在幕後的最大股東林〇〇擔任董事長，更讓大家跌破眼鏡的是，財務部副總居然由阿嘉擔任，從科長三級跳直升副總。

阿嘉升任副總的第一件事情就是把小黃叫到辦公室，對於突然的人事異動感到不可思議，尚未回過神來的小黃一開始還走錯房間。

「阿嘉，你找我？這到底是怎麼回事啊？」小黃問起。

「到了現在我也無法再隱瞞下去了，新任董事長就是我老爸，就是那種金融業常見的戲碼，弟弟鬥垮哥哥，姪子鬥垮伯伯，然後太子爺鬥垮老臣，有興趣的話，自己去翻這幾天八卦雜誌就知道。」

小黃看著眼前已經減肥成功，換上全身亞曼尼新套裝的阿嘉，一瞬之間自己全懂了，那天晚上看到大股東的車開進阿嘉的房屋，但小黃怎麼想就是沒想到半夜那位大股東到阿嘉家的原因，其實很簡單，就只是單純回家，只有家人才會住在一起啊，認識阿嘉十年以來，卻從不曾聽他說過自己的父親居然就是赫赫有名的蘆洲幫神祕大金主林〇〇。

「你又沒問過，我自然不想告訴你，否則你一旦知道我是真正大老闆的兒子，你會把我當推心置腹的同事嗎？」阿嘉笑著說。

「為什麼銀行上上下下沒人知道？」小黃感到十分奇怪，多數金融業的少主雖然也會被安排到重要部門去歷練，美其名是從基層幹起，但多半只是當個太平官，每天等著底下行員的伺候與噓寒問暖。否則就是被有心人士盯上，透過愚蠢毫無社會歷練的少主掏空銀行。

「我當年可是透過銀行筆試錄取，刻意謊報自己的父母姓名與地址，話說回來，有什麼公司的人資主管會去檢查員工的父母呢？」阿嘉對於自己並非靠父蔭而是參加真槍實彈的入行考試感到相當自豪。

「難怪你幾個月前就開始減肥，原來你早就為浮出檯面的這一天做準備了。」

阿嘉拿出一份公文後閉上雙眼問著：「你以後還會把我當哥兒們嗎？」

小黃頓了幾秒鐘後回答：「不會！」

「你難得幾次不說謊，哈哈！」阿嘉說完後把公文遞給小黃。「這是一份與你有關的公文，我簽字前想問你的意見。」

一打開，原來是經理的任用公文，但名字卻不是黃麒銘三個字，而是「林岑昕」。

「這是我就任副總所發的第一號公文，在發出之前，我想了解你的看法。」

小黃吸了一口氣強行壓抑了自己失望與驚訝的複雜情緒，緩緩地說：「這些事情不需要問我才對！」

阿嘉刻意躲開小黃的視線緊盯著小黃手上的公文說著：「如果依照業績或專業熟悉度，你絕對是第一個人選，但我有我的考量，只是這份公文還沒發出去，如果你有什麼想法，不論是於公於私，我都可以把小昕改成你。」

很快平撫了自己的失望，小黃毫不猶豫地回答：「於公呢！你是主管，有權力可以利用人事安排來貫徹自己的管理哲學，至於私的方面，辦公室沒有私事，這是在你正式上臺前，我最後一次用朋友身分給你的建議。」

「嗯，你明白就好，未來銀行的管理一定得偏重內控與財會，我不希望整個部門持續地朝交易面去傾倒，否則很快又會出現第二個王銘陽、第二個丁淡親，而且我更不想再看到隨隨便便一個金融掮客就可以介入部門甚至公司的運作，你應該懂我的意思吧？」阿嘉意有所指地暗示小黃別和類似河馬這樣的人繼續牽扯不清下去。

「你的意思是想要警告我！」小黃回答地很直率。

阿嘉用力地搖了幾次頭後又點了頭說：「不算什麼警告，只是我想提醒你而已。」

小黃看著從醉生夢死的紈褲子弟蛻變成資本家的阿嘉，喜歡讀歷史書的他馬上聯想到北宋開國者趙匡胤黃袍加身的那種情景，「杯酒釋兵權」五個字立刻浮現在腦海中揮之不去，副總辦公室沒有一點聲音，連空調的風聲都凍結起來。

「小昕一大早就已經回來上班，在家養病兩個月後就馬上要她擔任經理的職務，實在是也辛苦她了，你有空多多幫她的忙，讓她早點進入狀況。」

於私的方面，小黃對於小昕升任經理，還真的是打從心裡替她高興，這絕非只是自我安慰，但小黃不願把自己對小昕的那分執著感情搬到辦公室的檯面上頭。

「你的觀點很正確，銀行的交易室絕對不能淪為私人博取財富的競技場，每天幾十億甚至上百億的交易，沒有更嚴謹的內控很容易讓交易員上下其手，阿嘉，你想得很深很遠。」小黃說著。

「謝謝你支持我進行部門的改革，還有，以後請稱呼我為林副總。」阿嘉說完後隨即在公文上簽了字：「幫我把公文發出去吧！」

※※※

新的人事令發布不到幾個小時，小昕的辦公室就堆滿了來自行內行外的祝賀花籃，幾天前流連在小黃身邊的一干人等，個個都等在小昕辦公室門口等待新任經理的接見。一整天下來，所有的人刻意與小黃保持距離，連視線都避開以免尷尬，當然連小黃也急著和小昕講上話，然而他只是很單純地想要關心小昕的身體復原狀況，好不容易待到晚上七點，小昕才有空接見小黃。

「我真的不知道到底發生什麼狀況了，回公司第一天上班就像無頭蒼蠅似的，要趕緊把自己原有的會計帳務工作交接出去，另一方面又得讓自己趕快上軌道，處理一堆我根本是外行的交易工作。」看起來有點累的小昕對小黃抱怨起來。

「妳放心，交易的工作，我會盡全力幫妳，這絕對不是客套話，妳能升遷，最高興的人絕對是我，只是妳大病才剛好，一切要注意自己身體。」

在家自主管理兩個月，小昕的身心似乎回到大學時期，那股神采奕奕以及單純活潑的模樣，怎麼看都不像感染過致命的鼠疫，當然，小昕清湯掛麵的外表，比對起第一大新銀行的第一大部的經理頭銜之間的違和感，也讓小黃感到有趣。

「你笑什麼？」小昕狐疑地問著微笑不已的小黃。

「沒什麼啦！我一整天下來都只能刻意保持著微笑，以免被別人傳出什麼我妒忌之類的閒話。」

「你就是太在乎別人的看法，太在乎那些無關緊要的人際關係，如果能看開或看清楚許多不必要的誤會，你一定是個很好的男人。」小昕用男人兩個字，而非使用同事、同學或朋友等中性的字眼，似乎少了以往帶點距離的客套與防備。

小黃默默不語地揣測起男人這個字眼，小昕見狀打破沉默：「你是不是有話要跟我說？」

「啊！是的啊！林副總要我找妳討論部門幾個科的科長的人事。」

小黃趕緊從私人感情的情緒中抽離出來，畢竟眼前面對的已經不是暗戀許久的老同學，而是自己主屬長官林岑昕經理，財務部原本六個科長，三個離職，兩個升遷，只剩下小黃一個科長，這段期間幾乎就只有小黃一個人同時身兼好幾個科的代理科長。

「那些事情等你決定好了再跟告訴我吧！反正我對那些交易根本就是大外行，底下幾個交易員的能力與操守，還是你比較清楚吧！」

「嗯！那我明天向妳報告，妳好好保重身體，別再熬夜加班了。」小黃說完便起身要離開。

「等一下！」小昕的請求相當急切。

「你和我之間別用什麼報告不報告的字眼，我可不像阿嘉，對了！我還沒向你道謝！」小昕說著。

「分內的工作而已。」小黃以為小昕謝的是有關人事安排以及業務代理等公事。

「雖然你留下假名，但我知道是你到醫院來照顧我的。」原來小昕知道了。

小黃心想雖然在醫院的資料上留下假名，但一開始的確有和小昕的嬸嬸說過話，既然露過臉，小昕自然很容易從嬸嬸所描述的外表與模樣去猜到是自己吧。

「別客氣，老同學又是同事一場，改天請我去看場味全龍的比賽，吃頓球場的便當就可以啦！」小黃回答的時候看著手錶一副想要離開的模樣。

「你真的沒有什麼話對我說嗎？」小昕又問了一次。

小昕辦公室擺著滿滿的鮮花，花香濃到像座小型花園，每一朵都很新鮮，小黃用力地把花香吸入肺部想讓自己清醒些，但還搞不懂小昕到底希望自己說些什麼。

「如果你不知道該說什麼，或不想說些什麼，就換我來說吧！」小昕說著。

「這次我回家休養兩個月，是我這輩子唯一一次真正屬於自己的時光，以前的我屬於學校，屬於公司，屬於家族，屬於一大堆套在自己身上與心理的禁錮，雖然大多數時間都在沉睡，你知道，鼠疫重患痊癒後依舊會有一段處於嗜睡的期間，但做的夢和以前完全不一樣，我的夢境是快樂的、自由的、隨心所欲的。

「或許你會納悶為什麼要跟你講我的夢？」小昕問著。

「不會！這幾年我碰到的亂七八糟的事情更多著呢！」小黃確實沒說謊。

「以前的我總是會壓抑自己的快樂，我記得是小學五年級，我參加了壘球隊，你知道我們原住民的小孩不像你們平地漢人，每天只知道補習念書，有一天當投手的我痛宰了來自花蓮的代表隊，喜歡打球的我開心地一連好幾天跳舞唱歌，但沒想到，我媽媽居然流產了，一個四、五個月大的弟弟就這樣流掉了，當時我很自責，一定是我開心過度才讓家人受苦。」

「這根本就是兩回事吧！」小黃說著。

「後來大學聯考考上臺大，我想你能體會那種帶點驕傲與成就感的喜悅吧！放榜當天，我開心地穿梭整個村子，希望所有人都能和我一起分享，但沒想到，在臺東市區上班的姐姐為了急著回家一起慶祝，下班途中居然發生車禍，還斷了一條胳膊。

「從那時開始我就意會到自己的開心，說不定會帶給親人苦痛，所以上大學前兩年，刻意地不讓自己陷入任何會讓自己快樂的事情當中，不與人往來，不參加活動，連考試也故意考差一點。

「在世上大多數人的耳裡聽來，我這番話好像都是荒唐的謬論，很多人把自己無法理解與感受的一切事物，都認為是不合理，或單純只是認為心理有問題。」

小昕突然沉默下來，一直等著聽下去的小黃也耐著性子陪她等下去，分析自己的心理的確得醞釀某種程度的情緒吧。

「沒想到接近清心寡慾的平靜生活卻被你攪亂了。」小昕總算鼓起勇氣說出來。

「我？」小黃不解。

「那次去蘇澳打工的途中，你故意扯什麼茶葉蛋的鬼話來向我告白，你知道嗎？其實我開心死了，那種開心跟以往所經歷的少數幾次開心完全不一樣。」小昕又停頓了下來。

「可是……」

「你先別說話！」小黃一開口就被小昕打斷。

「是的！我裝著一副很不耐煩的死魚臉模樣，還發了一張好人卡給你，因為我很怕如果任憑自己開心下去而毫不節制的話，又有什麼人要受到傷害，我很矛盾，另一方面又怕這種故意壓抑會讓你打退堂鼓，我想你認識那麼多女人，應該可以理解女人的這種矛盾才對，所以我才故意說等三個月後再說的話，但沒想到一等就是七年。」把話講開到這種地步的小昕滿臉通紅。

「第一次，其實也是唯一的一次被男生告白，那種快樂根本是壓抑不了的，那比考上臺大更讓我對自己產生自信，也讓我感受到身為女人的驕傲，在魚塭打工的那幾天，是我這輩子最開心的幾天，雖然我的外表還是維持一貫的死魚臉。

「後來就如同被下詛咒一樣，安樂仔發生意外的那天，我站在他的旁邊，他不停地講著你在高中的糗事與趣事，還故意說你因為被我打槍，心情難過地連續兩個晚上喝得爛醉，他真的很挺你，雖然我知道他也是滿嘴鬼話，但是，聽到這些關於你的事情，讓我慢慢地打破心中那道自我封閉的牆，他一邊說起你，我就一邊笑，從小學打贏壘球後，我是第一次笑得那麼……怎麼說呢？解放！」

小黃感到慚愧，當天在魚池另一端看到安樂仔與小昕一起開懷大笑時，居然還懷疑他們兩人有不可告人的事情。

「感情這東西，有時候得偶爾向外解放，要不然會把自己的心堵得死死的，容不下新的快樂新的喜悅，就在我好像快要完全打破心中的牆的那一刻，安樂仔出事了，而且還活生生在我面前發生，嗚嗚……」雖然事隔多年，每次想到那駭人的片刻，小昕都會忍不住哭出來。

「所以你又把安樂仔的意外歸咎於自己，認為稍微放縱一下心情又導致身邊的人受到災禍？」小黃問。

小昕點了點頭。

「所以後來妳又選擇逃避，離我遠遠的，因為害怕我會帶給妳太多讓妳自己無法承受的快樂。」小黃繼續問著。

小昕又點了點頭說道：「我也知道一直抱著那些負面想法，只會讓我慢慢耗損下去，變得更孤獨，更走投無路，更無力，但我不敢再輕易去嘗試那些會超出預期、超出自己有能力處理的事情。不敢愛人，更不敢讓別人愛，我只是過著無感的日子，自己好像只是在時間的框架內呼吸與活著的軀體，沒有想要快樂的理由，沒有開心的結果。

「拉哩拉雜地對你吐了一對負面情緒，差一點忘了一件正經事情，你這個禮拜六日有沒有空？我想找你到我們部落去參加番刀祭。」

「番刀祭？」小黃從來沒聽過這祭典。

「外面的人應該都沒聽過番刀祭，相傳古老的時候，我們族內有位被惡靈下了詛咒的女人，只要被她喜歡上的男人，相繼受傷死亡或失蹤，有一天她遇到了一個隔壁部落的男人，一個她想要託付一生的男人，但這個被下了詛咒的女人很煩惱，深怕厄運又會降到她心愛的人頭上，這時候有個番人傳教士，我猜應該是荷蘭人或西班牙人吧！他拿了一把從番地帶來的長刀，對那女人說，這是把受過上帝加持與祝福的刀，妳帶著這把番刀給對方，讓他持著番刀來迎娶妳，妳的詛咒就會解除。果然，兩人從此過著幸福快樂的故事。

「後來慢慢地，我們族內就形成了這個番刀祭的傳統，女人會帶心愛的男人或準夫婿回部落來接受長老贈送的番刀，然後用這把番刀殺豬公宴請親友族人，當作訂情儀式。」兩人的視線有了短暫的交會，小黃發現小昕的神情柔和了許多。

「心愛的男人?準夫婿？我？」小黃被突如其來的邀請嚇了一跳。

「不是你，難道是別人嗎?我和你之間的關係才不是建立在感恩與虧欠上頭，那都只是好萊塢的電影或三流言情小說才有的情節，而且我都被你吻了，你可別耍賴！」小昕總算開懷大笑了。

「難道那幾天……」

「其實我昏迷的那三天，所有的意識都是清醒的，你講的每一句話我都聽得一清二楚，也看得到你對我做的每一件事，只是我的身體無法動彈而已。」笑開了的小昕，顯得格外動人。

「你都已經對我表白過兩次了，錯過第一次叫作緣分，錯過第二次就是愚蠢了。」小昕上前一把抱住小黃。

「讓你等七年，辛苦了！」此刻的小黃，好像乾涸了七年的花瓶容器，正在一點一滴地被喜悅快樂填滿。

※※※

第二天小黃帶著興奮的期待感去上班，充滿算計與險惡的辦公室似乎轉變成花香鳥啼的庭園，一如往常在銀行大樓前先整理整理自己的衣著與心情，畢竟總不能一邊吹口哨哼著情歌一邊在嚴肅的交易室內上班吧，面對交易工作多少還是得自我武裝一番。

折騰了好一會兒，雖說一上任的阿嘉副總，就已經對自己處處防範，但小黃還是遲到了十分鐘才進辦公室，沿途經過其他部門，不管熟識與否，每個人都起身向他道賀，還沒到自己科內的辦公室便遠遠聞到濃郁的花香，仔細一瞧原來是恭賀自己升任經理的花籃與盆栽。

「黃經理早！」底下直屬一些交易員如小茹等看到小黃走進來，紛紛起身向小黃祝賀。

毫無頭緒的小黃心想莫非阿嘉變更人事組織，畢竟在許多銀行中，有些超大型的部門會依據業務屬性而配置兩個經理，特別是以交易為主業的單位，其他銀行同業會把交易與後臺兩種屬性完全不同的業務交付給兩個經理去管轄。

「昨天是林經理高升，今天又輪到我也升經理，這樣吧，我和小昕今天擺兩桌請大家吃飯吧！」小黃對此感到欣慰，畢竟這代表著阿嘉對他的專業以及對銀行貢獻度的肯定，昨天那種劍拔弩張和不信任感就讓它雲淡風輕吧。

「什麼林經理？林挺嘉科長是升副總，你千萬別叫錯了。」階級與職位在銀行是相當重要，小茹善意提醒小黃別搞錯。

「我是說林岑昕林經理，不是林挺嘉，小昕她才不會擺架子呢！大家繼續叫她小昕就好了。」小黃回答。

只見小茹等人一臉狐疑，好像根本聽不懂小黃所說的話，小茹壓低聲音的問起：「莫非銀行要從外面找空降部隊嗎？我們怎麼都沒聽說過呢？」

這種保密到家的對外挖角，通常會到最後一刻才會知曉，非部門核心者通常不知情，所以誤會小黃的話的小茹並不感到驚訝。

「妳是沒睡飽還是吃錯藥了，小昕，林岑昕啊，哪是什麼空降……」話還沒說完，小黃的心彷彿被電擊般地沉了下去，立刻衝到會計科的辦公室找個與自己熟識的人問著：「小昕她有來上班嗎？」

「黃經理，誰是小昕？」那人的表情充滿著疑惑。

「就是你們科長林岑昕啊！」小黃慌張了起來。

「我才是科長啊！經理你是不是搞錯了，我們會計科從銀行開業到現在根本沒有叫作什麼昕的人啊！」那科長看起來不像是說謊的樣子。

原來第五次當接受者失去的居然就是小昕，雖然小黃已經心裡有數，但還是無法接受這個事實，跑遍了人事部門甚至去詢問阿嘉。

「我沒有印象我們有林岑昕這個室友或同學啊，你今天才剛升任經理，請你注意一下自己的言行舉止，是經理就得要有經理的架式，我不希望自已剛升副總，就被人說我識人不明，懂嗎？」雖然時空又被小黃改變，但阿嘉的態度和昨天一模一樣。

一定有什麼地方搞錯，小黃此時放棄在公司內去找尋有關小昕的蛛絲馬跡，這時候他突然想到河馬，他身為接受者也接觸過很多接受者，說不定他知道許多關於平行時空的祕密。

一刻也閒不下來的小黃直奔河馬辦公室，辦公室是一棟位於市中心的大樓，不新也不舊、不特別高也不特別矮，不算豪華但也稱不上寒酸，是一棟任何人走過去都不會留下任何印象的大樓。

看到河馬後一把抓起他的衣領：「告訴我，如果接受者後悔的話，該如何彌補或恢復原狀？」

河馬揮手示意一旁的警衛表示沒事，一邊笑著對小黃說：「怎麼了！後悔了是嗎？冤有頭債有主，不管你這次失去些什麼，其實根本不關我的事啊！」

對自己魯莽的行徑感到抱歉，小黃著急暴躁的情緒稍稍緩和一點：「你知道這次我失去什麼嗎？我失去了自己最愛的人啊！」

河馬露出一副同病相憐的神情：「你遲早得習慣，我也曾經失去所謂的前妻啊！」

小黃突然想起一個問題：「會不會你失去的只是一起生活的妻子，而你哪位前妻這個人並沒有消失，而只是失去了你和他之間的共同生活與經歷。」

河馬似懂非懂問道：「你的意思是，我的所謂前妻這個女人並沒有消失，而是一開始就沒有認識她，她反而只是變成一個人生中的陌生人，依然存在現在這個茫茫人海的世界上？」

小黃連忙點著頭：「對！我就是這個意思，你認為可不可能？」

河馬點起一根菸，他抽的居然是細細長長的**Virginia slim**薄荷涼菸，但見怪不怪的小黃並不感到訝異，河馬的舉止行為和可怕醜陋的外表之間有著數不清的巨大落差。他瞇上雙眼看起來像是在回憶往事慢慢地說：

「被你這樣一講，我好像也有點印象，就在我的所謂前妻消失之後，我好像有一次在路上遇到和她長得很像的女人，但只是很像，仔細觀察後還是有很多不一樣的地方。」

「那你有沒有去相認？或者去重新認識她呢？」小黃彷彿感到一絲希望。

「何必呢？我好不容易擺脫兩個女人的糾纏，更何況我和所謂消失的妻子之間的那段感情也很糟糕，就算眼前出現的是同一個人，我也不想再去招惹。」河馬輕描淡寫地回答。

在茫茫人海的偶遇重逢？小黃跑到宛如人海，人潮最多的地方，像臺北車站、機場或幾個無趣又千篇一律的夜市枯站了好幾天，別說小昕，連個長相接近的人影都不見半個。河馬的推論也許有道理，但實踐起來太過於困難渺茫。如果時間可以快轉到二十年後，就可以用照片在網路上肉搜，但就算如此，消失的不只是小昕這個人，連她在別人腦中的記憶、過往的所有照片都全數消失。

人一旦連同照片也一併消失，存在腦海中的記憶也越會越來模糊，小昕才剛從小黃的生命中消失幾天，小黃對她的模樣特徵以及身形的記憶已經開始慢慢減退，記不起來的逐漸比記得住的還要多了。

小黃想起消失前的小昕曾經邀請他去參加部落的番刀祭，心想也許可以從小昕的出生地去找起，或者去部落打聽有沒有某個長相酷似小昕的「路人甲」，只是小黃不免感到疑惑起來，就算在臺東的山上部落找到小昕，或找到長相外貌一模一樣的人，但那個被時空轉換改變歷史過後的新的小昕，和小黃記憶中一起當同學室友同事的那個舊的小昕，還算得上是同一個人嗎？自己還會深愛那個與自己毫無淵源的新小昕嗎？

距離番刀祭還有好幾天，成天乾著急胡思亂想也無濟於事，只能把整件事情從頭到尾想過一遍又一遍，尤其是牽扯在其中的所有人，忽然間想到河馬曾向他透露，葉國強也是所謂的接受者，而他卻能夠抗拒後面幾次「預測未來」的誘惑。

他或許知道有些自己與河馬不清楚的事情吧！小黃如此猜想。

※※※

已經離職好幾個月的葉國強的動態尚未浮出檯面，至今仍然沒人知道他下一個工作的去向，只是這個市場的任何人事異動都躲不過河馬所布下的情報網。

從河馬口中，小黃打探出葉國強的下落後，決定直搗黃龍到他新的辦公室，否則以他低調的行事作風，在新職尚未曝光前肯定不會想見舊東家的任何人。

葉國強的辦公室位於信義計畫區，高調的地段與大樓，但招牌卻十分低調隱晦與難懂：「大安政經研究室」，一推開門後赫然發現除了史坦利以外，連雪兒都在裡頭。

看到小黃這個不速之客，雪兒並沒有感到特別訝異。

「反正過幾天，我們就會對外宣布成立證券公司了，但無論如何，這幾天請你務必保密。」

雪兒對小黃的態度相當客氣，會不會又是因為小昕消失而改變歷史，小黃也搞不清楚自己和雪兒之間的過往交情與點點滴滴，到底還存不存在？畢竟少了小昕這個人，自然就會發生對周遭人的影響，有些存在小黃、小昕與雪兒三人之間的共同經歷與往事會消失，同時又會連帶改變彼此的關係甚至細微的人生命運，眼前顯得十分客氣的雪兒，與小黃心中所存在的舊歷史的記憶截然不同。

再這樣搞下去遲早會瘋掉，小黃終於體會出葉國強不願意再進行這類魔鬼交易的苦衷。

「黃經理，找我有什麼事？」顯得很忙碌的葉國強口氣相當冷淡，也許是因為祕密進行的籌備處被不相關的小黃獲悉所致！也有可能是國華銀行對外放話要追究葉國強竊取業務機密與客戶資料的大動作，讓葉國強對小黃產生高度戒心吧！

小黃看著坐在旁邊的雪兒與史坦利說：「我來找葉經理的目的，不方便旁邊有其他人，真是抱歉。」小黃起身鞠躬以示歉意。

「我們籌備處沒有祕密，你要說就說，不方便說就請回。」葉國強毫不猶豫地擺出一副送客的姿態。

「好吧！是有關慶城街超市以及接受者的問題。」小黃雖然感到不好受但還是直接把來意點了出來。

一聽到接受者、慶城街超市等幾個關鍵字的葉國強，假裝低頭察看手機的未接來電以掩飾他的震驚，一會兒才抬起頭說：「你們兩個人先出去吧！」

確認史坦利與雪兒離開會客室，葉國強這才壓低嗓門的開口：「你很聰明，剛剛如果只有我們兩個人在場，我一定是裝傻到底，反正現在也不用避諱了，你有什麼事情就快講吧！」

小黃把事情簡單說了一遍，雖然是簡單，但也說了將近兩個鐘頭。

「也就是說，你後悔了！你想要知道有沒有什麼辦法恢復原來的時空？」身為同樣具有接受者經驗的葉國強一聽就懂。

葉國強長嘆了一口氣：「你的遭遇驗證了我的想法，當我第二次當接受者之後，便驚覺失去的東西雖然不起眼，但傷害卻離自己越來越近，就像你一開始只是失去喜愛的作家的心靈饗宴，但慢慢地波及到越來越親近的人，我就是擔心會有這種連鎖反應，所以才婉拒了後面幾次。」

聽完這番話後不得不佩服葉國強的智慧，小黃好奇地問：「難道身處於金融市場，你都不會想要更精準的預測未來嗎？」

「預測未來有很多方法，總體經濟、財務報表、占星術、靈媒、符咒、田野調查……只是，你有沒有想過，和魔鬼交易除了會失去越來越多原來屬於自己的東西外，當你依賴越深，你就會失去其他的預測功力，你不是也和河馬很熟嗎？他就是淪落到完全喪失自己的專業……」葉國強講到河馬突然想起一件事情：

「你有沒有去問河馬？」

小黃又花了二十分鐘轉述河馬的建議與看法。

「王聖憲那頭河馬的人海茫茫建議，根本就是狗屁不通。」葉國強說。

「小黃，請你仔細看著我，難道你忘了我是誰了嗎？」

小黃用著迷惑眼神期待地等著葉國強開口。

「要不然，你去回想河馬的模樣，難道你也不知道他是誰嗎？」

小黃越聽越迷糊了。

「那年在蘇澳的鰻魚養殖場，意外發生後，我就是那個第一個趕到現場的海防部隊的軍官，難道你忘了嗎？」葉國強問著。

小黃搖了搖頭說：「我天生就不擅長認人，別說只有幾面之緣，就連一起同桌吃過飯的人，不出一個禮拜我就把他們的臉孔忘得一乾二淨。更何況，當時狀況一團混亂，就算你曾經找我問過一大堆話，我應該也記不起來。」

「那你應該也記不得河馬就是當時也在現場的蘇澳漁會的總幹事了吧！」葉國強說。

小黃越聽越感到驚訝，驚訝的不是河馬幹過漁會總幹事，而是為什麼現在已知的三個接受者，都和蘇澳的養鰻場那場意外有關呢？

「河馬曾經說過，除了我們三人以外，他還遇見幾個接受者。」小黃想起那天河馬的話。

「我不清楚到底是哪些人，但肯定也是當天到過魚塭現場的人吧！譬如其他幾個海防士兵、漁會的職員等等。」葉國強斬釘截鐵地接話。

「那一天，是我服預官少尉兵役的倒數第五天，本來已經處於天天在碉堡睡覺、數饅頭等退伍的優閒日子了，但沒想到卻發生那件事情，你忘了嗎？小倪的骨頭與一些被啃食過的組織就是我負責打撈的。」葉國強閉上雙眼心有餘悸地回想著。

「誰是小倪？」

「就是你的高中同學倪安樂啊！當然，基本上我並不認識他，畢竟只看過他的一堆噁爛殘破的遺體和幾張不清楚的照片，直到前幾年在神祕的超商碰到所謂不同時空的小倪之後，我才正式認識他。」

安樂仔姓倪，他在別人面前的稱呼是小倪。

「我這麼問可能對你失禮了些，但為了想了解整件事情脈絡，方便我找到女朋友，我還是想問你，為什麼能夠抗拒第三次乃至第四次、第五次的誘惑？」小黃問。

葉國強笑了笑說：

「別我把想得太神，因為對小倪，就是你說的安樂仔來說，我耐心地幫他整理殘破的遺體，也算是他的恩人吧，所以當我第二次成為接受者賺了一筆大錢之後，他就苦口婆心地告訴我，如果繼續當接受者下去，賺錢方面肯定沒有問題，甚至連十億以上的財富都唾手可得，但他卻事先讓我明確知道未來會消失的人事物，就像如果你事先知道女朋友會消失，恐怕就會縮手吧！」

如果是河馬就肯！

對小黃而言，有些東西是消滅不掉的，即使人對事物的記憶可以隨著記憶抽離而消逝，然而與生俱來的情感，例如愛、勇氣、憐憫、正義、同情……等卻無法抹滅，這也許就是所謂的靈魂。

「當然我也學起河馬跟單的勾當，當你成功地操作公債後，我就知道你又是另一個接受者，於是我也跟著你進場海撈了聯電與威盛一票，嗯！應該找時間謝謝你才對。」葉國強故意裝出不好意思的樣子。

「只是，前一陣子，貓這種動物莫名其秒地被你搞到消失，我原來養的貓一夕之間變成『樹精』，這就讓我痛苦不堪。」葉國強隨即抱怨起來。

「不對啊！貓的確是被我搞消失的，但其他人對貓的記憶應該也一併被清除才對，為什麼你會記得貓呢？」小黃疑惑地問起。

「身為接受者的另外一種痛苦是，那些被別的接受者搞消失的人事物，其記憶都還會留在其他所有接收者的腦海中，不過呢！久了就麻痺了，幾個月下來，我似乎對貓也沒有什麼感覺了。被我搞不見的是黑松汽水，你仔細想想是不是很多年沒喝過黑松汽水了。」葉國強說。

「反正這世界每天都有舊的東西不斷地從我們的日常中消失，不管是正常的消失，還是徹底地『從未曾出現的消失』，又有誰去在乎呢？再去回想那些還存在我們這些接收者回憶裡頭的『消失的東西』，豈不是自尋苦惱嗎？」葉國強無奈地說著。

「所以你應該還記得小昕這個女生吧？」小黃迫不及待地問起。

「你是說林岑昕，會計科長林岑昕。」葉國強突然嘆了一口氣：「難道這次被你搞消失的是小昕？」

想要從葉國強身上挖出一些能夠尋找小昕的片刻資訊，小黃急切地點點頭後問起：「有什麼辦法可以找到她？或者讓這一切重新來過呢？」

葉國強起身打開會客室的窗簾，指著下班時間信義路的車水馬龍說起：「歷史，不管是自然發生，還是被人刻意或不小心改變了，就像路上的車子，開過去就開過去了，很難扭轉。」

「但是，安樂仔曾經告訴我，如果想要恢復原狀，就必須拋開一切回到原點。」

「拋開一切回到原點……」葉國強彷彿念著符咒似地不停地嘀咕著。

「聽不懂？安樂仔他有沒有更進一步的解釋呢？」其實從小昕消失後，小黃天天跑到慶城街去等安樂仔的出現，但始終無法如願。

「或許當你回到原點的那當下，就會明白了。」

小黃忽然想到一招，他請求地問著：「你不是還有三次成為接受者的機會嗎？能不能替我破例一次去見安樂仔，幫我問問看到底該如何做，才能讓小昕不再消失？」說完後跪拜在地上。

葉國強冷冷地哼了一聲，鄙視地看著跪趴在地方的小黃說：「你自己也是交易員，難道認為我會接受這種對我而言，風險無限大卻毫無報酬可言的交易嗎？我要下班了，你喜歡跪多久就跪多久吧！」

葉國強說完後立刻走出會客室，哈哈大笑地離開。

這種要求當然是強人所然，但小黃實在想不出任何一個更好的辦法，如果此刻所處的世界已經被多次更換過，那具體上的原點，是在什麼時候的什麼地方呢？

遇到災害時，等待救援的人有所謂黃金七十二小時，同樣的道理，被消失的人是否也有黃金七十二小時呢？就算這想法是自欺欺人，無論如何，小黃總得讓自己做些什麼，於是他立刻駕車朝臺東開去，距離小昕上週所說的番刀祭典還有一天。

雖然臺北到臺東的路，就只是那麼單純的一條，但在比臺北面積大上十五倍以上的臺東，想要找一個或許已經不存在的人，簡直比登天還要難，所幸小黃還記得小昕的父親曾經在幾年前當過池端鄉鄉長，先找到池端鄉然後去問鄉公所，總是有辦法打聽到小昕家的下落，小黃半夜匆匆忙忙上路，連地圖也忘了帶到車上，只是怎麼開都找不到往池端鄉的路標。

「請問池端鄉要怎麼走？」小黃把車停在省道旁邊的檳榔攤前，下車問路。

「池端鄉？我們這裡只有池上鄉與海端鄉，從來沒有池端鄉啊。」檳榔攤上坐個老人，他肯定地回答。

「會不會是因為改制而把池端鄉拆成兩個池上與海端兩個鄉呢？」這類行政區域重新畫分的事情也是經常發生。

「別人不一定會知道，但你找我問就問對人了，我在臺東縣政府上班三十多年，我可以向你保證，就算是從日治時間開始，臺東從來也不曾出現池端鄉這個地名。」

小黃肯定小昕絕對不會講錯，因為大家住在一起的那一年，剛好舉辦鄉長選舉，大夥還在宿舍裡看她爸爸參選池端鄉長的電視開票過程呢！

「少年啊！你會不會記錯了，你有帶地址嗎？有的話我可以帶你去！」

小黃搖搖頭地繼續問起：「那請問池上鄉或海端鄉的現任或以前的鄉長，有沒有姓林的，我是從臺北來的記者，想要採訪關於原住民的經濟問題。」

小黃掏出名片，上面的抬頭是「國華產經月刊總編輯」，這絕非是假名片，許多大型金融業為了方便讓研究員或交易員出去拜訪公司方便，會故意辦幾本雜誌，讓這些研究員或交易員掛名記者，畢竟，一九九〇年代的記者，社會地位還算不低，在許多場合還是吃得開。

「呦！臺北來的大記者，還是總編輯呢！總編輯很大！你把車停好，我幫你打電話到縣政府去問一問，別看我已經退休了，只要是我想要問的問題，縣政府現在那些小鬼沒有人敢不回答。」那老人得意洋洋地走入屋內。

「大記者，你真的搞錯了，那兩個鄉從民國以後到現在，從來沒有姓林的人當過鄉長。」那老人一副歉意的模樣。

從鄉長這條線索走不通，只好嘗試更不具體的證據了，小黃遞了一根菸，順便光顧買了幾千塊錢的檳榔和飲料，搔了搔頭髮繼續問下去：

「那能不能請問，這兩天聽說有原住民猴猴族的番刀祭，你知道在哪裡舉行嗎？」

「猴猴族？番刀祭？你找我問，的確真的是問對人了，我當年在縣政府負責的工作就是幫一些部落辦祭典，我可以百分之三百地告訴你，在我們臺東甚至花蓮的原住民，沒有什麼猴猴族這個族，也沒有番刀祭，少年啊！要採訪之前得把功課作好啊，想當年……」那老人長篇大論的話起當年起來。

明明猴猴族就是臺東僅次於阿美、魯凱與布農等族的第四大族，怎麼會呢？莫非猴猴族已經消失在被小黃所改變的歷史。

「咦？等等！我記得好像是在海端鄉的利稻部落，那邊的頭目的漢姓的確是姓林，不過就只是個過氣的部落老頭目，如果你要找的是那個傢伙，我可以幫你聯絡看看。」老人突然想起。

小黃曾經聽小昕提到過利稻，這也許是個值得嘗試一下的線索。

※ ※ ※

利稻部落位於南橫公路，距離臺東市區大約是兩個小時的車程，原本只是個極度偏遠的小山村部落，當年南橫公路開通後在此發現幾處天然野泉，七〇到八〇年代時曾經一度成為觀光勝地，但因為南橫公路經常坍塌造成交通不便，遊客幾乎都被交通更方便的知本溫泉吸引過去，漸漸地又變回原來的單純小山村，除了公路旁幾間陳舊的小旅館和老式雜貨店外，早已不見當年的繁華景象。

林姓老頭目早就已經在路邊的雜貨店等候小黃多時，可見那位幫忙打電話、開檳榔攤的退休官員的影響力。

「你是林老先生嗎？」

老先生人畢恭畢敬地對小黃點了個頭：「饒科長已經交代過我，無論如何一定要好好接待你。」那個賣檳榔的老頭竟然是縣政府的退休科長。

面對眼前這個可能是小昕爸爸的老頭目，小黃不敢失禮，連忙地遞菸遞檳榔回請他。

「我不好意思打攪你太久，我只是想來這裡打聽一個人。」

老頭目看著小黃，眼神似乎有股穿透他人的能力，他露出微笑地問：「你應該是想找你的愛人吧！」

莫非自己是一副被情所困的模樣嗎?小黃愣了一下，難為情地點了點頭。

「她的名字叫作林岑昕，但我不是很確定她是不是住在利稻……」小黃回答著。

聽到林岑昕，老頭目嚇了一大跳，滿臉疑惑地緊盯著小黃，過了半晌，老頭目把小黃送的香菸與檳榔統統丟在地上，怒氣沖天地罵了起來：「你說你是阿昕的愛人，你是來尋我開心的吧！要不是你是饒科長的朋友，我一定拿把刀子把你趕走，請你滾吧！」

雖然被那老頭目罵得狗血淋頭，但小黃卻是欣喜若狂，這印證了這世界上還有小昕這個人，改變的只是小昕與小黃之間的關係，現在的小昕或許不是與小黃一起念書、一起工作的那個小昕，但無論如何，就算老頭目拿刀來砍，小黃也打定主意非得找到小昕不可，就算新的關係是路人甲也無妨。

整個下午，小黃就是一直纏著老頭目，死皮賴臉地要他帶自己去見小昕。

「你這個人怎麼這麼煩？」老頭目走到哪哩，小黃就跟到哪裡，不停地拜託著。

「無論如何，我一定得見小昕一面，你就算叫警察把我趕走，我明天還是會來，後天還是會來。」

老頭目看小黃如此倔強，絕望地嘆了一口氣說：「我真的不知道我什麼時候招惹到你這個臺北人，我想你不是瘋子就是騙子，但如果你一定想見她，那我就帶你去吧！」

老頭目帶著小黃從南橫公路馬路邊穿過利稻國小，走到位於部落最角落的山坳旁邊一棟類似讓獵戶堆置東西或休息的工寮，推開房門後，老頭目在房間內東翻西找一會兒後，才捧出一甕瓦製的容器擺在桌上。

老頭目拍落瓦甕上的蜘蛛網與灰塵後緩緩地說著：「這裡頭就是阿昕！」

小黃滿臉疑惑地盯著瓦甕：「這個是……？」

「我們家阿昕的骨灰罈，按照我們族內的傳統，人過世後必須要土葬，但染上鼠疫的人卻被政府強迫火葬。」

小黃的心情從雲端掉到谷底，顫抖地支支吾吾問起：「你是說小昕死了？」

「是啊！死了快三十年了，死在當年那場臺東有史以來最嚴重的鼠疫，如果她還在的話，現在應該也五十多歲了。」老頭目仔細地擦拭著看起來已經幾十年沒清潔過的骨灰的瓦甕。

「方便的話，你有當年小昕的照片嗎？」小黃心想這也許只是同名同姓，雖然機率很低，但畢竟眼前骨灰甕所裝的往生者，和他的小昕年紀與存在的時間相差了二十多年，因此又燃起一線希望。

老頭目在屋子角落幾個沾滿灰塵的大紙箱中翻箱倒櫃地找著，一邊回答：

「反正我孤家寡人一個，老婆與女兒都已經死了快三十年，我不知道你是瘋子還是騙子，也沒什麼東西讓你騙，我女兒林岑昕已經死了快三十年，而且一輩子都沒離開過部落一步，怎麼可能會認識你呢？阿昕連國小也不去念，當時她小時候送她去念小學，我前腳才從校門口離開，她就立刻從後門逃走，如此折騰了幾年，我就任憑她不管她了，生前有人說她是瘋子，但我知道她根本不是瘋子，她只是不想講話，更不想理會其他人，用你們漢人的話說，或許叫作什麼自閉症吧，每天就只是拿著番刀帶著黃頭巾跑到山頂上，坐在上頭望著大海看一整天，就這樣看了二十幾年，這山頭離大海雖然有點遠，但天氣好的時候可是看得一清二楚。」

「不知道為什麼，她就是非得帶著那把祖先留下來的番刀，但說也奇怪，自從她死後，那把番刀就再也不見蹤影，啊，找到了……」老頭目終於從最裡頭的紙箱中的底部翻出一張泛黃的老照片。

「阿昕生前不喜歡拍照，這張照片是她十五、六歲的時候，當時為了要辦身分證才拍的照片，答應讓她戴著最喜歡的黃頭巾，好不容易才哄騙她拍了照片，我特意地多洗了一張作紀念，才能保留到現在，你想看就拿去看吧！」

小黃一看照片，哇啊地大叫了出來，照片中的那位阿昕，居然和小黃記憶中的小昕長得一模一樣，更準確地說，根本就是同一個人，眼神輪廓甚至五官，就是當年小黃在學校中所認識的小昕，唯一的不同點就是雙眼的眼袋有些小小臥蠶，鼻子的右下方有顆不大不小的痣，以及頭頂裹著黃色頭巾。

照片中的那位女子緊緊抿著嘴角，浮現出絕望和茫然的表情。

「怎麼會這樣？怎麼會這樣？」雙手顫抖地拿著照片，小黃自言自語起來。

「看你這個樣子，似乎很喜歡我們家阿昕，可是你到底是在什麼地方認識她？我看你的模樣頂多三十來歲，根本不可能認識我們家阿昕的啊？」老頭目看著小黃那股失落模樣，越想越覺得詭異甚至害怕。

小黃不想不能也不願回答什麼，眼前的泛黃照片是如此真實，也是如此不真實，心亂如麻的他根本無法整理自己腦中的一切真實與非真實的「記憶」，他所愛上的小昕，幾天前還活生生出現在他生命中，七、八年來的共同經歷依舊很鮮明，只是小黃卻搞不清楚，到底是小昕消失在被改變的新歷史中？還是小黃自己不小心闖進了一個時空錯置的亂流，愛上了一個曾經在幾十年前存在利稻小部落的精神錯亂的女孩阿昕呢？

小黃只想痛苦地逃離這個根本不屬於自己的錯亂人生，但哪裡才是屬於自己原有的人生呢？小黃連告別都沒有，一路狂奔到停在路邊的車上，發動引擎踩著油門，不知道該把自己帶到什麼地方去，雙手緊握的不是方向盤，而是緊緊捏著那張二十多年前的老照片，阿昕也好，小昕也好，小黃很清楚，這絕對是同一個人，只是各自被莫名其妙的人生，禁錮了她們的靈魂出口甚至生命。

腦子像斷了線的氣球隨著風飄到不知名的地方，小黃漫無目的開了幾個小時的車，只知道沿途不是山就是海，與其說是開車，不如說是宛如孤魂野鬼的身軀被車子載著走。

突然間前方出現一陣閃光與急促的巨大喇叭聲，回過神的小黃死踩著煞車踏板才讓車子停了下來，一部砂石車也剛好停在車子前面不到兩公尺的地方。

砂石車的司機跳下車來對著小黃咒罵：「幹！你要找死的話自己去撞山，幹你娘的咧！」

從恍神中恢復理智的小黃也嚇了一跳，只要再遲個半秒鐘，自己肯定會被眼前龐然大物的砂石車撞到車毀人亡，仔細一瞧，自己竟然逆向行駛在對向車道，難怪那司機才會氣急敗壞地破口大罵，小黃連忙下車道歉遞菸、送檳榔這才打發走怒氣沖天的卡車司機。

※※※

剛從鬼門關前走了一圈的小黃，驚嚇不已的心情尚未平復，這個地段剛好在一個小山丘的高點，不遠處還可以看到一座小漁港，奇怪的是，遠方的海浪起碼有一層樓高，但小黃緊急煞車的這個地方卻沒有一絲絲的風，周圍聽不見一點聲音，沒有風聲、沒有海浪聲，連車子轟轟的引擎聲都聽不到。

不知道為什麼，突然有個驅使他轉過頭去的念頭，小黃下意識地轉過頭去看著馬路旁邊，一個很不起眼的招牌映在眼簾，斑駁有點掉漆的招牌上寫著一小排很小的文字：「丸坂蒲燒蘇澳養殖場」。

映入眼簾的這幾個字馬上讓小黃想起葉國強所說的「拋棄一切回到原點」，與幾年前比起來，魚池的外圍多了一道圍牆，小黃沿著圍牆走，沒多遠就走到一道鐵門前，鐵門雖然深鎖但旁邊的小門卻半開半掩著，用力一踹把小門推開到可以讓自己進去的大小後，小黃不管門口的「私人產業請勿進入」的警語，大大方方地走進去，除了魚池的面積大上好幾倍，工寮的房子也翻新重建外，其他的模樣倒是和幾年前相比沒有多大改變。

「對不起，這裡禁止進入。」一聲音從魚池入口邊的工寮內傳出來。

要不是歷經了太多無法用常理解釋的一堆怪事，小黃一定會被這熟悉的聲音嚇到雙腿發軟，這聲音不是別人，正是引起這一切變化的安樂仔。

急忙衝出來趕人的安樂仔一看是小黃，他好像早就預知小黃會來地說：「你終於來這裡找我了！」

明明前一陣子在慶城街的那個時空裂縫的超商才看過他，安樂仔的模樣比實際應該有的年紀老上幾十歲，小黃狐疑地看著外貌接近花甲的安樂仔，還刻意地保持一定的距離，因為無法確認眼前這位老同學，現在到底是人是鬼？抑或者又是來自於另一個時空？

「你不用老是盯著我的腳邊啦，既然有長長的影子，且大白天的，不會有鬼魂出現吧！」安樂仔聳聳肩苦笑地對他說。

「那麼你現在到底又是什麼身分？什麼時空呢？」膽子稍微大了一點的小黃靠近地問起。

「和你一模一樣的時空，如假包換，只是如果你想來找我要未來的報紙，我恐怕沒辦法再給你了。」安樂仔以為小黃又起了想要預知未來股市變化的貪念。

「河馬這幾天已經來找我過很多次。」

小黃搖了搖頭，目不轉睛地看著安樂仔，好奇地問著：「為什麼你看起來像老阿伯？」

「唉！一言難盡，在你最後一次幫我當接受者改變那個老時空之後，我又再一次獲得重新生活的機會，其實呢！雖然現在是西元一九九七年，但從一九八五年至今的這十八歲到三十歲這十二年，我已經來來回回重新過了四趟，也許河馬告訴過你，前前後後包括你和河馬，已經有四個人幫我改變時空，每一次都能讓我回到改變前的原點，所以認真算起來，我應該已經活了超過六十年，雖然距離我出生的年分至今才三十年。」

安樂仔是小黃的高中同學，就出生來算，應該只是三十歲，但如果其中的某一段時間可以不斷地重新來過，就生理的年紀而言，的確是超過六十歲。

「也許人生可以重來，但同樣逃不過生老病死。」安樂仔說著。

「所以你又因為我幫你改變時空，讓你又回到一九八五年的原點，然後你又過了一趟一九八五年到現在的一九九七年，也就是說以你的時間感受，對你而言，距離我們上次在超商見面到現在，已經又過了十二年嗎？」

「你很聰明，一點就通，不像我老是在命運中來回鬼打牆。」

原來安樂仔以前幾次重生，都選擇了養鰻以外的人生，但不管做什麼工作，到最後都只能淪落到在超商打工領二十八K的月薪，所以這次最後的重生機會，不想逃避自己的理想的安樂仔選擇回到養鰻的老本行，繼續留在蘇澳養鰻。

「可是，既然一旦經過一九九〇年你發生意外的那一天，這次為什麼沒有掉進魚池發生意外呢？」

安樂仔露出微笑：「當你又有重生的機會，你會站在魚池中傻傻地讓魚給啃食嗎？既然是重生，就是有機會回到原點改變那個當下的命運啊！」

可以改變當下的命運？小黃又燃起了一絲希望，既然安樂仔可以回到原點改變讓一切重來，自己沒有道理做不到。

「雖然我逃過一劫，繼續重拾養鰻工作，但終究還是躲不過景氣的摧殘，從一九九三年後，一堆臺商跑到中國去養鰻，那邊的土地與工資都比臺灣便宜，養出來的鰻魚，產量大價格低，我根本拚不過對岸，要不是這幾個池子的怪鰻魚可以自行繁殖，加上可以在冬天捕撈出貨，這魚池恐怕已經倒了，只是，面對大環境的變遷，苦撐了兩三年，最後我也只能把魚池賣給日本人，又淪為幫人打工的命運。」安樂仔嘆息著。

「可是，既然你已經來來回回在這些年活了很多趟，應該早就知道臺灣養鰻業會陷入不景氣的事實才對啊！」小黃就是因為能夠提早預知到金融市場的變化，才能靠投資操作賺上不少錢。

「整個國家整個產業如果陷入不可逆的長期衰退，任憑個人怎麼努力也無法去逆轉命運啊！許多同業這幾年紛紛轉行，但是你也知道，我多出來的幾次人生，做了許多其他的工作與生意，終究還是淪為低薪打工仔，既然已經知道自己宿命，還不如堅守自己喜歡的本行熬下去，起碼快樂一些。」安樂仔說。

「快樂很重要啊！」安樂仔重申了一次。

「那麼，你能告訴我，整件事情到底是怎麼一回事？」小黃問著。

「一切從這裡開始，一切也將在這裡結束，你我都和這裡產生連繫。」

「連繫？」

「包括曾經在這裡發生過的人事物，包括從這裡消失的人事物。你我到現在為止已經失去了很多東西，每次失去，就會在上面留下很多很難逆轉的痕跡。

「來來回回過了幾趟人生，但我至今還是搞不清楚這一切的真正原因，也許是眼前這一池奇怪的鰻魚吧！後來我又把這批鰻魚送到日本作詳細的檢驗，連日本的科學家都無法清楚解釋這一批神祕鰻魚的種類與來歷，我只知道牠們相當兇猛好鬥，就好像你們那一群大學同學，整天在公司勾心鬥角，你鬥我我鬥你的。

「也許牠們具有什麼魔力，讓接觸到牠們的人的人生產生奇怪的變化，也或許牠們自己也有奇怪神祕的宿命，讓牠們困在魚池生生不息地繁衍下去，但終究最後只能淪為人類餐桌上的祭品，有時候我很同情這批鰻魚，如果牠們能夠回到大海，牠們與牠們的子孫，絕大多數可以躲過漁人的追捕，而優游地生活於他們原有的海域。」

就像小黃等人，一旦進入金融業的交易市場，也只能過著讓資本主豢養，幫資本主賺取大把鈔票，卻換來消耗性的內鬥和疲倦過勞的身體。

「算了，反正想破頭也不會得到什麼答案，我現在只想知道，有沒有什麼辦法讓我和你一樣能夠回到原點？」小黃問著。

「回到原點？你不是已經賺了上億的財富了嗎？如果我是你，才不想回到原點呢？」安樂仔不解地反問小黃。

小黃把小昕的事情鉅細靡遺地說了出來。

「為什麼小昕會被所謂的時空裂痕錯亂地送到四、五十年前呢？」連安樂仔也百思不得其解。

小黃始終認定消失之後的小昕，被不明原因所改變，然後和安樂仔一樣出現重生的機會，只是小昕的原點居然是五十年前的小山村誕生的女嬰，重生的人和接收者一樣都保有原有舊人生的所有記憶，難怪小昕會陷入精神錯亂鬱鬱而終，孤獨且恐慌地度過莫名其妙的「新人生」。

「我只是很好奇，明明你那麼喜歡小昕，為什麼七年來始終……」安樂仔的話被小黃打斷。

「你不要再說了，拜託，不要再說了。」小黃坐在魚池旁緊緊咬著嘴脣雙手掩面，強忍住含著後悔、不甘、自責與焦慮的淚水。

「況且如果回到原點，你等於是虛度了好幾年，時間也許可以倒轉，人生也許可以重來，但生老病死循環的生理時鐘可是一點一滴地消耗啊！你真的願意拋棄一切回到原點，只為了和你暗戀的女人重逢？值得嗎？你有上億的財富，體面受人尊敬且又前途無量的銀行經理的工作，也許再過幾年就可以幹到銀行總經理。你還真他媽的不知足，根本就是個長不大的小孩嘛！」沒談過戀愛的安樂仔當然會有這種想法。

「你這樣講是什麼意思？人各有志，如果你能夠幫忙願意幫忙就幫，不願意的話，你就閉嘴，明明就是你把我的人生搞得一團糟的。」安樂仔的話激怒了小黃，憤怒的他撿起了石頭往池內丟進去，一顆兩顆三顆……像瘋子般地丟擲石頭。

「你發洩夠了沒？別在我的魚池內搗蛋。」安樂仔斥喝著。

「你一定有辦法對不對？對不對？」小黃緊緊抓住安樂仔的肩膀使命搖晃。

「如果你不幫我的話，我就要把花錢把你的魚池填平，僱幾十部怪手，一天之內就可以鏟平它，然後和你的日本老闆打官司，既然我有上億的財產，相信我，我一定說到做到。」小黃已經有點歇斯底里，但安樂仔卻相信這幾句威脅的真實性。

「唉！」安樂仔嘆了一口氣：「你真的願意嗎？」

小黃點了點頭。要衡量有多愛一個人的最明確的辦法就是失去她。

「好！但我必須提醒你，如果你能夠回到改變的原點重新再活一趟人生，你千萬別再重蹈覆轍，現在你蹲下來閉上雙眼，全身放鬆背對著我，也許過程有一點痛苦，但很快就過去……」安樂仔話還沒說完，就把蹲在魚池旁的小黃一腳狠狠地踹進魚池內。

小黃還來不及反應，說時遲那時快，池內一條條黝黑發亮的鰻魚朝著跌落在池內的小黃撲了過來，只聽到小黃大叫一聲：「你想殺人滅口……」

話還沒講完，成千上萬條鰻魚鑽進小黃的衣服褲子與身體裡頭，無力反抗的他整個身體變成仰臥著，被魚群所引起的水流沖漂到池子中央的深處，身體被一條條鰻魚鑽了進去，劇烈的疼痛讓小黃失去知覺也無力抵抗。

不知道過了多久，身體恢復意識且痛感不見了，好像有什麼水沫似的東西濺在小黃身上，剛開始以為是下雨，但並不是，只知道自己不斷地被沖流到難以形容、從未曾見過的氣旋漩渦中，又過了沒多久，眼前出現一道強烈但卻不刺眼的太陽光，彷彿那種宗教影片中的某種神蹟啟示似的，忽然灑向小黃身上，溫暖的陽光溫柔地包住身體，身旁飄著一朵朵數不清的鵝黃色的長條雲，身體產生了一種從來未曾感受過的輕鬆感，恐怖、疼痛、絕望和身體上所有有形的負擔似乎都消失不見了。

雲朵上出現了許多曾經在小黃生命中一一消失過的人事物，村上春樹的小說、兄弟象隊的李居明、數以百計的貓群、一棵棵茂密的木麻黃，最重要的是，小昕坐在雲朵的頂端對著小黃露出甜美無邪的笑容。

雖然實體上的感受好像無窮無盡般地產生，但實際上只有極短的一瞬間，突然間眼前一團黑暗，空氣中飄來一陣陣汽機車廢氣，耳朵傳來斑馬線紅綠燈的機器聲響。

回過神來，小黃東張西望，自己竟然站在民生東路與敦化北路口，手上提著慣用的公事包，身上卻已經不是原來那件休閒polo衫，而是公司的三件式的西裝外套制服，掏著外套口袋摸出自己的手機，看了看時間，早上五點五十分，是自己習慣的上班時間。

確認自己還活著的小黃，呆站在路旁還沒弄清楚到底怎麼一回事，頭上飄來幾片被風吹落的樹葉，抬頭一看，原來是敦化北路上一排一排密密麻麻的行道樹所掉落的，小黃不解地看著樹梢，也不過才幾天的時間，竟然種起了一排排的木麻黃，心想政府如果早一點種這些的話，阿蘭姐就不會發生車禍，但一想到阿蘭姐，小黃的內心深處似乎萌生一股莫名的喜悅，轉過身一看，幾個清晨在路上散步的行人，正抱著他們所飼養的貓，貓的叫聲在小黃的耳朵內顯得十分悅耳動聽。

小黃大叫了一聲，木麻黃與貓已經都恢復出現了，他帶著興奮又忐忑的心情走進旁邊一間超商匆匆買了份民生報，民生報的斗大標頭寫著：「兄弟象隊李居明獲得二〇〇%的加薪……球團表示王光輝的加薪幅度也會比照李居明……」

連李居明、王光輝都回來了，小黃繼續翻開報紙的內頁，只看到內頁廣告：「村上春樹新書出版……」

又翻回第一版的日期一瞧，上面寫的日期是「一九九五年一月二十五日」，這天就是兩年前小黃到國華銀行上班的第一天啊，不可置信的他用力地拍打自己好幾個耳光，疼痛不已的感受是如此真實，這時候他終於恍然大悟了，安樂仔透過那群怪異的鰻魚幫小黃回到原點，回到一開始來國華銀行第一天上班的那個原點。

最後還有件最重要事情等著小黃去確認，他三步併兩步吹著口哨地走進銀行大樓，等不及電梯的他在樓梯狂奔，一口氣爬了十幾層樓，只為了省下一點時間，能夠早一點去確認小昕到底還在不在。

一走進公司就看到來迎接小黃的丁淡親，他依然重複著幾年前同樣的話：「忘了告訴你，我們財務部的上班時間是早上五點五十分。部門幹部開會時間是六點半，每個科開晨會的時間是七點半，你先來會議室吧，副總、經理以及幾個科長已經等你很久了。」

說完後丁淡親狐疑地看了小黃一眼問起：「你怎麼看起來老了不少？也不過才兩個禮拜不見。」

小黃不想回答這個問題，因為他的問題只有一個：「小昕也在裡頭嗎？」

「在啊！她也在會議室啊。」

聽到這個回答，小黃整個人跳了起來，高興地抱著丁淡親，忍不住親了他的臉頰，彷彿這是他所聽過的全世界最優美最動聽的一句話。

顫抖的手推開會議室的門，小黃還是不敢百分之百確信小昕會出現在眼前，他閉上雙眼深怕這一切會在一瞬間，又被那些什麼狗屁的時空錯亂搞亂一切。

「黃科長，請坐。」坐在距離門口最近的小昕笑著指著旁邊的座位對小黃說。

這一切都是真的，小黃總算放下心中的大石塊，但他沒有立刻坐下去，而是對主持會議的王副總與葉國強經理深深鞠了個躬，歉然對大家說：

「很對不起，因為種種個人因素，我沒有辦法在貴公司工作，很謝謝你們邀請我來，但我要向你們請辭，對不起。」說完之後又對大家鞠躬致歉。

會議上所有的人都露出訝異的眼神，尤其是丁淡親和王副總，明明之前小黃還一副急著想跳槽過來的樣子，且國華銀行財務部科長的位置可說是人人覬覦，怎麼說不來上班就不來。

小黃不想解釋這一切，他馬上轉身牽起坐在旁邊的小昕的手，不管他人異樣的眼光把她連拖帶拉到會議室外，對著她說；

「小昕，妳有時間嗎？願意聽我說一段關於妳和我之間，失落與救贖的故事嗎？」

看著小黃的舉動，對眼前一切感到茫然的小昕，似懂非懂地點了點頭。

小黃高興地一把抱住小昕，這才發現小昕雙眼下方的眼袋有點小臥蠶，鼻子的右下方有顆不大不小的痣。

Story 015

交易員的靈魂・故事版

作　　者—黃國華
主　　編—李國祥
企　　畫—葉蘭芳
總 編 輯—李采洪
發 行 人—趙政岷
出 版 者—時報文化出版企業股份有限公司
10803台北市和平西路三段二四〇號三樓
發行專線—（〇二）二三〇六—六八四二
讀者服務專線—〇八〇〇—二三一—七〇五
（〇二）二三〇四—七一〇三
讀者服務傳真—（〇二）二三〇四—六八五八
郵撥—一九三四四七二四 時報文化出版公司
信箱—台北郵政七九～九九信箱
時報悅讀網—http://www.readingtimes.com.tw
電子郵件信箱—genre@readingtimes.com.tw
法律顧問—理律法律事務所 陳長文律師、李念祖律師
印刷—勁達印刷有限公司
初版一刷—二〇一七年十一月三日
初版二刷—二〇一七年十一月二十日
定價—新臺幣三三〇元
（缺頁或破損的書，請寄回更換）

時報文化出版公司成立於一九七五年，
並於一九九九年股票上櫃公開發行，於二〇〇八年脫離中時集團非屬旺中，
以「尊重智慧與創意的文化事業」為信念。

交易員的靈魂 : 故事版 / 黃國華著. -- 初版. -- 臺北市 :
時報文化, 2017.11
面 ;　公分. -- (Story ; 15)

ISBN 978-957-13-7171-9(平裝)

857.7　　　　106017769

ISBN 978-957-13-7171-9
Printed in Taiwan